遠い地平・劉廣福

Yoshinori YaGi

八木義徳

P+D BOOKS

小学館

目次

遠い地平

帰郷

十七年ぶりの帰郷だった。

私は室蘭駅の改札口を抜け出ると、町の高台にある八幡神社をめざして、まっすぐ歩き出した。それは私の意志というよりは、脚自身が勝手にその方向へむかって歩き出したというに近かった。何か眼に見えぬものに曳かれて行く。そんな感じだった。駅前から坂を一つ登って泉町の通りへ出る。その通りに面して高く立った石造の鳥居をくぐり、そこから傾斜のかなり急な八十段ほどの石の階段を一段ずつゆっくり登った。途中で息が切れた。昔、子供のころはこの階段を二段飛びにして幾度も駈け登り駈け下って競走したものだが、あの疲れを知らぬ仔鹿のような強健な筋力は、もはや私の体のどこにもない。が、それは私の三十八歳という年齢のせいではなく、復員以来三年間の私自身の自堕落な生き方のせいだろう。

石段の途中で二度ほど休んでから、やっと境内へ出た。境内は荒れていた。社殿も老い朽ちていた。辺りに人影はなかった。戦争中は出征兵士のための戦勝祈願で賑わったであろうこの神社も、敗戦によって町の人たちから見捨てられてしまったのか。それとも進駐軍による国家神道禁圧のため、社殿の復興には手がつけられずにいるのか。しかし私には、幼いころの記憶をそのままに残したこの老い朽ちた社殿のほうがむしろありがたかった。賽銭をあげ、鈴を鳴らし、大きく拍手を打った。

それが自然に私の十七年ぶりの帰郷というこのふるさとの町への挨拶となった。

しかし帰郷とはいっても、私にとって肉親縁者と名付くべき者はもう一人もこの町には残っていない。わずかに忘れがたい存在として、数え三つの年まで私に乳を飲ませてくれた乳母の家が一軒残っているだけだが、その乳母もすでにこの世のひとではない。その上、本籍地も墓地もすでに東京へ移してしまっている。その意味で、私は明らかに一個の〝棄郷者〟であった。

昭和七年、二十一歳の年、私はこの町を棄てた。棄ててから十七年間、私はこの町へ帰らなかった。その理由は簡単だ。望郷とか懐郷とかいう言葉にふさわしい感情が、ほとんど私の体の中から消えてしまっていたからである。その私が十七年ぶりでこの故郷の町へ帰ってきたのは、単純な理由からだった。私は疲れたのだ。その疲れが私を自分の生れ育った土地へ呼びもどしたのだ。

それにしても氏神《うじがみ》というのは不思議なものだった。棄郷者であり、かつ一介の旅人としてやってきたはずの私が、駅の改札口を抜け出るなり、私自身の意志とは関係なく、二本の脚が本能的に動いて、私の体をこの丘の上の氏神の前へ運び上げてくれたのだ。私は信仰という名に値《あたい》するものを全く持たぬ人間だった。神とか仏とかいう言葉は、私にとっては一個の抽象的な観念語にすぎなかった。

そうだ、思い出すことがある。

—昭和十九年春、華中戦線。中国の首都南京の兵舎を出発したわが中隊が、ひと月近い行軍を経て湖南省のある山間の部落に駐屯したとき、すでに五十歳をすぎた老准尉は、中隊全員を整列させて、いよいよ明日から作戦地域に入る、いつどういうことが起るか分らない、遺髪と爪を紙に包んで奉公袋に納めておけ、という命令を下した。兵隊たちは戦火に焼け崩れて土壁だけの残った幾つかの農家に分散して入り、その作業に従った。それは、いわば明日からの〝死〟に対する準備であった。その作業が終ったとき、私の周りにいる何人かの兵隊のなかから、時ならぬお経の合唱が湧き起った。敷藁の上に、ある者は端坐し、ある者はあぐらをかき、両手を合わせ、眼を閉じ、背筋をまっすぐに立てて、節のついたお経の文句をひくく静かな声で唱えている。それが呪文のような奇妙な言葉で終ったところで、二等兵の私は、すぐ隣りの上等兵に質《たず》ねてみた。

「いまのは何というお経ですか?」

鼻の下に黒い髭を生やした上等兵は、けげんといった顔つきで私を見返しながら、

「なんだお前、これを知らんのか。はんにゃしんぎょう、と言うんだ」

「はんにゃしんぎょう?」

それが般若心経という名のお経であり、しかも字数にしてわずか二百三十字にもみたぬ、お経のなかでは最も短いお経であることを私が知ったのは、戦後復員してからのことである。

私が応召入隊したのは石川県金沢市の東部第四九部隊というのであったから、大隊長以下将校下士官はすべて石川県の出身者で固められていた。私の所属する第二中隊でも、おなじ石川県出身の兵隊がいちばん数が多かった。そしてわれわれ関東近県から応召した者たちをふくめて、妻子持ちの老兵が大半を占めていた。私は昔何かの本で、親鸞の何代目かの子孫に当る蓮

如以来、越前から加賀、能登、越中にかけてのいわゆる裏日本一帯が、浄土真宗の信仰の最も篤く深いところだということを読んだことがある。が、それは活字の上の知識にしかすぎなかった。ところが、いま、その加賀や能登の農民出と思われる兵隊たちが、読みなれた国語読本を暗誦する小学生のように、何の苦もなくお経を暗《そら》んじ唱えるさまを、眼のあたり見たのだ。彼らが果してほんものの信仰者であるかどうかは、どうでもよかった。ただそのときの私が、いざという場合、ともかくも祈るべき言葉を持っている彼らにいささかの羨望を感じたということだけは、たしかな事実だった。

—その五年前の記憶が、いまふいに甦ったのも、やはりふるさとの氏神の前に立ったからだろうか。

私は拝礼をすますと、社殿の裏へまわった。そこから先は栗や櫟や楢の雑木林である。林の中にひと筋の細い山道がつづいている。深い熊笹に覆われて山道はほとんど姿を隠しているが、私はかまわずそこへ踏みこんだ。その蛇のようにうねり曲った細い道をたどって行けば、どこへ行き着くかを、私の二本の脚がしかと記憶していた。林はしだいに深くなり、木や草の匂いがつよく鼻を撲ってきた。都会では嗅ぐことのできない匂いだった。

半時間ほどして、私は小さな山の頂上に立った。海抜二百米のその山は測量山という奇妙な名前で称ばれていた。明治五年、開拓使のお雇外人であるワーフィールドが、室蘭から札幌本府への道路を開鑿《かいさく》するに当って、測量機器をこの山の頂上に据えつけたというところからこの名がつけられたという。

頂上からは市街と港と対岸の山々がひと眼に展望された。さして高くはないその山々のつらなりの向うに有珠山と昭和新山が顔をのぞかせ、さらに視線を西から南へ転じて行けば噴火湾を越えて駒ヶ岳と、そして先端に恵山岬のある亀田半島が青霞んで見えた。

私は山頂に腰をおろし、ボストンバッグの中からウィスキーの小瓶を取り出した。それは昨夜上野から青森への夜行列車のなかで睡眠薬代りに飲んできたものだが、まだかなりの量が残っていた。私は瓶に口をつけて、少量ずつ咽喉の奥へ流しこんだ。

この小さな山の頂上が、中学時代の私にとって〝もの思う〟場所だった。思春期の若者の最大の敵は性欲である。私は毎夜この敵と烈しく闘いながら、ほとんどいつもみじめな敗北を喫し、そのつど憂鬱で自蔑的な朝をむかえなければならなかった。私はしばしばこの山に登って頂上に腰をおろし、山と海と空と、視野の高く遠くひろがった空間のなかの一点の存在としてわが身を置きながら、この夜の難敵といかに闘い、いかに打ち勝つべきかを真剣に考えた。ある夜、私は女中のお民さん（子のない寡婦で、もう四十過ぎの女だった）に頼んで、自分の両手を三尺帯で固く縛ってもらってから寝た。が、蒲団のなかであの黒い欲望が頭をもたげ、やがてそれに火がついて赤い炎がめらめらと燃え出すと、私は自分の歯でその固い結び目に齧じりつき、たちまち帯を引きほどいてしまうのだった。またある夜は、町の金物屋から買ってきた一本の錐をひそかに敷布団の下に忍ばせて寝た。欲望が兆《きざ》すと、私はその錐で太腿を刺した。

深く突き刺すだけの勇気は私にはなかった。それでも一瞬の鋭い痛みが、赤い炎を消してはくれた。が、痛みが去れば、炎は息を吹き返した。私はまた刺した。こうして幾度刺したか、朝になったとき、私のゆかたの寝間着には赤い血の跡がかなり大きな円形となってにじんでいた。私はお民さんに、膝頭にできたかさぶたがあまり痒いので、夜眠っているとき夢中でひっ掻いて剝《は》がしてしまったのだと嘘をいい、それを至急洗濯してくれと頼んだ。錐は一夜で捨てられた。

私は剣道の稽古に熱中しはじめた。あの夜の黒い欲望に打ち勝つためには、自分の肉体を徹底的に苛めつけるよりほかに方法はなかった。やがて私は剣道部の正選手となり、先鋒か中堅か、ときには副将を勤めるようになった。選手たちの中では最も身長のひくい私の得意業《わざ》は、出小手と抜き胴であった。わが中学の対外試合の相手は、おなじ町の商業学校と警察署であったが、私は剣道四段と称する巡査部長と三度闘って三度斬り捨てるという腕前に達した。(私の中学では、校長の方針で、柔剣道部とも生徒が有段者の資格を取ることは固く禁じられていた)放課後も道場に残って、暗くなるまで稽古に打ちこんで家に帰ると、さすがに肉体の疲労は烈しく、夕飯のあと申しわけに教科書をひらいていても、ただちに睡魔に襲われた。むろん床の中であの黒い欲望が頭をもたげることはたびたびあったが、それに火がつく前に私は深い眠りに落ちていた。その夢のなかで無意識に精を洩らすことはあっても、それは私に自蔑的な感情をあたえなかった。むしろ朝の目覚めはさわやかでさえあった。

その私の前に、いつのまにか一人の小娘が、鮮明な輪郭をもって姿を見せるようになった。私の家のすぐ筋向いにある芸妓置屋「松乃家」の半玉である。本名を千代、芸名を千代丸とよぶその十六歳の小娘が、私の最初の恋愛の対象となったのである。

しかし、剣道部の選手としてみずから〝硬派〟をもって任じていた私は、おなじクラスのなかで、美しい女性への憧れや、恋の悩みなどを甘たるい感傷的な言葉で臆面もなく詩や短歌につくってよろこんでいる連中を〝軟派〟としてひそかに軽蔑していたから、自分のなかにはじめて芽ばえたこの恋愛感情をも〝女々《めめ》しい〟ものとして拒否しなければならなかった。私の家と「松乃家」はせまい小路の中にあるのだから、日に何度か顔を合わせる。そのつど、私は自分の顔面筋肉を能面のように硬直させては、ぷいと視線を横にそらすのだ。それが精いっぱいの私の抵抗だった。

だが抵抗すればするほど、夜の床のなかで、千代の幻影は一層美しく、一層鮮明なものとなって私を苦しめた。さいわい夜の想像の世界のなかでは、私は自由に千代に話しかけることができたし、またその白い裸身を抱くこともできた。しかし私の抱いている千代の軀《からだ》には、肉の感触もなく、体温もなかった。それは一個の幻影にすぎなかった。私はその幻影を抱きながら、むなしくいら立ち、そして烈しく消耗した。朝、目が覚めたとき、私はきょうこそ千代に言葉をかけてやろうと自分にいいきかせた。が、小路のなかで千代に出会うと、反射的に私の顔はこわばり、視線はたちまち横を向いてしまうのだ。夜の世界のなかでその千代の軀を抱いているという汚れの意識が、かえって千代を拒否させてしまうのだった。

私の初恋は、二月末のある吹雪の一夜、千代とほんのわずかの言葉を交わしただけで、あっけなく終りをつげた。それからまもなく千代は私の前から姿を消してしまったからである。

「それにしても、自分にとって思春期というやつは、何というらす汚れた季節だったろう」

十七年ぶりにこの故郷の山頂に腰をおろした私は、何度目かのウィスキーを口にふくみながら、そう思った。酒の酔いが私を感傷的にしていた。

「いや、たとえうす汚れた季節だったにしろ、自分は闘うことは闘ったのだ。いかにも幼稚で不器用な闘い方ではあったが…」

しかし、その幼稚で不器用な闘いは、思春期といわれる季節だけで終ったのではなかった。それは三十八歳のこんにちまで、ほとんど変ることなく尾を曳いている。それが私という人間の生き方だった。人間はだれでも幾通りには生きられないのだ。一見どんなに波瀾にみちた生涯でも、その軌跡図を描いてみれば、おのずから一定の型に還元されるだろう。その型こそ、つまりはその人間の生きた証《あかし》なのだ。

「なるほど、この山の頂上は、かつての自分にそうであったように、現在の自分にとっても〝もの思う〟場所になっている」

私の口から思わず微笑が洩れた。

麓の方から子供たちの歓声がきこえてきた。私は立ち上り、子供たちの登ってくる道とは反対の道をえらんで、山を下りた。

私は町の目ぬき通りに細い口をひらいたある小路のなかに入った。私の生れた家はすっかり取り壊されて、表通りに二階建ての大きな店舗を張ったある洋品店の倉庫になっていた。ゆるい傾斜をもったその小路の両側に軒をつらねた家々を一戸ずつたしかめながら、私はゆっくり脚をはこんだ。表通りに臨んだ二軒の商店を除いて、この小路にはそれぞれ四戸ずつの家が軒を向い合わせていた。突き当りはこの町でいちばん大きい料亭「常盤」の裏口である。そこから路は左へ直角に折れて、その裏小路ともいうべきところに三軒の家があった。

しかし、いま十七年ぶりに見るこの十一戸の家は、あの丘の上の八幡神社とおなじように老い朽ちていた。家の軒先に打ちつけられたどの表札にも、私の記憶する名前はなかった。小路の住人は一変してしまったのだ。しかもいまどんな人間が住んでいるのか、人影らしいものが一つとして姿を見せない。小路はまるで死んでいた。

「そうだ、この小路は、自分にとっては、死んでくれたほうがいいのだ」

と私は思った。安堵と失望のいり混じった奇妙な感情を抱いて、私は小路を出た。

その夜、小学校時代からの幼な友だちである松岡の世話役で、中学時代の級友七人ほどが集って、私のために一席の宴を設けてくれた。米穀商の松岡をはじめとして、青果商、菓子問屋、通船会社、荷役会社など、いずれも親の稼業を継いで二代目の当主となっている者たちばかりである。ほかに小児科と産婦人科の医者が二人加わった。

会場は「常盤」の二階座敷の一つで、芸妓が三人きた。大年増か老妓といっていい年配の妓たちばかりだったが、戦争が終ってまだ丸四年にはならぬこの時点では、若い妓を望むのは無理のようだった。妓たちは客の友人たちとはもう馴染みらしく、マーさんとかターさんとかヨーさんとか、心やすい呼び方をした。

酒の酌が一巡したところで、五十歳をすぎたと思われるいちばん年長の老妓が、

「あら、こちら高峰病院の院長先生の…」

と私を見て、すこし驚いた声を出した。私は自分の名を名乗った。

「亡くなられた院長先生とあんまりよく似ていらっしゃるもんだから…お母さまはお達者ですか?」

老妓の口から母のことが出た。私は、母は横浜で医者をしている兄夫婦といっしょに暮らして健在でいる旨を答えた。

「あたしは昔若いとき、お母さまにたいへんお世話になったんですよ。とてもやさしい方で…」

老妓はまたいった。私は自分の遠い記憶のなかにある幾人かの芸妓の顔を、すばやく頭に思いうかべてみた。が、どの顔も老妓の顔とは重ならなかった。この老妓が「昔若いとき」というのは、母がまだ妓籍にあったときのことをいうのか。それとも、私の家を訪ねてくる女たち

の大半は、親やきょうだいの病気の治療費や入院費の猶予を、母の口を通じて父に依頼する、という用件が主だったから、母に「世話になった」というのも、おそらくそれだったのではないか。

　それにしても、いまこんな席で、見知らぬ老妓の口から母のことが出るのは意外だった。実をいえば、私はこの「常盤」の二階座敷に腰を落ちつけるなり母のことを考えていたからである。

　母の文子は昔この常盤の抱えだった。文子は八歳の年、津軽の生家から小樽で大きな網元をしている志村家へ養女としてもらわれた。十六の年、養父の源蔵が大山《おおやま》を張った鰊漁が凶漁に見舞われたため、あえなく倒産して家屋敷もろとも人手に渡ることになり、源蔵はこの衝撃で急死した。そこで養母のたねが、くにがおなじ越後で昔から顔見知りの料亭常盤の女将に文子の身柄をあずけた。源蔵夫婦は芸事が好きで、小さいときから踊りや三味線を文子に仕込んだが、それが思わぬところで役立つことになった。

　十八の年、文子は文香という名で客の座敷に出ることになる。ちょうどその年（明治四十一年）、東大出の若い医学士として近藤外科に勤務していた高峰好之が、この町の町立病院長として招かれ、東京から赴任してきた。このとき彼は二十七歳である。すでに妻と一人の男の子があったが、恩師の縁戚に当るという妻は、遠い北国の田舎町へ同行することを嫌ったため、彼は町の旅館で不自由な独身暮しをしなければならぬことになった。この若い院長の孤独を慰めるため、病院の事務長かだれかともかくも世馴れた者たちが、幾度か彼を常盤へ誘い出したのだろう。そうしてある夜、たまたまその宴席に文香が侍った。それが私の父と母との出会いとなったのだ。彼らの出会いの場となったのは、常盤の二階のどの座敷であったろう。ひょっとすれば、いま現に私自身のすわっているこの座敷かもしれない。そう思うと、私にはある感慨があった。

「それにしても、酒もろくに飲めず、女をよろこばすような軽口ひとつ叩けぬ父と、口数が少くて女らしい愛嬌にもとぼしい母とが、どういうきっかけで男と女の関係になったのか」

おそらくそれは言葉ではなく、たがいの持っている孤独感がたがいに牽《ひ》き合ったのだろう。早くも翌年、十九歳の文香は高峰好之に落籍されて一戸をかまえ、自前となった。町長はじめ町内の有力者数名がわざわざ上京して招聘した若い町立病院長の月給が、町長の三倍の額に当る三百円だということで、一時町の評判になったという。後年、私はこのことをある老妓の口からきかされたが、明治末年の三百円には威力があった。

翌年、二十歳で母は兄を産み、その翌年、私が生れた。東京にいる父の妻が子をつれて北海道へ渡ってきたとき、すでに母の体は兄を身ごもっていた。都会の贅沢《ぜいたく》な生活に馴れた父の妻は北国の寒気に堪えられなかったか、その後一人の子供も産むことができなかった。一方、雪国生れの母は三人の男の子と一人の女の子を産んだ。その母が妓籍を引いたのは、たしか私の小学校三年か四年のころであったと思う。

室蘭町はやがて室蘭区となり、大正十一年八月市制が施かれるすこし前、父は区立病院長の職を辞して、独立の病院を開業した。その辞職に当って、区から「在職中職務格別勉勵の故を以て金壹萬圓の賞譽金を給せられた」旨の記事が、昭和十六年版の「室蘭市史」に記載されている。

外科医としての父は、レントゲンの過量曝射による癌で、昭和十二年六月、満五十六歳で死んだ。

私はこの父を愛しただろうか。それとも憎んだだろうか。積極的に愛しもしなければ、積極的に憎みもしなかった。ただ私は父をできるだけ拒否しようと努めた。それは一つの闘いであった。そして滑稽な闘いだった。私が父を拒否することは、私の体の中の血の半分を拒否することだったたからである。その滑稽さに気がついたとき、私は闘いをやめた。そのときはじめて、父は私にとって一個の客観的存在となったのである。

—「電報!」

その声が玄関ですると、四人の子供たちは急いでそこへ飛んで行って、さっと障子をあける。父が立っているのだった。ふちなしの眼鏡をかけ、鼻の下に黒い髭をはやし、柔らかそうな毛の上衣に卵色のズボンをはき、片手にステッキを軽く持ち上げている。(父は卵色というのがよほど好きなのか、ズボンの色は四季を通じてほとんど卵色か、それに近い色のものに限られていた。雪のふる冬の最中でも、よその大人たちのように裾の長くて厚いオーバーは着ず、膝頭のみえる軽い半コートを着ていた。そして帽子というものは一切かぶらなかった）

父にだまされて、子供たちはなァんだという顔つきになる。すると父は、いたずらがまた成功したというふうに、口のまわりに笑いを浮かべながら、家のなかに上りこむ。「電報！」という父の声は、そのときどきで声色がちがうので、子供たちはよくだまされるのだ。が、たとえそれが父の声らしいと分っていても、子供たちは急いで玄関へ飛び出して行く。何か緊急な用件でもなければめったに飛びこんでこないその「電報！」という声が、子供たちの心に反射的に緊張をよびおこすからだった。

父は子供たちの部屋へ入ると、そこらじゅうに読み散らかした雑誌や本のまわりを「むむ、むむ」と鼻の先から奇妙な声をもらしながら、ゆっくりひとまわりする。子供たちがどんなものを読んでいるかを吟味するのだ。それが夕食のときなどに当ると、やはりおなじように「むむ、むむ」と鼻声をもらしながら、食卓のまわりをぐるぐるとひとまわりして、副食物についての何か注意らしいものを二言か三言母にあたえてから、二階の部屋に上って行く。母は奥の間の鏡台の前で手早く顔を直すと、祖母の用意した茶道具をお盆にのせて、とんとんと階段を上って行く。

父がこの家に泊まることは一度もなかった。二階の部屋で母としばらくの時間をすごすと（それは非常に短いときもあれば、またかなり長いときもあった）またどこかへ帰って行くのだ。「お父さんは病院へ帰るんだよ」と祖母が何度かいいきかせたが、子供たちはこの祖母の言葉を信用してはいなかった。父がこれから帰って眠る家が、別のどこかにあるだろうことを、子供たちはある感じで知っているのだ。が、その家がどこにあるかは正確には知らない。

その小路の中にある十一戸の家のなかで、両親と子供たちがいっしょに住んでいる家は四戸しかなかった。あとはみな女主《あるじ》の家ばかりである。それらの女たちのところへ、ときどき男がやってきては、またいつのまにか帰って行く。小路で遊んでいる子供たちは、それらの男たちにはほとんど関心を払わなかった。まるで他人を見るような眼で眺める子供も何人かいた。小路の子供たちにとっては、父親というものの存在感が稀薄だった。感情がそのように慣らされていた。父親は余計者であり、かつ〝異物〟だった。

—酒の座がしだいに乱れてきた。

おなじ町に住みながら、中学時代の古い仲間たちが八人も集っていっしょに酒を飲むのは、戦後これがはじめてだという。この三年数ヵ月のあいだは、だれもが食うことに夢中だったのだ。しかも私をふくめてここに顔をそろえた八人がみな応召兵だった。軍隊時代の思い出話がしきりにはずんだ。声も自然に高くなった。

私はその間隙をねらって、小吉という名の老妓にたずねてみた。

「ぼくの家のあったあの小路に『松乃家』という置家があったけど、あのお女将《かみ》さんはいまどうしているだろう?」

「ああ、染太郎姐さん…あのひとなら、戦争がまだきびしくならない前、商売に見切りをつけて、洞爺湖の温泉旅館を旦那に買ってもらって、そこの女主人に納まっているはずだわ。先見の明があったわけね」

小吉はその「先見の明」という漢語に、とくべつのアクセントをつけていった。染太郎の旦那はかなり大きな鉄工所の社長だった。戦争でボロ儲けをしたくちなのだろう。

「その温泉旅館の名前は?」

「さァ?」

「それじゃ、その『松乃家』に千代丸という名の半玉がいたはずだけど、記憶はない?」

「千代丸、千代丸、さァ?…どうも、さァさァばかりで相すみません」

小吉はそういって頭をさげてから、ふいにぽんと膝を打った。

「あら、その『松乃家』さんのことだったら、あそこにいた力弥さん、あのひと、いまもお元気で栄町に住んでいますよ。いいひとと結婚して、子供も二人できて、仕合わせに暮していますよ。名前は遠藤良子さん、あの電信浜へおりる坂道のすぐ近くです。そこへ行ってお質ねになってみたら?」

その力弥という芸妓に私は記憶があった。面長で、体つきのすらりとした、眼尻のすこし釣り上った女だった。しかし堅気《かたぎ》の人妻になって仕合わせに暮している女のところへ、昔の芸妓時代の話をききに行くのは失礼というものだろう。私は親切な小吉に礼をいうだけにした。

かなり遅い時間になってから、宴会は終った。私は松岡の世話で、港に近い海岸町の清川という旅館に宿を取っていた。ここは昔、おなじ名前の「清川」という小粋な構えの料亭だった。

床の中に入ったが、なかなか寝つけない。酒にあまり強くない私だが、友人たちにむりやり飲まされてずいぶん酔ったはずなのに、妙に頭が冴えている。冴えているというより、頭のなかに何かがぎっしり詰まっている。やはり十七年ぶりの帰郷ということが、私を感傷的にしているのだろうか。しかし、きょう一日の私は、八幡神社と測量山と、自分の生れ育った小路の家と、それから町の主な通りを三つほどひとまわりしてきただけのことだった。町並みはすっかり変貌し、道を行く人々のなかで、私の記憶のある顔には一つも出会わなかった。私はまるで異邦人だった。ただ山と海と空だけが変らずにいてくれた。

私の疲れは癒やされたのだろうか。

港の方から、ぼーぅという底重い汽笛がきこえてきた。その音色に私は遠い記憶があった。

「吹雪丸《ふぶき》?」

しかし、吹雪丸がいま健在でいるはずはない。それはこの町と噴火湾の対岸にある渡島支庁の森町とをむすぶ定期航路の船だった。体つきは小さなくせに、汽笛だけは太く大きかった。吹雪丸という名前がよかった。子供の私たちは、この名前に親しみを感じていた。黄色い煙突と黒い胴体をもったこの船が港を出て行くとき、悪童連が五、六人かたまって岸壁から海に飛びこみ、「ふぶき丸ーぅ、ふぶき丸ーぅ」と呼びながら跡を追ったものだ。そのころ、港は私たちの泳ぎ場の一つだった。が、函館から室蘭へ通ずる鉄道が全線完成してから、この内海航路は廃止され、老いさらばえた吹雪丸はしばらくのあいだ哀れな姿を港内にさらしていたが、やがていつのまにか見えなくなった。

なつかしい吹雪丸の汽笛によく似たその音色が、ふいに私にある情景を思い出させた。

―夜、中学五年生の私は、友人の下宿からの帰り道を急いでいた。その日、夕方からまた降りはじめた雪は、夜になって烈しい吹雪になった。私の急ぐ大通りの商店街はどこもみな戸を閉め、とぼしい街燈が青白く路を照らしているほか人影らしいものは一つも見当らない。ゴムの長靴をはいた私の脚の下は、すでに四十糎《センチメートル》ほどの雪が固い根雪になっている。背中から吹きつけてくる強い風で、頭からマントをかぶった私の体はときどきよろめいては蛙のように前へつッのめった。

私がようやくわが家のある小路の近くまでやってきたとき、前方の吹雪のなかから、突然、一つの人影があらわれた。赤い毛糸の襟巻に半分顔をかくした角巻姿の女だった。女は両手に荷物をさげ、わら靴をはいていた。その両手の荷物がよほど重いのか、それとも正面から吹きつけてくる烈しい雪で息がつまるのか、女もまた妙な恰好でよろめいては、雪道の上に片膝をついた。それを何度かくり返したあげく、女はとうとう荷物をほうり出して、そこに両膝をついたまま動かなくなってしまった。

私はそばへ走り寄って、声をかけた。

「あ、おにいさん…」

女はそういって、顔の半分をかくした赤い襟巻をずり下げてみせた。思いがけなく、それは千代だった。

私は雪道の上にほうり出された油紙包みの荷物をひろい上げた。一つの包みは乾昆布のにおいがし、もう一つの包みは干し魚のにおいがした。二つの荷物ともかなり重かった。

「すみません」

雪の上からやっと立ち上った千代は、小さな声でいった。

「おッ母さんが病気で、ちょっと家へ帰ってたんです。帰りの汽車が吹雪で三時間もおくれて、こんなにおそくなってしまって…」

「うちはどこ?」

並んで歩きながら、私はいった。

「日高です。日高の様似《さまに》です」

千代のいう様似は、この町から単線のガタガタ列車で六時間近くもかかる太平洋沿岸のさびしい漁村だった。

「おッ母さんの病気は?」

「はい、おッ母さんは寒くなるといつも体じゅうの骨が痛《や》むんです。でも、おかげさまでたいしたことがなくて…」

　小路のなかへ入ると、吹雪の勢いはぱたりと止まったが、私にはもう千代に話しかける言葉がなかった。私は千代が「おにいさん」と呼んでくれたことで、ただ体を赤く火照《ほて》らせているだけだった。

　二人の家までの距離はあまりに短かかった。

「ありがとうございました」

　私の家の前で千代はていねいに頭をさげると、二つの荷物を無理に私の手から受けとって、筋向いの「松乃家」に入って行った。それを見とどけてから、私も家に入った。

　茶の間のストーヴの前に、母が一人、まだ起きていた。

「ずいぶんおそかったじゃないの。もう十一時すぎだよ」

「ああ、本町の吉村の下宿へ剣道部の仲間が四人も集って、すっかり話しこんじゃったんだ」

　そう答えて、すぐ二階へ上りかけようとする私へ、

「いまのひと、だれ？　なんだか声がしてたようだけど…」

「向いの千代ちゃんだよ。表通りで動けなくなっていたんだ。重い荷物を二つも持って、この吹雪にやられて…」

　そこまでいってから、私はまたストーヴのそばへもどると、母の前にきちんと膝を折って、

「ぼくは、いつかきっと、千代ちゃんと結婚してみせるからね」

いきなり、いった。

その私の出しぬけの言葉に、母はとくべつ驚いた顔もみせず、しかししばらく黙ってから、

「ああ、あんたが大人になったらね」

へんに静かな声でいった。

この母の一言が、せっかく気負いたった私の出鼻をくじいてしまった。二の句がつげず、私は黙りこんだ。が、心の底では、何か重い荷物をほうり出したあとのような安堵を感じていた。

「さ、もうおそいからお休み…」

母はまたへんにやさしい声でいった。

二階の部屋に敷かれた私の蒲団には、湯たんぽが入っていた。それで冷えた脚をあたためながら、私は心のなかでしきりにおなじ言葉をくりかえした。

「おとなになったら…おとなになったら…」

しかし私がおとなになるのは、まだはるかに遠い先のことだった。それはほとんど絶望的に遠い時間であった。私は母にだまされたのだ。

「母はズルイ…」

と私は思った。

千代とはじめて言葉を交わしたその吹雪の夜から一週間ほどして、私は北大の水産専門部を受験するため札幌へ発った。私はほんとうは東京高等商船学校に入りたかったのだが（この学

校を出て外国航路の高級船員になり、見知らぬ異国の港々を遍歴したいというのが、私の単純な夢だった）近視のため受験資格がなく、せめて海に縁のある学校として、北大の水産専門部をえらんだのだった。

二日間の試験を終えて札幌から帰り、十日ほど経っても私は小路のなかで千代に行き会わなかった。思いあまって、私は母にたずねてみた。

「あら、知らなかったの？　千代ちゃんは胸をわるくして親御さんのところへ帰されたんだよ。かわいそうに」

と母はいった。

「おにいさん」

と呼んでくれた千代の声が、その後しばらく私の耳について離れなかった…。

ぼーぅ、ぼーぅと底重い汽笛がまた枕元へひびいてきた。その音に吸いこまれるように、瞼《まぶた》が重くなってきた。

〔1982年「新潮」1月号　初出〕

北へ往く

札幌の丘珠《おかだま》空港から稚内《わつかない》空港へとぶ飛行機は、客席十八、九という驚くほど小さな双発機だった。YS11とよばれる国産の小型旅客機には何度か乗ったことがあるが、それよりもはるかに小さい。何という機種なのか、ともかくもはじめて見る飛行機だ。しかも一日一便だという。北海道の北端の町へ行くのに、この空路を利用する客はごくわずかなのだろう。

札幌の空はよく晴れていた。

「この天候なら、サロベツ原野の眺めはすばらしいですよ」

窓ぎわのうしろの席から、T君が機嫌のいい声をかけてきた。T君は道庁の或る課の係長を勤めるかたわら、いい詩を書いているひとで、その縁で親しくなったのだが、私のこの旅のためにわざわざ役所から、三日間の休暇をとって、案内役を買って出てくれたのだ。

昨夜、私は札幌での用件をすませたあと、薄野《すすきの》の飲み屋でT君と三年ぶりで会い、いっしょに酒を飲んだ。その折私は、せっかくの機会だから明日は汽車で稚内へ行き、宗谷岬とサロベツ原野を見てから東京へ帰るつもりだと話した。

「いや、サロベツ原野は車でただ走っただけではスケールの大きさはつかめません。やはり飛行機で行って、まず空から眺めるのがいちばんです」T君は即座にいってから、「それにあの原野の路は一見単純にみえながら、実際に車で走ってみると、何本もの糸がもつれたようにこんぐらかっていて、地理不案内の運転手にかかったらどんなところへ迷いこんでしまうか分らんです。さいわい稚内の役所に、ぼくらが〝サロベツの主《ぬし》〟と呼んでいるNという若い男がいます。ぼくらといっしょに詩の雑誌をやっている男です。彼の車でサロベツを案内してくれるよう、今夜さっそく彼の家へ電話しておきましょう」

T君は親切にいってくれた。私は札幌から稚内への空路があることを知らなかった。汽車で行けば九時間半はかかる。六十代の半ばに近い私の体にはさすがにきつい。それにサロベツ原野の路がT君の話のように単純なものではないとしたら、やはり適当な案内役がついていてくれた方がありがたい。よろしく、と私は頼んだ。突然、T君が「あ！」と大きな声を出した。

「明日は土曜日でしたね。役所は半ドンだし、あいだに日曜をはさめば三日くらい休みを取ってもかまわんな。実は厄介な仕事が一段落して、やっとひと息ついたところなんです。それにぼくがサロベツ原野を訪ねたのはもう五年も昔のことで、その後一度も行っていないんです。いま、あなたの話をうかがったら、ぼくも急に行ってみたくなりました。あとにくっついて行ってもよろしいですか」

この申し出も、私にとっては幸便なことだった。そりゃ、ぼくの方がありがたい、と私はいった。

飛行機が空港を離陸して二十分ほどで標高一、五〇〇メートルの暑寒別岳《しょかんべつだけ》の上空を通過したあたりからにわかに気流が変って、雲の層がしだいに厚くなり、やがて視界は白一色に閉ざされた。約一時間後、稚内空港に着くまでこの白一色の雲海はついに切れることなく終った。待望のサロベツ原野も利尻富士も空から眺めることはできなかった。

「残念です」

T君がいかにも残念そうな顔つきでいってくれるが、空のご機嫌には文句のつけようがない。

稚内空港にはT君から電話で連絡のあった若いN君のほかにもう一人、おなじ役所に勤めながら絵を描いているという中年のK氏が出迎えてくれた。このK氏とT君とは旧知の間柄だった。

さっそくN君の運転する車に乗りこんで、宗谷岬へ。宗谷湾に臨んだ海沿いの道を東へものの半時間ほど走っただけで、あっけなく岬へ着いてしまった。岬の突端に「日本最北端の地」と刻んだ高い石造の碑が立っている。季節は六月の下旬で、まだ観光客らしい人間の姿は見られないが、それでもどこか奥地の村からでもやってきたのか、十数人づれの若い男女の一団が何人かずつ組になっては石造の碑の前に立ち、代るがわるカメラのシャッターを切っている。この若者たちには「日本最北端の地」という言葉に、何かとくべつな感情を刺激されるのだろう。

私はこの岬に裏切られた。鱏《えい》の形をした北海道のそれぞれの突端にある三つの岬を私は見てきたが、東端のノサップ岬も、西端の白神《しらかみ》岬も、南端の襟裳《えりも》岬もみな高く切り立った断崖で、岩礁の先端が海面へ牙《きば》をむき出してあらあらしく躍りこむような男性的な風貌をみせてくれたのに、この北端の岬だけはまるで意気地がないほど女性的だった。

岬の背後は青草の生えた小高い丘陵になっているが、その前面はかなり広い平坦な砂浜だ。

石造の碑の立っているのはその砂浜なのだ。すぐ近くで浅いみどり色をした海の水がちょろちょろと戯れている。これが「岬」だろうか。そしてこれが「日本最北端の地」なのだろうか。まるでそこらの海水浴場とすこしも変らぬ風景ではないか。私は苦笑した。岬にケチをつけてもはじまらない。

が、これでともかくも、私のながい間の心のしこりが解けたことだけは、たしかな事実だった。まもなく六十代の半ばに達しようとする一人の男の言い草としてはあまりに幼稚すぎる、と嗤われるかもしれないが、北海道の地図をひろげて、東西南と三つの突端の岬には足を着けたのに、この北端の岬にだけはまだ立ったことがない、というのが、私には一種の〝欠落感〟としてながく心の底に残ってきたのだ。母親の掌に飴玉が四つ載っていれば、その三つを取っても、残ったもう一つを取らなければ泣きやまぬあの赤ン坊の心理とおなじものなのか。いや、私の〝欠落感〟の詮索などはもうどうでもよい。それはいま充たされたのだ。私は満足しなければならぬだろう。

「晴れていれば、海峡の向うに樺太が見えるのに、残念です」

砂浜に腰をおろしたT君は、きょう二度目の「残念です」をいった。しかし、たとえ見えたとしても、それはもう樺太ではない。サハリンという名の異国の領土だ。ふいに或る記憶が私の頭の中をよぎったが、それを言葉として口に出すことを、私はやめた。

その砂浜に沿って、観光客相手のみやげ物屋が何軒か並んでいる。若いN君がいま海から上ったばかりだという蒸し立ての大きな毛ガニを四つ、ビニールのふろしきに包んで戻ってきた。四人車座になって、さっそくそれに食らいつく。海の風に吹かれながらの、この手づかみの味はこたえられぬ旨《うま》さだ。食の細い私は、一匹の毛ガニで満腹した。

やがて車は宗谷岬から稚内の町なかを突きぬけて、西側のノシャップ岬へ。その岬の突端をまわった車は、こんどは日本海沿いにまっすぐ南下する。途中、抜海《ばっかい》という名のさびれた漁村をぬけ出ると、あとはもう人影というもののまったくない平坦な道が一直線に伸びているだけだ。

「道がずいぶんよくなったね。五年前はまるで迷路のようだったが」とT君。

「酪農中心の開拓農家が南の方からすこしずつ増えてきたんで、国が金をかけて整備中というところなんです」とN君。

が、しばらく走ると、この平坦な道がしだいに波のうねりのような起伏をみせはじめる。

「この辺り、もうサロベツ原野ですよ」

N君の声に、私はあわてて車窓から眼を凝らす。この巨大な湿原帯の上にできた道は、冬期の凍結のため地表が突き上げられて、こういう形になるのだという。

サロベツ原野—天塩川下流の北部、総面積約一五〇平方キロの南北に細長く伸びた広大な泥炭湿地帯、と物の本に書かれているが、こういう抽象的な数字では実感が湧かない。私のはじめて見るサロベツ原野は、ただもう視野のかぎりむなしく伸びひろがったみどりの沙漠であった。空虚といえばこれほど空虚な風景を私はまだ見たことがない。

「晴れていれば、海の向うに利尻富士が綺麗に浮かんでいるはずなんだが、残念です」

T君はきょう三度目の「残念です」をいった。むろんそれは私のために親切にいってくれているのだが、しかしこの空虚な風景は空虚なままに眺めるほうが、かえって自然の意に叶うのではないか。

しかも、この空虚な風景の中を車がただ無表情に走りつづけているおかげで、私の頭のなかの或る遠い映像の記憶もしだいに鮮明な形をとりはじめている…。


——あの時も、私と坂井の二人を乗せた一台のトラックは、オホーツク海と落葉松《からまつ》の原生林のあいだにはさまれた一本の細い道を、北へ向って無表情に走りつづけていた。トラックの荷台にはわら縄やロープや莚《むしろ》や石油缶や野菜などが満載されていたが、私たち二人もまたそれらの「荷物」の一部として、そこに積み上げられていた。

北大水産専門部の二年生になった夏、私と坂井は二ヵ月の暑中休暇を利用して、樺太放浪の旅を企てた。放浪といっても無目的なものではなく、私のほうは母方の叔父が東海岸のはるか北にある敷香《しすか》というところでかなり大きな漁場を経営していたし、坂井のほうは伯父の一人が首都豊原の樺太庁で部長職の官吏を勤めていたから、最終的には二人の落ち着き先は決まっていた。

札幌から稚内へ、稚内から宗谷海峡をわたって大泊《おおどまり》へ。この大泊からはじめて豊原、真岡、本斗と主な都市をまわりながら、水産試験場、鮭鱒の孵《ふ》化場、各種の缶詰製造工場、魚市場、漁業会社などをひと通り見学した。この「見学」はわれわれの本意ではなかったのだが、坂井の伯父の家に三日ほど厄介になっているあいだ、彼は水産専門部の学生にふさわしい見学場所を部下に命じてリストアップさせ、それらの代表者宛に紹介状を兼ねた名刺を大量に手渡してくれたのだった。

樺太のような半植民地では、本庁の高級官吏の判をおした名刺の威力は絶大であった。われわれは到るところで丁重な扱いをうけた。しかし、そのためにかえってわれわれは、まじめな学生らしい表情と態度をいつも装わなければならなかった。これは苦痛だった。だから、夜になると、ほとんど決まって酒と女のいる場所へ出かけた。が、女の軀を金で買うというところまでは行かなかった。坂井はみずから童貞と称していたが、そういう酒場女をよろこばす術は驚くほど巧みであったから、彼の童貞ははなはだ疑わしかった。私の方はまちがいなく童貞だった。坂井は酒がつよく、私はたいへん弱かったが、それらの「遊興費」は必らずワリカンにした。それがこの旅に立つ前からの固い約束だったからである。

こんな旅を一週間ほどしてから、われわれはふたたび豊原の坂井家へもどり、そこに一泊した翌日、北の敷香へむかって出発した。

私の叔父が漁場をやっている敷香という町は、露領北樺太との国境から八十数キロという地点にあり、ホロナイ川が多来加湾《たらいか》にむかって口をひらいた所だが、そのホロナイ川を何百メートルか溯ると、流域に広大なツンドラ地帯がひらけ、そこにギリヤークやオロッコ族が住んでいる。（この珍らしい種族のことは、私が子供のころ、室蘭の家へやってきた叔父がおもしろおかしく語ってきかせてくれた上、彼らの男の子や女の子たちの着る衣服や履物や帽子や頸飾りや、狩猟に使う弓や矢などをみやげに持ってきてくれたものだ。それが私の記憶に鮮明なものとして残っていた。）われわれの旅の最大の眼目も、実はこの北端の広大なツンドラ地帯に住むギリヤークやオロッコ族を見ることだった。

私と坂井は東のオホーツク海側を走る樺太鉄道に乗り、十数時間の長い旅をして、終点の新《に》問《とい》という駅でおりた。新問から敷香までは一日一回の船便しかない。が、もう夜だった。私たちは駅前の小さな商人宿に泊まった。

問題はその翌朝に起った。いざ勘定ということになったとき、私たちの所持金は二人あわせて一円にも足りなかった。私は坂井のふところを当てにし、坂井は私のふところを当てにしていたのだ。二人は顔を見合わせて、思わず笑い声をあげた。「逃げるか」と坂井はいった。「逃げるか」と私もいった。しかし、それはただそう言ってみただけのことだった。

この場合、問題の解決は容易なはずだった。宿の主人に事情を話して、それぞれの親もとへ「至急金送れ」と電報を打つか、それよりも手ッ取り早く、豊原の坂井の伯父のところへ電話で借金を申しこめば、ことは簡単にすむ。が、われわれはそうはしなかった。もともとこの旅は〝放浪〟という名のもとにはじめられたのだ。それなのに放浪らしい放浪はまだ何もしていない。高級官吏の権威のある名刺を振りまきながら、あちこちうろつきまわっただけのことだ。〝放浪〟はぜひともしなければならなかった。

そこでわれわれは宿の主人の前に膝を折り、「適当な働き口をみつけてくれ」と頼みこんだのだ。

不思議なことに、狐のような顔つきをした宿の主人は、学生服を着た二人の若者を前にしながら、「親のところへ電報を打て」とはいわなかった。その代りに、彼は別なことをいった。

「お前さん方みたいなのを、この樺太ではじゃこしかというんだよ。ま、いい口がみつかるまで気楽にしていなさい」

猫なで声でいってから、妙なうす笑いをみせた。

(このとき、宿のおやじのいった〝じゃこしか〟というのは、〝じゃこ鹿〟のことであり、じゃこ鹿というのは〝麝香鹿〟であることがあとで分ったが、しかし私たちみたいな一種の無銭飲食者をなぜ〝麝香鹿〟というのか、それはだれに聞いても分らなかった。もう一つ、このとき狐のような顔つきをした宿のおやじが、なぜ私たちに電報を打てといわなかったのか、これもあとで分った。つまり彼は旅館業者のほかに、もぐりの口入れ業者でもあったのだ。その方が宿賃よりもはるかに高い金が取れただろう。私たちは彼にとってはていのいいカモだったのだ)

それから三日間、私たちは宿の一室で将棋ばかり指して暮した。メシは食わせてくれたし、酒も飲ませてくれた。四日目の朝、宿の前に荷物を満載した一台のトラックが停まった。

「お前ら、これに乗って行け」

宿のおやじはあごをしゃくった。もう猫なで声ではなかった。眼つきにもスゴ味があった。私たちは荷物の上に這い上った。

—トラックは海と原生林のあいだの道を、相変らず無表情に走りつづけていた。どこまで行っても右手は灰色のオホーツク海であり、左手は褐色の落葉松の原生林である。やがて私の網膜から風景としての形は消え、それは単色の無味な空間に化してしまった。その底から、不安な感情がしだいにふくらんできた。

陽気でおしゃべり好きな坂井も、いまは口を半ばあけ、眼は放心したように前方に向けられたままだが、おそらくその眼にも風景は映っていないだろう。明らかに彼も不安を感じていた。

しかし、われわれの不安をわずかに癒やしてくれるものが、一つだけあった。それは運転台の助手席にすわっている十六、七の若い娘だった。その娘は不思議な容貌をしていた。日本娘ではなかった。アイヌ娘でもなかった。むしろロシヤ娘に近かった。色の褪めた花模様のメリンスの着物の上に海豹《あざらし》の毛皮を着こみ、絣のもんぺに半長のゴム靴をはいている。赤いスカーフで頭を包んでいるが、うしろ首にはみ出た髪の毛は赤ちゃけてちぢれていた。眼窩の深い瞳は暗いみどり色をしているが、よく見るとロシヤ娘でもなかった。顔の色に透明な白さがなく、灰色の色素が皮膚の下に沈んでいた。

トラックが新問の宿屋を出発してから間もなく、坂井は運転手に「どこへつれて行くのか」とたずねた。ごつい顔つきをした若い運転手は「ま、黙って乗っててけれや、行けばわかる」とひどく不愛想な言葉をひとこと答えたきり、あとはむっつり黙りこんだ。坂井は混血娘の方へ話しかけた。が、娘は何も答えない。坂井の言葉がすこししつこくなると、娘は無言のまま坂井の顔を見返した。その眼には何か刺すような鋭い険《けん》があった。われわれは運転手にも混血娘にも簡単に黙殺された。が、どこへつれて行かれるにしても、おなじトラックに若い娘が一人乗っていることは、われわれにいささかの慰めをあたえてくれた。

どれほどの時間をトラックは走ったか（それはおそろしく長い時間のように思われた。私たちは時計を見ることさえ忘れていたのだ）前方の道が二股にわかれ、トラックは左手の原生林の中に踏みこんだ。辺りがにわかに暗くなった。湿ったにおいが鼻先に触れてきた。密林はいよいよ深くなり、同時に暗さが増した。トラックはライトを点けた。

やがて密林の細いすき間から、鉛色の平面が鈍く光り出した。トラックは急にスピードを上げた。その密林を抜け出たとき、前面に灰白色の砂浜が遠くひらけ、そこに巨大な建物が立っていた。

西田鮭鱒缶詰工場――入口の門柱にかかった細長い表札に、こういう文字が読み取られた。

私たちが、二頭のじゃこ鹿として売られたのは、ここだったのだ。

事務所らしい木造の建物の前で、トラックは停まった。例の混血娘に案内されて中に入ったとき、奥の席から作業衣を着た一人の大男が、やァと両手をひろげながら立ってきた。

「よく来たな。待ってたところだ。おい、丸《まる》さん、この二人、面倒みてやってくれんか。それからきみたちに一言いっておく。きみたちは学生らしいが、ここへきた以上、学生あつかいはせんからな。そのつもりで仕事をしてくれ。わしがここの工場長だ」

眉の太い、あごの四角な工場長は、てきぱきといってから、すぐまた自分の席へもどった。

工場から百メートルほど離れたところに、木造の建物が五棟並んでいる。左手奥の二棟が雑夫の番屋、右手の二棟が漁夫の番屋、いちばん手前の一棟が中幹部の番屋だ、と「丸さん」と呼ばれた老事務員は説明してから、私たちをその「中幹部」の番屋に案内した。

番屋とはいえ、独立の家屋として、むろん食堂や炊事場や洗面所や浴場や便所は付いているが（炊事その他の世話は専属の雑夫が二人、彼らの住む棟から毎日出張ってきて、すべてやってくれるのだという）しかし居室となると、ひどいものだった。半間ほどの廊下をはさんで二段式に向き合った部屋が板壁で幾つかに仕切られているだけのことだ。もっともおたがいの暮しが見えないように、それぞれの部屋の前にカーテンだけは垂らしてある。私たちに割当てられたのは、右手奥の上段の部屋だった。

「ぼくらはいつごろ帰れるんでしょうかね」さっそく坂井が気易い言葉をかけた。

「漁《りょう》しだいだよ」と老事務員は答えた。

「漁しだい？」

「漁がよくて、缶詰が一万箱出来れば帰れるだろうさ」

「一万箱？」私と坂井が同時に声をあげた。

「まだまだ先のことだね」

老事務員はそういってから、作業衣や寝具や行李などはすぐ雑夫に運ばせるから、ま、一服していってくれ。作業衣に着かえたら、工場内の詰所に行けば、お前さん方の仕事の段取りは教えてくれるはずだから、と親切な言葉を残して出て行った。

やがて私たちは、金ボタンのついた学生服を脱いで、青い菜っぱ服に着かえた。

私たちのはじめて経験する労働生活の最初の一日は、こうしてはじまったのだ。

労働はきつかった。朝五時半の起床、そして終業の汽笛の鳴るのは、たいてい夜の十一時だった。漁期は短かいのである。そして魚は一尾も逃がしてはならない。

西田鮭鱒缶詰工場は、幅三十メートル、長さ百十メートルほどの鉄骨組トタン張りの建物で、工程はむろんコンベヤー・システムになっていたが、それは私たちがあの真岡の工場で〝見学〟したものとほとんど変らなかった。が、見学と労働とはまったくちがったものだった。

搬入―切断―水洗―詰込―秤量―被蓋―殺菌―絞蓋―殺菌―冷却―打缶―箱詰―納庫と、工場内の全工程はただ一本の幅の広いベルトに乗って、無限に雑夫たち（ここでは工員とはよばず、雑夫とよんでいた。そして「中幹部」であるはずの私と坂井の役目も、この工程のなかの二つの〝殺菌〟のパートだった）の眼の前を流れて行く。

われわれはもう一瞬の油断もならない。もし〝被蓋〟のパートを受け持つだれかが、不注意か放心で、魚の肉片を詰めた缶の一つに蓋をかぶせることをわすれたまま、ベルトの流れに乗せてやると、それは絞蓋機の下に行って凄じい勢いで破裂し、中の肉片は辺りいちめんに飛散して、機械の運転は一時中断される。そしてそのパートを受け持つ雑夫たちの前には、つぎからつぎへと無限に流れてくる缶詰の列が絞蓋機の前でせき止められ、たちまちそこに缶詰の山をきずいてしまう。そのために、〝絞蓋〟以後の工程もまた一時中断ということになる。たった一つのミスが工場の全作業の能率をたちまち狂わせてしまうのだ。

だから、作業中は絶対に無言でなければならない。よけいな口をきかず、よけいなことを考えず、ただ眼の前を流れるベルトを監視しながら、一刻も休まず単調な作業をつづけなければならない。人間もまた機械の一部であった。そのことを、私は私自身の肉体をもってはじめて知らされたのだ。

作業の終ったあと、私はまるで痴呆のように白けた顔つきになり、体の中が一つの空洞にでもなったような気がするのだった。ちょうど漁期は絶頂期にさしかかっていた。魚群の一大集団が灰色の海面を厖大な黒褐色に染め、渚をめがけて殺到してくる。六十名の漁夫と百名の雑夫とが一団となってこれに必死の闘争を挑むのだが、しかし殺到してくる魚群は絶望的なまでに無限だった。

工場長は労働時間をついに一日二十時間に延長した。コンベヤーの回転速度が急激に高まり、ボイラーメーターの針先が破裂点近くまで撥ね上った。ベルトの上で金色の横腹をギラギラ光らせながら奔流してくる缶詰の列は、雑夫たちに一種の目まいを起させ、そのために卒倒する者さえ何人か出てきた。とくに断截機の作業は危険だった。早朝から一刻の休みもない立ちづけの疲労で、鋭い鉄の歯形をガクン、ガクンと上下に噛み合わせているその恐ろしい鉄の歯のそばへ、ついふらふらとのめり込んで行く。

深夜、工場内の神経は恐怖を感じさせるまでに緊張してくる。一切の音が消滅する。何もの も耳に入らない。機械の騒音さえ、或る一つの〝無〟のなかに溶けこんでしまう。

私の仕事は出来上った缶詰を細長い円筒形をした蒸気釜のなかに入れ、それを百二十度の熱で殺菌することだったが、そのようなとき、私の手が自身の意志を離れて勝手にスチームメーターのボルトを調節しているのに気がつくと、一瞬私は愕然とするのだ。自分のほかに、別な自分がもう一人生きている!

午前一時、夜業終いの汽笛が鋭い悲鳴のように鳴りひびくと、雑夫たちは黙々と持ち場を離れ、全身に魚屑を浴びたまま、また黙々と列をなして工場を出て行く。彼らのその哀れな家畜のような後姿を見ていると、私はだれにともいいようのない怒りで胸が熱くなってくるのだった。

私と坂井の二人が番屋へ帰ってくるころ、ほかの中幹部たち（工場内の機械工、電気工、汽《か》罐《ま》炊き、発動機船の船員、船大工、工場詰所の事務係など）はみな深い寝息を立てていた。私たちはもう入浴する気力もなく、魚肉と機械油の臭いのしみこんだ体のまま、固い蒲団のなかへどっと倒れこんでしまうのだ。眠ることだけが唯一の救いだった。

漁期はやっと峠を越えた。

労働時間は平時に戻された。夕飯がすむと、私はひとりで番屋をぬけ出して砂浜に出た。曇り日の多いオホーツク海は半透明なねずみ色をしていた。海の水は夏のさ中でもしびれるような冷たさで、若い漁夫でさえその中に入ることはできなかった。空は鉛色だった。

ねずみ色の海には小さな黒い頭が幾つも浮かんでいた。それは海豹——土地の言葉でいえば〝とっかり〟だった。とっかりたちは沖合いに張りわたした建網のなかの鮭や鱒を食いに集ってくるのだが、保津船で沖取りに出た漁夫たちが網を起すと、頭のない胴体だけの魚が幾十尾もからみ上ってくる。とっかりは不思議に魚の頭しか食わぬのだという。漁夫たちの背中の毛皮は、みな半ば公然と「密猟」されたこのとっかりたちの毛皮だった。

砂浜に足を投げ出して、夕方のほの白いうねりをみせた海面に悠々と浮きつ沈みつしている海豹の黒い頭を黙って眺めていると、妙に人恋しい気分に駈られてくる。

私はチャルクのことを思っていた。これがあの混血娘の名前だった。私は中幹部の老船大工から、彼女の話をゆっくり聞かされたのだ。

チャルクは、白系ロシヤ人の男とアイヌの女とのあいだに生れた子だった。工場から五百メートルほど離れた砂浜の上に、みすぼらしい掘立小屋が一つ建っている。この小屋には五人のアイヌの女が貧しい共同生活を営んでいた。これらの女たちはかなり遠くの部落から漁期のあいだだけ工場に雇われて、さまざまな雑役に使われるのだ。チャルクの母親はこの掘立小屋の女の一人だった。チャルクを生ませたロシヤ人の男も、かつてはこの工場の機械工だったのだが、一夏の漁期が終って金をふところに入れると、黙って姿を消してしまったのだ。(あのじゃこ鹿という呼び名は、実はこういう渡り者たちにつけられたアダ名だった)

掘立小屋のなかのただ一人の若い娘であるチャルクは「大幹部」たち(工場長、技師長、漁撈長、工場付きの医師)の小間使いだった。むろん、これらの大幹部たちの世話役としては、中年の夫婦者が別にいた。

私と坂井は工場の昼休みのときなど、よくチャルクと砂浜の上で出会った。もんぺ姿に海豹の毛皮を着こみ、それに半長のゴム靴と、チャルクの服装はほとんどいつもおなじようなものだったが、ただ頭を包むスカーフだけはときどき変った。赤い色、黄色、みどり色、それにさまざまな色を取り合わせた花柄や縞柄。それらの色は、色彩のとぼしいこの灰色の世界のなかではひときわ鮮明に浮き立って、いかにも若い娘らしい華やかな色気をみせた。

しかし、チャルクは依然として私たちには冷淡だった。私たちは一度も彼女を笑わすことができなかった。絶えず何かに怒っているような、そして絶えず何かの迫害を妄想しているような、そのために逆に挑むような敵意をふくんだ彼女の冷たい眼に出会うと、私たちのせっかく親しみかけた心もたちまち凍ってしまうのだ。

（チャルクはなぜあんな眼で自分たちを見るのだろう？）

いや、チャルクがその敵意のこもった冷たい眼を向けるのは、必ずしも私や坂井の二人だけではなかった。漁夫たちや雑夫たちも、工場の近くでチャルクの姿を見かけると、だれかれとなくヒューと口笛を吹いてみせたり、なかには露骨に卑猥な言葉を投げつける者も何人かはいた。が、チャルクは顔色一つ変えず、暗いみどり色の眼で男たちを突き刺すように見返しながら、足早にその場をすり抜けて行くのだった。

私はチャルクの後姿に哀れを感じた。それはほとんど恋情に近いものだった。

工場には、ついに「一万箱」の祝いの夜がきた。作業は半日の休みとなった。

するめ、にしんの燻製、ほし鱈、キャラメルやまんじゅうやせんべいなどの入った菓子袋、真新しい木綿の手拭いが一本、そして地酒の四合瓶が一本。これらの物が作業員全員に配られた。漁夫や雑夫たちは彼らの番屋で、中幹部たちも自分の番屋で、それぞれに出来上った一万箱の缶詰を祝ってささやかな酒宴を催すというのが、この世界の慣例であるらしかった。

中幹部の番屋の食堂では、最年長の老船大工の音頭で、シャン、シャン、シャンとめでたく手を締め、それから各自持参の四合瓶の口が抜かれた。六月初旬から八月中旬のこの日まで、ほとんど二ヵ月半ものあいだ表立っては一滴も口にすることのできなかった酒である。一本の四合瓶はたちまち空になった。すると一人の電気工が立ち上って、自分の部屋の床板を二、三枚剝ぎ起すと、そこから一升瓶が五本も出てきた。それは毎日の残飯を溜めてつくったどぶろくだった。一座にどっと喝采の拍手が起った。盃代りの茶わんのやり取りは一層にぎやかになってきた。

津軽節、じょんがら節、八木節、秋田おばこ、そして追分節と自慢の民謡がつぎつぎと歌われはじめた。手を打つ者、茶わんを箸で叩きながら伴奏をつける者、そして歌詞がだんだん卑猥なものになってくるにつれて、座はいよいよ活気づいてきた。

「おい、ちょっと外へ出ないか」

騒ぎの隙を見すまして、坂井が私の耳元に囁いた。二人は小便に立つ振りをして番屋の外に抜け出た。砂浜は濡れるような青白い月光だった。坂井は無言のまま足を早めた。

「どこへ行くんだ?」と私はいった。

「チャルクのところへだ」と坂井は答えた。

「チャルク? 何をしに?」私はまたいった。

「結果はあとで報告する」

坂井はいきなり駈け出した。私も反射的にあとを追った。坂井の影法師が青白い砂の上で烈しく伸び縮みした。酒によわい私の脚はすぐにもつれ、見るまに引き離された。私はぺたりと砂の上に膝をついてしまった。

アイヌの女たちのいる小屋からは、ちらちらとカンテラの光が洩れていた。にぎやかな笑い声や歌声のようなものがかすかに聞こえてきた。一万箱祝いの酒や菓子は、この小屋にも配られたのだろう。坂井の黒い影が小屋のまわりを二、三度うろついてから、中へ入って行った。笑い声と歌声がぴたりと止んだ。やがて、そこから二つの黒い人影が出てきて、小屋の裏手にある白い砂の丘の蔭に消えた。

(チャルクは今夜潰《けが》される)

と私は思った。数日前、私は坂井とこんな会話を交わしていたからだ。

「おれはここから帰るまでに、必ずチャルクをものにしてみせるからな」

「惚れているのか?」

「バカな！　おれは憎んでいるんだ。あいつはあの新間の宿屋へおれたちを迎えにきてから、きょうまでずっとあんな眼でしかおれたちを見ないじゃないか。あいつはおれたちをケイベツしてるんだ。宿銭を踏み倒してここへ売られてきたケチなじゃこ鹿だと思ってるんだ。おれはそれがゆるせない。必ずあいつを裸にしてみせる」

坂井は単純な男だった。単純なだけに強い男だった。いつも自分を剝き出しにして生きている正直な男だった。私は彼のこの陰のない性格が好きだった。

（チャルクは今夜裸にされる）

と私はまた思った。私は烈しい敵意を坂井に感じた。が、もう遅かった。私は砂浜の上に仰向けになった。砂の冷たい感触が、私の体の酔いをさましてくれるようだった。私の顔の真上には、一面の星空がひろがっていた。北の果ての夜空は遠く高く澄み上って、星の一つ一つが透明に輝いていた。そして私の耳の底には、月光に青白く砕け散る重い波の音があった。

私は眼をとじたまま、いつまでも動かなかった。かなり長い時間が経ったと思うころ、ふと耳の裏にすたすたと砂を踏む足音をきいた。近づいてきた人影は坂井だった。私は彼の名を呼んだ。彼の脚がぎくりと停まった。彼は右腕に手を当てていた。私は起き上って、どうした、といった。

「あいつに嚙まれたんだ。失敗したよ。やっぱり憎んでいる女にはダメだ」

坂井は吐きすてるようにいった。

「痛むか？」と私はやさしい言葉をかけた。

「痛む。思いきりやられたからな」彼の顔は歪んでいた。

「早く番屋へ帰って、冷やさなきゃダメだ」と、私はいった。すると坂井は、靴や靴下を脱ぎ、ズボンの裾を高くたくし上げると、そのまままっすぐ海の中へ入って行って、裸にした右腕を冷たい水に漬けた。坂井はいつもの坂井に戻っていた。私の顔から微笑とも苦笑ともつかぬ笑いが洩れた。

翌日は、品質選別のための最後の「打缶」が行われた。

頭の先に丸い小さなイボのついた細長い金属の棒で、でき上った缶詰の蓋を叩いてみて、その音によって良品と不良品を選別するのだ。良品はフランスへ輸出され、不良品は内地向けとなるのだった。専門社員の手によるこの作業は、管轄官庁である敷香支庁の役人立会いの下に行われるのだが、その役人はすでに敷香から車で工場にきていた。

打缶の終るまで約三時間、工場内の午後の作業はまた一時中止となった。私は坂井を外に誘ったが、彼はきかず番屋に残った。坂井は昨夜のあのことのせいか、朝から不機嫌で、ろくに私と口をきこうとはしなかった。彼の右腕の青黒い腫れは、まだすっかり引いてはいなかった。

私はひとりで工場の門を抜け出ると、ここへ来るときトラックの走ってきた落葉松の林のなかへ入って行った。林のなかは静かだった。落葉松の幹の下に、丈のひくい小さな葉をつけた灌木がそこここに群落し、その枝々にぐみに似た紅紫色の実をいっぱいつけていた。フレップというこの地方特有の野生の果樹で、樺太ではこの実からフレップ酒をつくるのだ。つまんで食べると、桑の実のような甘酸っぱい味がした。

私はそのフレップの実を紙袋の中にたくさん集め、それをひとつかみずつ口の中へほうりこんでは紅い唾液を吐きちらしながら、なおも林の奥へ入りこんで行った。

すると私は、思いがけなく芝生の地面に出てしまった。どうしてそんなところが出来たのか、その十坪ほどのところだけが円形の芝生になり、明るいみどり色に映えているのだ。手を触れてみると、なにか動物の柔毛《にこげ》のような感触を訴えてきた。

「ほう、森のなかの舞踏場！」

私は踊る代りに手足を投げ出して、そこに寝ころんだ。円形にくぎられた高い空が更紗のような青さで眼に沁みてくる。あの陰鬱な曇り日でさえなければ、この北辺の国の空も海も美しい色をしているのだ。

ふいに、耳もとでがさという物音がした。私は急いで体を起した。と、そこに姿をあらわした人間の顔を見て、思わず声を出した。

「チャルク！」

それはチャルクだった。チャルクもまたフレップをいっぱい詰めこんだ紙袋を手にしたまま、そこに棒立ちになっていた。しかしチャルクの眼には、いつものあの鋭く刺してくるような険はなかった。それどころか、何か微笑に似たやわらかな光さえ感じられた。

「おいでよ」

チャルクのその表情に、私は安心して手招ぎした。チャルクはやや警戒的な物腰で芝生のなかへ入ってくると、すこし離れた場所に横坐りになった。きょうのスカーフは黄色だった。

「そのスカーフの色と、この芝生の色とはよく似合う」

と私はいった。チャルクの顔にほんものの微笑が浮かんだ。

「ここは、あたししか知らない場所だったのに」

とチャルクはいった。それが私のはじめて聞くチャルクの言葉だった。

「フレップを探し探ししてきたら、偶然にここへ来てしまったんだよ。しかし、どうしてこんな林の中にこんな綺麗な芝生ができたんだろう?」

「あゝんた、靴を脱いでよ」

ふいにいってから、チャルクは自分の半長のゴム靴と靴下を脱いでみせた。

「ああ、すまん」

といいながら、私もその真似をした。

私の眼の前にあるチャルクの素足は美しかった。足首が細く緊まり、やや長目の五本の指が形よくそろって、汚れがなかった。

「チャルク、これを上げよう」

私はズボンのポケットから、キャラメルを一箱取り出した。それは昨夜、一万箱の祝いで配給されたものだった。チャルクはこんどは無警戒に体を近づけ、片手を差しのばした。すかさずその手首をつかむと、私はいきなりチャルクの軀を引きよせ、膝の上に横抱きにすると、上から烈しく唇を重ねた。む、むと呻きながら、チャルクは二本の腕で私の胸を何度も突き立てた。が、チャルクの抵抗力は意外に弱かった。私の唇の下で、チャルクの軀から力がすこしずつ脱け、しだいに柔らかくなって行った。やがて二本の腕もだらりと垂れ落ちた。チャルクの唇はひどく冷たかった。そして、すこし生臭いにおいがした。乱れた襟元から、汗と体臭の混じった匂いが私を強く刺激した。私の片手がチャルクのもんぺの結び目にのびた。結び目は固くて、無器用な五本の指先の動きを拒否した。私の片手はもんぺと上衣の隙間に差しこまれた。とたんに、あごの先がおそろしい力で突き上げられ、体が仰向けにひっくり返った。私はそのぶざまな恰好のまましばらく動かずにいた。

私が体を起したとき、チャルクの姿は消え、円形の芝生には、キャラメルの箱が一つ捨て置かれていた。

それから一週間後、私たちの帰るべき日がきた。

函館の本社から廻航された積取り船で、出来上った一万箱の缶詰といっしょに漁夫と雑夫の約半数も函館へ送還されることになった。漁猟の最盛期はすでに過ぎて、大量の魚群の襲来はもうないのだ。送還者として中幹部のなかから選ばれたのは、私と坂井の二人だけだった。私たちの三十五日間にわたる労働賃銀は、工場長の名で発行される金券と引換えに、函館の本社で支払われるのだという。私たちの敷香行きは不可能となったわけだが、私も坂井も「ツンドラ地帯探険」の情熱をとっくに失っていた。一日も早く札幌へ帰りたかった。

乗船の日がきた。工場の前の砂浜に約七十名の送還者が整列した。工場長の挨拶のあと、彼の発声で全員の天皇陛下万歳と西田鮭鱒缶詰工場万歳が三唱された。

発動機船につながれた三隻の保津船に全員が分乗した。波のうねりは大きく、保津船はひどくゆれた。船によわい雑夫たち（ほとんどが東北の貧しい農村からの出稼ぎ農民だった）の大半が、早くも青い顔で横になった。やがて坂井もその仲間に入った。私だけは不思議に船酔いを感じなかった。

しだいに遠ざかって行く砂浜の上では、工場長をはじめ後に残ることになった漁夫や雑夫たちが黒い一団となって盛んに帽子や手を振っていた。しかし私の眼は彼らの背後にある「大幹部」たちの宿舎にだけ注がれていた。私はその建物からやがて飛び出してくるであろうチャルクの姿だけを待っていた。

砂浜の上の黒い一団はしだいに小さくなって行った。が、チャルクの姿は見えなかった。そうして大幹部たちの宿舎が私の視野からまったく没してしまうまで、ついにその姿はあらわれなかった…。

…「お疲れになりましたか？」

そういう声が耳に入った。私は眼をひらいた。横にT君がいる。そして車は相変らずサロベツ原野の中の一本道を黙々と走りつづけていた。陽はもうとっくに落ちたらしく、辺りはすでに暮色である。

原野の暮色、といっても、そこからとくべつ強く訴えてくるものは何もない。灰緑色の平面がのっぺりとひろがっているだけのことだ。

「ぼくもついうとうとして、いま眼がさめたばかりのところなんです」とT君はいった。

「Kさんも、もうだいぶ前からお寝みです」とN君が運転席からいった。

私は眠っていたのではなかった。ただ眼をつぶって心の内側の風景を眺めていただけのことだ。旅をして、どんなに単調で空虚な風景のなかに置かれても、それで眠る、ということを私はこれまでまだほとんどしたことがない。単調で空虚な風景であればあるほど、心の内側の風景がかえって鮮明な輪郭と色彩を持ってくる。

きょうの私が、十九歳の学生時代の滑稽な旅の体験を思い出すことができたのも、あの平凡で単調な宗谷岬と、そしてこの巨大な空虚ともいうべきサロベツ原野を見たおかげだった。

私に、女の唇の味というものをはじめて教えてくれたのは、チャルクである。ロシヤ人の男とアイヌの女とのあいだに生れた十六歳の混血娘である。しかし、あれは何という冷たい唇であったろう。チャルクの唇は血が薄かったのか。それとも、男にふいに奪われて、血が凍ったのか。「火傷《やけど》しそうな熱い唇」という言葉を、ずいぶん昔、ある外国の翻訳小説で読んだ記憶がある。むろんこれは〝熱い唇〟というのを強調するために〝火傷しそうな〟という形容句を持ってきたのだろう。とすれば、〝熱い唇〟というのはたしかにあるのだ。おそらく女の情熱が最高度に昂進したとき、〝熱い唇〟になるのだ。残念ながら私は六十四歳のこんにちまで、〝熱い〟という感覚を鮮明に感じさせてくれたような唇に出会ったことがない。つまり私は、相手の女性の情熱を最高度に昂進させてやれるような魅力も技術も持たなかった、ということになる。

「もう間もなく豊富温泉《とよとみ》です」

とN君がいった。原野の左方に小さな光が点々と見えてきた。黒い空虚な空間のなかに、一点の光が置かれただけで、その空間はたちまち充実したものになる。

「早く湯に漬かって、一杯やりたいですね」とT君がいった。

「ぼくもさっきからそればっかり考えていた」とK氏がいった。ほかの三人が笑い声をあげた。寡黙で無表情だった車の中に、久しぶりに笑いが生れた。

「ぼくはもう一度毛ガニを食べたいな」と私はいった。

「きっと食べられますよ。稚咲内《わかさくない》という漁村がすぐ近くですから」とN君がいった。

車はまた一段とスピードを上げた。温泉町の灯がだんだん大きくなってきた。

〔1982年「新潮」3月号　初出〕

時計台

札幌に住む若い友人の出版記念会と、それにひきつづいた親しい仲間うちだけの二次会が終って、ホテルへ帰ってきたのはもう夜の十一時近いころだった。

私はかなり酔っていた。もともと酒飲みという方ではないのに、旅の気安さと、若者たちのおだてに乗ってつい量をすごしたのだ。シングルベッドの部屋が左右にゆらゆらと揺れる感じで、脚が思いどおりに動かない。二、三度よろけてから、冬のコートも脱がずベッドに倒れこんだ。われながらぶざまな恰好だった。

「ご老体か」

すこし呼吸が整ったところで、こんな言葉が口から洩れた。二次会が終って外へ出たとき、雪が降っていた。私は雪の降る札幌の街を何年ぶりかでひとりで歩いてみたかった。

「ホテルまでは二十分はかかりますよ。ご老体には無理です」

だれかがそう言って、手早くタクシーを呼び止めると、むりやり私の体を中へ押しこんだのだ。残った連中は、これからまた三次会へ流れて行くらしい。やはり若さの体力というものだろう。

それにしても、ひとの口から「ご老体」という言葉を直接自分の耳に聞かされるのは、これがはじめてのことだ、とベッドの上で私は思った。もっともそう思う私は、年が明けて十ヵ月が経てば満七十歳という年齢になる。しかも、この年もあと二十日ほどで終るのだ。どこから見てもれっきとした老人であることにちがいはない。だから、雪の降る街を歩いて帰ろうとする私を「ご老体には無理です」といって車の中へ押しこんでくれたのは、その若者のやさしさというものであったろう。が、そのやさしさの中にはおそらく憐憫という感情も多分にふくまれていたにちがいない。つまり私という人間は、いまや人にやさしくされると同時に憐れまれる存在となったのだ。

「なるほど、ご老体か」

私はもう一度口に出して言ってみた。すると、体の底の方から何か怒りに似た感情が湯のように湧いてくるのが感じられた。

私はベッドから起き上り、冬のコートと靴を脱いだ。そのとき、意外に近い距離から、澄んだ鐘の音が耳のなかへ流れこんできた。窓の前へ行ってカーテンを引きあけると、降りしきる雪の中で青白い照明に照らし出された時計台がすぐ眼の前にあった。今夜の出版記念会の主賓である友人が、わざわざ私のためにこの部屋を予約して置いてくれたのだった。

私は窓の前へ椅子をひきよせ、そこに腰をおろして、鐘の音色に耳を澄ませながら、雪の降る夜の、この時計台の鐘の音をきくのは何十年ぶりのことだろうと思った。戦後この街へは幾度も旅をしながら、それはほとんど冬以外の季節に限られていたから、明治の前期、札幌農学校（現・北大）の演武場だったという古い歴史を持つこの建物の前には、いつも大勢の観光客たちが群れて、忙しげにカメラのシャッターを押していた。そればかりでなく、年とともに周りの建物はつぎつぎと打ち壊されて、いつのまにか近代的な高層建築に建て変り、明治の風格を遺したこの木造三層の建物は鉄とコンクリートの谷間に閉じこめられてしまった。私はこの建物の前を通るとき、ある生理的な苦痛の感覚から、ながく眼を当てていることができず、足早に通りすぎた。しかし、いまにして考えてみれば、その苦痛の感覚というのは、この建物への遠い記憶に重なるかつての私自身への生理的な反応だった、といえるかもしれない。

私がこの街に一学生として過したのは、昭和四年の春から二年半足らずの期間である。年齢でいえば満十八歳から二十歳数ヵ月までの時期ということになる。これは人生の一つの節目《ふしめ》となるべき季節だった。

しかし私は、この節目となるべき季節の入口で早くも一つの錯誤を犯した。旧制中学を終えて上級学校にすすむとき、その選択を誤ったのだ。港町に生れた私は、子供のころから外国船を見馴れてそれに憧れをもっていたから、自分も将来は外国航路の高級船員となって、見知らぬ異国の港々を遍歴してみたい、というのが少年の日からの遠い夢であった。

中学五年の夏、東京高等商船学校の練習船大成丸が入港した。三本マストの白い総帆を海風に大きく孕ませながら、大黒島の燈台をかわして、しずかに港へ入ってくるその白鳥のように美しい姿を、測量山の頂上から眺めたとき、私の夢は決定的なものとなった。

翌日、わが室蘭中学の柔道部と剣道部は、学校の屋内運動場で彼らのティームと親善試合を行なった。私も剣道部の一選手としてこの試合に参加したが、高段者をずらりと揃えた彼らのティームに対してわが方はてんで歯が立たず、柔・剣両部とも見事な惨敗に終った。そのあと二階の教室に集って、お茶と菓子と果物だけの親睦会をひらいたとき、私は隣りの席にすわった七つボタンの学生に向って、来年はあんたの学校を受けてみるつもりだ、という意味のことをいった。するとその学生は、きみは眼鏡をかけているから、うちの学校を受験する資格がない。うちは一コンマ二以上の視力を持っていなければダメなんだ、とすこし気の毒そうな顔つきで答えてから、もしきみがどうしても海に関係のある学校に入りたいというのなら、札幌の北大に水産専門部というのがある。ここはたしか近視の者でも入れる学校のはずだから、ひとつ受けてみてはどうか、と親切に教えてくれた。

翌年の春、私は教えられた通りこの学校を受験して入った。しかし、高級船員を養成する学校と、魚を獲ったり、魚の缶詰を作ったり、魚の養殖をしたりする技術を教える学校とがいかにちがうものであるか、中学五年生の頭脳がどうして考え及ばなかったのか。こんにちの私は、この自分の愚かさをひと息に嗤い捨てることができる。だが当時の私は、外国航路の高級船員となって見知らぬ異国の港々を遍歴したい、という夢以外の夢を持たなかった。その夢が断たれた以上、多少でも「海」に縁のある学校として、私は札幌のこの学校を選ぶほかはなかった。しかし、実のところ、私にとっての「海」は、航海者や漁業者のような現実の生活の場としての海ではなく、いってみればロマンティックな空想の対象としての海にすぎなかったのである。果して、この学校へ入って半年と経たぬうちに、早くも私は幻滅しなければならなかった。

教師の講義は無味乾燥だった。そして学生の仕事は、教師の口から吐かれるその無味乾燥な言葉を、ただ機械的にノートに引き写すだけのことだった。が、一年生としての私は勤勉な学生であった。まじめに学校に出、まじめにノートを取り、試験の成績もよかった。そのおかげで、私は二年生に進級するとき、特待生として一年間の授業料を免除されることになった。しかし私はそのことを室蘭の母には知らせなかった。いままで通り授業料を送ってもらえば、その全額を小遣いとして自由に使えるからである。

私はそれを喫茶店通いと、映画館通いと、そして自分の好きな本を買う費用にあてることにした。室蘭には一軒しかない喫茶店が、札幌には到るところにあった。また室蘭では観ることのできない高級な外国映画の封切館が札幌には幾つもあった。そして室蘭には一軒もない古本屋が札幌にはたくさんあり、そこへ行けば当時円本という名で呼ばれた改造社版の日本文学全集や、新潮社版の世界文学全集が、一冊二十銭くらいで幾らでも買えた。私はそれらの本を手当りしだいに乱読しはじめた。

その代り、私は怠惰な学生になった。学校ですごす時間よりも、街の盛り場である狸小路の喫茶店で、音楽をきいてすごす時間の方が多くなった。夜はもっぱら小説を読む時間になった。

—ここで、すこしばかり寄り道しなければならない。

旧制高校や大学の予科ではなく、水産専門学校というような特殊な学校に入った私が、「文学」の世界にこれほど強く惹かれるようになったのは、突然変異的な現象ではなかった。この世界に眼をひらかせてくれる人間がすでにいたのだ。

中学時代の私は、剣道部の選手としてみずから〝硬派〟をもって任じていたから、クラスの中で詩や短歌などをつくってうれしがっている連中を〝軟派〟としてひそかにケイベツしていた。硬派としての私の読む物といえば、もっぱら立川文庫の英雄豪傑譚か、押川春浪の空想冒険小説か、村上浪六の任侠小説か、黒岩涙香訳の「巌窟王」や「噫《ああ》無情」の類《たぐい》の物にしかすぎなかった。

おなじ剣道部に高崎学郎という選手がいた。彼は当時の学制で高等科二年から中学へ入ってきたので尋常科上りの者より二つ年上だったが（それで私たちは彼をガクさんとさん付けで呼んだ）痩せてひょろりとした体つきの、度のつよい眼鏡をかけた、もの静かな男だった。

このガクさんは、稽古は人一倍熱心にやるくせに、いざ試合となると、ほとんど勝ったことがない。敗けてもべつに口惜しそうな顔もみせぬばかりか、なんとなくニコニコしている。私にはこのニコニコが不思議だった。

あるとき、私は思いきって彼にいってみた。

「ガクさんは試合に敗けても口惜しくないのか」

すると、彼はニヤリと笑って答えた。

「たかが竹の棒の勝負じゃないか。勝っても敗けても、人生の大事じゃないよ」

この思いがけぬ返答は、私のお面を一本、したたかに打ち据えた。同時に、私は急速な親しみを彼に感じた。

ガクさんに誘われて、彼の下宿へあそびに行ったのは、それから数日後のことだった。汽車で二時間ほどかかる隣り町に家のある彼は、学校に近い米屋の二階に下宿していた。

その下宿の四畳半の部屋には、壁いっぱいに大きな本棚がデンと据えつけられ、そこに本がギッシリ詰まっていた。ざっと見渡したところ、私などの一度も読んだことのないむずかしそうな本ばかりだった。その本棚の横には「中央公論」だとか「改造」だとかいう名前の雑誌がこれもうずたかく積み重ねられている。

「ほう、ずいぶんたくさん本を持ってるんだな。これ、みんな読んだのか?」私は率直な質問を発した。

「なに、部屋の飾りさ」

ガクさんはあっさり答えると、机の抽き出しからバットを一箱取り出し、中から一本抜き取ると「のむか?」といって、私の前に突き出した。むろん中学生の喫煙は校則で固く禁じられている。それを犯すと最低一週間以上の停学になる。だが、眼の前に突き出されたそのたばこを拒否することは、〝硬派〟の男としては卑怯な行為であるように私には思われた。私は受けとって、口にくわえた。ガクさんがマッチをすってくれた。その最初のけむりを思いきってのどの奥へ吸いこんだとたん、私はたちまち噎《む》せ、それからクラクラと目まいがした。私はたばこをすぐさま灰皿の中へほうり出した。

その日、私が彼とどんな話をしたかはまったく記憶はない。ただ私の方がもっぱら聞き役であったことだけはたしかである。

二時間ほどして私が立ち上ったとき、ガクさんは本棚のなかから一冊の小さな文庫本を抜き出すと「これ、読んでみないか」といって、私の手に渡した。それは倉田百三の「出家とその弟子」であった。

その夜、私は自分の机に向って、この本を読んだ。

立川文庫や押川春浪の愛読者である私に、この「歎異鈔」を下敷きとした宗教劇の主題が一読して分ったなどとはとてもいえない。それどころか、これは私にとってはほとんど理解不能の書だった。ただ劇中の若い僧唯円と美しい遊女かえでとの甘く感傷的な「愛」の会話の場面だけが、まさにそのとき思春期にあった私の生理に、いいようのない悩ましい性的感情を誘発した。（私が親鸞や唯円の「歎異鈔」にほんとうの意味で邂逅するまでには、あと二十年という長い時間が必要であった）

ガクさんが次に貸してくれたのは、有島武郎の「生れ出づる悩み」だった。

この小説は、私には実によく分った。分ったばかりでなく、これまで私の読んだどんな小説からもあたえられたことのない強烈な感動を受けたのである。一介の貧しい漁夫として北海の荒波と闘いながら、しかも絵画という美の世界に憑かれて苦悩する若き一個の魂。この若者の苦悩が、いきなりジカに胸にきた。読み終えたとき、眼から涙があふれていた。小説を読んで泣くなどということは、私にははじめての経験だった。

翌日、学校でその本を返すとき、私は「泣いた」とはいわず、代りに別なことをいった。

「この小説の主人公、まるで岩内《いわない》のゴッホみたいな男だな」

小説の舞台となった岩内は、北海道の日本海側に突き出た積丹《しやこたん》半島の附け根にある古い漁港の町だった。

「ふン、岩内のゴッホか。お前もなかなか気の利いたことを言う」

ガクさんはニヤリと笑ってみせた。つづいて彼は「カインの末裔」や「お末の死」や「クララの出家」や「星座」や「或る女」など、おなじ有島武郎の小説をつぎつぎに読ませた。が、最後の「或る女」だけは、さすがに一中学生の私の手には負《お》えなかった。しつこくて、油濃くて、これでもかこれでもかと息もつがせず責め立ててくるこの小説世界の息苦しさに堪えられず、私は途中でおっぽり出してしまった。

それを正直にガクさんに話すと「実はおれも活字を素通りしただけだよ。この小説がおれたちにほんとうに分るまでには、まァあと二十年くらいはかかるだろうな」といった。彼の言葉は正しかった。(現在の私は、わが国の近代文学の中から、最もすぐれたと思う作品を五つ選べ、といわれたら、ためらうことなく、この「或る女」に一票を投ずるだろう)

以後、私はガクさんの手を離れ、自分の選択で漱石や藤村や直哉や龍之介などの小説を読むようになった。「文学」に対する親しみは次第に深まって行ったのだが、しかし「作家」になりたいなどという夢は一度も持たなかった。北海道の田舎町の一中学生にとって、「作家」という存在ははるかに遠い異国の住人だったからである。

だが、ともかくも私は高崎学郎という級友によって、それまで全く無知であった「文学」という新しい世界に眼をひらかれることになったのだ。

ガクさんは、中学を卒業すると間もなく肺結核で亡くなったから、私は自分の読んだいろいろな本の感想を書いてやる相手が無かった。また喫茶店でいっしょに音楽をきく相手もなかった。学校では、酒と女と喧嘩がもっとも人気のある話題だった。将来、海に生きようとする男たちにとって、酒と女はいわば一種の課外講座のようなものであったし、喧嘩もまた海の暴力と闘うための一種の準備運動のようなものだった。

いや、海といえば、札幌には海が無かった。それはだだっ広い石狩平野の上に出来た都市だった。水産専門部の練習船「おしょろ丸」は小樽港か蘭島湾に置かれていた。この「おしょろ丸」は元はあの江差追分で歌われる「忍路《おしょろ》高島およびもないが、せめて歌棄《うたすつ》磯谷まで」の地名から取った「忍路丸」という漢字の船名だった。しかし北海道の特殊な地名に慣れぬ内地の港に寄港すると、これはまたあの「忍ぶ恋路の辻占《つじうら》」という文句からでも連想するのか、たいていの所で「忍路丸《しのぶじ》」と呼ばれる。それでやむを得ず「おしょろ丸」と仮名書きにしたというユーモラスなエピソードを持っていた。

われわれがこの船をはじめて見学したのは、学校へ入った年の夏だった。小樽港から回航して北大の臨海実験所のある蘭島湾にゆっくり入ってくる三本マストの総帆の姿は、やはり美しかった。われわれはボートを漕いで、船に上った。私が室蘭で見た東京高等商船学校の練習船「大成丸」に比べれば、はるかに規模の小さな船だった。

甲板に整列したわれわれに、船長の説明がひと通り終ったとき、教官の一人が「だれか、あのフォアマスト（前檣）のいちばん上のブーム（横桁）まで昇ってみようという者はいないか」といった。教官のゆびさしたそのマストには四本のブームに支えられて四枚の帆が大きく張られている。その頂上のブームは下から見上げると、かなりの高さだ。が、すぐに何人かが小走りに駈け寄って、細い縄梯子を昇りはじめた。「あわてるな、ゆっくり昇れ！」と教官の声が飛んだ。

しかし、最初の組でいちばん高い所まで昇れたのは、上から二番目のブームまでだった。それからまた何人かが組になって、つぎつぎに挑戦したが、最頂上のブームまで到達できたのは、総数四十五名の学生のなかで、わずか六、七名に過ぎなかった。

「お前たち、そんな小さな肝ッ玉じゃ、将来、とても海の男にはなれんぞ」

マストに昇れといった黒い頰髯の教官が、一同を前に並べ大声で叱咤した。

私は下から二番目のブームまでで、早くも敗退しなければならなかった。一つのブームから次のブームへ移るときは、縄梯子の先の逆方向に折れ曲った五、六段のところに脚をかけ、体をくの字にのけ反《ぞ》らせてから、鉄棒の懸垂の要領で自分の体を大きく持ち上げて、（そのとき脚は縄梯子を離れて、いったん宙吊りの恰好になる）マストに装着された小さな鉄の籠のようなものに体を差しこむのだ。

私は二番目のブームから上のブームへ移ろうとして体をのけ反らせたとき、うっかりして視線を下へ向けた。それがいけなかった。とたんに恐怖で体が竦《すく》んでしまった。海面が意外な距離で、はるか下の方にあったからだ。マストの高さに船腹の高さが加わった上、全身が不安定な形で仰向けに反りかえっているのだ。私はあわてて姿勢を元にもどしたが、恐怖感は去らず、体じゅうの筋肉が固く収縮して、そのまま動けなくなってしまった。「おい、どうした?」とすぐ下から声がかかった。「ダメだ」と小さく答えて、私はすごすごと縄梯子を下りはじめた。

この日の出来事は、かなりあとまで、みじめな屈辱感として私の心に残った。おしょろ丸でさえこのありさまなら、あの大成丸ではいちばん下のブームまでがやっとの所だろう。とんだ「海の男」だった。

もっともこの「おしょろ丸」に乗り組んで、南洋や北洋の海へ実習に出かけるのは、漁撈科の三年生だけで、ほかの製造科や養殖科の学生には無縁といっていい船ではあった。直接海上の仕事に勤務する漁撈科にはやはり視力と体力の規定があったから、私は製造科をえらんだ。製造科は三年生になれば、魚の缶詰や、魚の燻製や、魚の干物をつくる技術を主として実習することになる。

「外国航路の高級船員になって、見知らぬ異国の港々を遍歴したい」

あの私の夢は、こんなコッケイな形に変ってしまったのだ。しかし私は退学ということは考えなかった。むしろ逆の方向を考えた。あと一年数ヵ月すれば、この学校を出られる。それから先どうするかは、その時あらためて考えればいいだろう。とにかくあと一年数ヵ月の辛抱だ、と私はむりやり自分に言いきかせた。

だが、そう言いきかせながら、私は怠惰な学生になり、やがてまた孤独で憂鬱な学生になって行った。


その私に、一つの小さな「窓」がひらかれた。二度目に移ってきた下宿の主人夫婦に誘われて、近くのキリスト教会に通うことになったからである。

はじめの下宿は学校に近い二階建てのかなり大きな建物で十人ほどの学生が入っていたが、夜遅く酔って帰る学生たちの傍若無人な高声に我慢できなくなって、ふた月ほど前ここへ越してきたのだ。下宿といっても、しもた家の離れのひと間だから、止宿人は私ひとりで、場所も南二条西十三丁目で、大通り公園がすぐ近くだった。

主人の三村氏は北大の事務局に勤める四十代の小柄な物静かな人で、細君は気さくで明るい感じの女性だった。夫婦には浩《ひろし》という中学一年生の男の子が一人いたが、この少年に英語の宿題を何度か見てやったことから、急に懐《なつ》いて、夕方の大通り公園の散歩にはいつも私のあとにくっついてくるようになった。色の白い、眼のくりくりとした、悧潑な少年だった。

ある夜、浩が私の部屋にやってきて「これ、お母さんが、八木さんに差しあげて下さいって」といいながら、一冊の黒い表紙の本を机の上においた。聖書だった。背の金文字がまだ新しいところをみると、わざわざ私のために買ってきてくれたものらしい。

「それから、お父さんとお母さんが、こんどの日曜日、いっしょに教会へ行ってみませんかって」と浩はいった。

「教会か」私はちょっと首を傾《かし》げてみせた。

三村夫婦は熱心なキリスト者で、日曜日にはきちんと身なりを整え、浩を加えた家族三人そろって教会へ出かけていた。

札幌は瓦屋根のお寺よりも、異国風な塔と、その上に金色や銀色の十字架の高く立ったキリスト教会の建物の方が眼につく街だった。げんに私の通う北大でも、教授や助教授の半数以上がキリスト者だという噂があるくらいで、やはりクラークや札幌農学校以来の伝統が生きているのだろう。

「お父さんやお母さんがせっかく奨めて下さるんだから、ぜひお伴させていただくよ」私はすこし考えてから答えた。

「よかった」浩はニコリと笑顔をみせると、いかにもうれしそうに部屋を出て行った。

これまで宗教とか信仰とかいうものにほとんど関心をもたずにきた私が、三村夫婦の奨めにさしたる抵抗もなく応じたのには、ちょっとしたわけがあった。

「カラマーゾフの兄弟」を一週間がかりで読み終ったのはつい五日ほど前のことだった。「罪と罰」をはじめて読んで感動してから、その頃の私はまるで憑かれたようにドストエフスキーに打ちこんでいた。そして最後に出会ったのが「カラマーゾフの兄弟」だった。

この大作を読み終えて、顔をあげたとき、窓の外が白みかかっていた。が、私は体のなかの血が熱く燃えるような昂奮で、じっとしていられず、どてらの上に羽織をひっかけると、そのまま下宿をとび出した。

夜明けの街には人影がなかった。冷えた空気が顔に気持よく当った。私はふらふらと歩き出した。まわりの風物はほとんど眼に入らなかった。脚だけが勝手な方向へ勝手に動いていた。頭のなかは雑多な想念で煮えくりかえり、熱でカッカと火照っていた。

…どれほどの時間が経ったのか、どてらの裾下から吹き上ってくる冷たい風に気がついたとき、私の体は豊平川に架かった古い木造の橋の上に立っていた。見馴れぬ橋だ。月寒《つきさっぷ》の牧場の方へ行く豊平橋ともちがうし、平岸のりんご園の方へ行く幌平橋ともちがう。ちょうど橋の向うから野菜を積んだ荷車を曳いてくる爺さんに、橋の名前をたずねてみた。「東《あずま》橋だよ」爺さんはあっさり答えて、通りすぎた。

私の口からふいに苦笑が洩れた。この橋を渡ったすこし先に白石という名の遊廓があることを、クラスの連中から聞かされて知っていたからだ。

それにしても、どうしてこんな所まできてしまったのか。ここはいわば市の東外れともいうべきところで、私の下宿からでは歩けば小一時間はかかるだろう。しかしこんな遠い道のどこをどう歩いてきたのか、私にはまったく記憶がなかった。脚と頭が別々の運動をしていた。そして頭の運動の方からは、明確な言葉らしいものは何一つ生れてこなかった。それはただ烈しく回転しているだけのことだった。

私は橋の欄干に体をもたせて、ものの半時間ほども黙って川の流れに眼を当てていた。それからゆっくり踵《きびす》を返した。

帰路はひどく遠く感じられたが、やがて街なかへ入ってくると、さすがに人影が動きはじめていた。私は大通り公園の中の道を円山の方へ向って歩いた。季節は五月で、あちこちに作られた花壇には、この北国にようやくやってきた春の花々が、朝露にぬれて鮮やかな色どりを見せていた。

西七丁目あたりまできた時、左手の石造のかなり大きな建物の中から、少年少女たちのさわやかな讃美歌の合唱が、ふいに私の耳の中へ流れこんできた。

その石造の建物は、札幌農学校の新渡戸稲造や内村鑑三や有島武郎等の名と結びついた古い由緒を誇る「独立教会」（正式の名は札幌独立基督教会）だった。私の脚は反射的にその方へ向って歩き出し、手が自然に厚い木の扉を押していた。

天井の高い会堂のなかで、若い牧師が三十人ほどの少年少女を相手に讃美歌の練習をしていた。突然入ってきた私の姿を見ると、牧師は指揮の手を止めて、ちょっとけげんそうな視線をこちらへ向けたが、べつに咎《とが》めもせず、すぐまた練習にもどった。

私はいちばんうしろの席に腰を下し、子供たちの純潔に澄んだ歌声を十分ほど聴いてから、立ち上って正面の十字架と若い牧師に一礼して、教会を出た。

——われながら妙な経験であったが、ともかくもこの日の出来事が一種の〝誘い水〟のような役目をして、私は三村家の人たちといっしょに教会に通うことになったのである。

孤独で憂鬱な学生である私に、教会は一つの「窓」を開けてくれるはずだったが、しかしふた月と通わぬうちに、私の期待はむなしくはずれた。

それはこの教会の属するホーリネスという宗派のやり方なのか、それとも田浦という中年の牧師個人のやり方なのか、日曜日の行事のなかに「懺悔」という時間がある。しかもこの懺悔は、会衆一同がそれぞれ声に出してしなければならぬのだ。その声が小さく途切れると、壇上に立った長身の田浦牧師がパンパンと大きく手を打ち鳴らして、

「もっと懺悔を、もっと懺悔を！」

と叱咤する。と、いったん低くなった声がまた急に勢いを盛り返して、とくべつ広くもない堂内いっぱいにひびきわたる。その高低の波を何度かくりかえしてから、やっと〝懺悔〟の時が終るのだ。

はじめてこれを聞かされたとき、何か異様な感じで、私は思わず辺りを見まわしたほどだった。私の常識では、懺悔というのは神の前にただ一人でひざまずき、内なる心の痛みに耐えながら、ひそやかな声と言葉をもって告白すべきもの、とばかり思いこんでいたのに、これではまるで合唱ではないか。ふいに襲ってきたある羞恥の感情で、私は面を伏せ、眼を閉じた。そして私の口から懺悔の言葉はついに一語も出てこなかった。

しかし、その後何度か教会へ通ううちに、私はこの懺悔の合唱にしだいに慣れた。それが教会の一つの儀式である以上、従うのは義務であった。だが、義務として認めながら、私は依然としてその合唱の仲間に加わることはできなかった。私には〝懺悔〟という重い意味をもった言葉に値するようなものを、自分の心の中から何一つ探し出すことができなかったからである。

ただ三村夫婦からあたえられた聖書だけは、かなり熱心に読んだ。また田浦牧師が、福音書やパウロの書翰の何節かを読んだあとにする説教にも、かなり熱心に耳を傾けた。その意味では、私は従順な会衆の一人だったが、しかし懺悔だけにはどうしても従うことができなかった。他の会衆たちが、まるでわれ先にと声をあげて競う懺悔は、私の耳には、何か露骨でしらじらしいものとしてしか聞こえなかった。

その私の前に、思いがけなく一人の「仲間」が現われることになった。

六月末の日曜日の夕方、私は中島公園の池でボートを漕いでいた。池の上では、恋人同士らしい若い男女のペアが、あちこちで弾けるような笑い声をふり撒いている。男一人のボートには何となく勢いがなかった。ひと漕ぎしては休み、またひと漕ぎしては休み、あとはオールを流したまま、ぼんやり辺りを見まわしているというのが多かった。そして若いペアのボートがやってくると、いきなり力漕して、わざと相手のボートにぶつけてみせるというのもいた。

「みんな恋人を欲しがっている」

と私は思った。私にはひそかに探している娘が一人いた。それは私の初恋の相手となったあの「松乃家」の半玉の千代に似た娘だった。が、私の通う薄野や狸小路の何軒かの喫茶店にも、またホーリネス教会の中にも、千代に似た娘は一人もいなかった。

「八木さん」

私のボートへ女ひとりのボートが近寄ってきて、ふいに名を呼ばれた。赤茶けてちぢれ毛の頭をした柄の大きな女だ。オールを握った腕が男みたいに太い。咄嗟に思い出せずにいる私へ、

「ほら、あなたとおなじホーリネス教会へ行ってる伊藤よ。伊藤ふじ子よ」といった。

「あ、失礼、教会へは、あんた、いつもキモノだから」

「八木さんは、三村さんのところに下宿してるんでしょ」

「どうしてそんなこと?」

「だってあたし、三村さんとおなじ北大の事務局に勤めているんですもの」

そういえば、この伊藤という女が教会の中で三村夫婦に何か馴れ馴れしく話しかけている姿を何度か見たおぼえがある。私より年上の二十四、五の女だった。

「こんなところで一人でボートを漕いでいるなんて、あんまり不景気じゃない？　もしよかったら、これからいっしょに狸小路へ行ってビールでも飲まない？」伊藤は笑いながらいった。

やがて、私たち二人は狸小路の大きなビヤホールのテーブルに向い合っていた。ホールは満員だった。

「乾杯！」といって、伊藤は生ビールのジョッキを持ち上げると、ごくごくとのどを鳴らして飲んだ。

「あんた、うまそうに飲むなァ」あまり酒の飲めない私は、伊藤の飲みっぷりに感心していった。

「あたし、好きなのよ。死んだ父が酒飲みだったもんだから。でも、教会ではこんな話できないわね」

伊藤はまたうまそうに飲んでから、

「ところで教会といえば、あなた、あの懺悔のとき、いつも下を向いて黙っているじゃない？　隠したってダメ、あたし、ちゃんと見てるんだから」いきなり、思いがけぬことをいった。

「ああ、あれは何となく恥ずかしくてね」

「あら、それじゃ、あたしとおんなじだわ。あたしも恥ずかしくて、あれがどうしてもできないのよ。だって懺悔というのは、自分の心の中のいちばん恥ずかしいものを神さまに打ち明けることなんでしょ？　それをあの連中ときたら、まるで豚みたいな声を出して、ぎゃァぎゃァわめき立てるんだから」

「豚みたいな声とは、なかなか痛烈だね」

私は笑いながらいった。それにしても、あの教会の中に、自分とおなじように懺悔を恥ずかしく思っている女が一人いる、というのは、私にとっては意外な発見だった。

伊藤はさらに追い討ちをかけてきた。

「だからあたしは、あの懺悔のときは、あなたみたいに顔は伏せないけど、まわりの連中がどんなことを懺悔しているのか、黙って盗み聞きしてやってるのよ。でも、みんな声をいっしょにしてやるもんだから、何をいってるかよく分らないけど、あんな羊みたいにおとなしい連中だから、懺悔なんていったって、どうせたいしたことはないのよ。人をちょっと怨んだとか、ちょっと嫉んだとか、ちょっと憎んだとか、ちょっと口喧嘩したとか、デパートなんかへ行ってダイヤの指輪がちょっと欲しくなったとか、大体そんなところよ」

「あんたのいうことを聞いてると、あんたは懺悔も厭だし、教会の人たちにもあまり好意を持っていないようだけど、それならどうしてあの教会をやめないんだい?」と私はいった。

「好きな男がいるからよ」

伊藤ふじ子はずばり答えた。

「あたしにとっては、イエスさまは二の次ぎなのよ。好きな男の顔を見たいばかりに、週に一度、のこのことあそこへ出かけて行くのよ。どう? あなた、わらう?」

「わらわないよ」と私は答えた。「ぼくにももし好きな女《ひと》ができたら、あんたとおなじように、イエスさまは二の次ぎになるだろうと思うよ」

「でも、その男のひと、あたしみたいな女には、ハナもひっかけてくれないのよ。当り前だわね」

意外にさばさばした口調でいった。伊藤ふじ子は平《ひら》べったい顔をした女だった。そこに細い眼と、ちんまりした鼻と、厚い唇がついていた。そして骨の太そうな、いかつい感じのその軀からは女の匂いがしてこなかった。しかし、私は率直にモノをいうこの女に好意を感じた。

――小さな「事件」が起ったのは、次の日曜日だった。

その日の懺悔のとき、田浦牧師はいつになくしつこかった。例のパンパンと大きく手を打ち鳴らして、「もっと懺悔を！　もっと懺悔を！」と叱咤する声が三度も四度もくりかえされた。そのつど信者たちは、消えかけた声を盛り返してはまただらだらと懺悔の言葉をつづけなければならなかった。

すると、その途中で、田浦牧師はふいに壇上からおりてくると、男女の席を二つに分けた通路の中ほどで脚を止め、「伊藤さん、懺悔を…」と、すこし強い口調でいった。その声で、信者たちの声がはたと止まった。

「伊藤さん、あなたはこの教会にきてずいぶんながいのに、まだ一度も懺悔をしたことがありませんね。わたしはちゃんと知ってるんですよ。さァ、これから皆さんといっしょに懺悔をなさい」

伊藤ふじ子は、私の席から三列ほど斜めうしろの通路に近い席にいた。彼女は顔を下に向けたまま、何も答えなかった。四十人ほどの会衆の視線が一斉に彼女に注がれていた。

田浦牧師がパンと一つ大きく手を打った。

「さ、懺悔を！」

伊藤ふじ子は依然として石のように動かない。また一つ、手が鳴った。

「さ、懺悔を！」

伊藤ふじ子の大きな体が、の、そ、り、という感じで立ち上った。それから田浦牧師に黙って一礼すると、そのまま通路をゆっくり歩いて、教会の外へ出て行った。堂内にざわめきの声が起った。

次の日曜日、伊藤ふじ子の姿は教会にあらわれなかった。

それから数日して、学校の夏休みがきた。私は前から同行を頼まれていた級友の坂井といっしょに、樺太放浪の旅に発った。

この樺太の旅で、私たちは思わぬことから、オホーツク海に臨んだある鮭鱒缶詰工場で一ヵ月半の強制労働をさせられることになったのだが、このことはすでに書いた。

私と坂井が函館の本社で、金券と引き換えにわたされた金はわずか三十円にも満たぬ額のものだった。だが二匹の「じゃこ鹿」（渡り者）にすぎない私たちには、この金額に文句をつける資格はなかった。

しかし雑夫たちは、会計課の窓口でくちぐちに不満を述べたてた。「こんなバカ高い手袋や靴下を、おら、五足も買ったおぼえはねぇ」とか、「たった一本の注射代に二円もふんだくりやがって」とか、「おらの残業時間、こんなに少なかったはずはねぇ」とか。雑夫たちの声が大きくなると、会計課の中年の男が、ガラス戸をいきなり引き開けて、「お前ら、そんなにツベコベ騒ぎ立てると、警察へ突き出すぞ」と怒鳴った。その一喝で雑夫たちの騒ぎはとたんに納まり、あとは渡されるだけの金を黙って受け取っては、おとなしく引き退った。

「会社のやり方は、はァ、いつもこうだで。おらたちの体を絞り取ることばかり考えやがって……」

一人の老雑夫が悲しげな顔つきで、私たちに首を振ってみせた。

しかし私は、この老雑夫の悲しげな顔にはもう驚かなかった。あの樺太の缶詰工場から函館港へ入るまでの三日間、工場生活の中で親しくなった雑夫たち（その全員が東北各地の農村から出稼ぎにやってきた貧しい農民たちだった）から、彼らの「身ノ上話」を厭というほど聞かされてきたからである。

港町生れで、農民の生活というものに直接の縁を持つことなく生きてきた私は、新聞などで東北の貧しい小作農民の惨状を伝える記事を幾度も眼にしながら、それはいわばよその世界の出来事として、軽く読みすごしてきたのだ。

だが、彼ら自身の口からじかに訥々《とつとつ》と語られる言葉は、悲惨としかいいようのない驚きを私にあたえた。しかもそれは、彼らと函館で別れてからも、何か重い塊りのようなものとなって、私の心の底に残ったのである。

間もなく九月の新学期に入って、私は札幌へもどったが、この重い塊りのようなものはしつこく消えずに残っていた。私といっしょに雑夫たちの話を聞いた坂井は、あとで「百姓なんて哀れなもゝだな」と一言で片づけただけの人間だったから、これは相談相手にはならなかった。学校の教師にも、教会の田浦牧師にも、打ち明けてみようという気は起きなかった。

「そうだ、李さんに話してみよう」

ある日、ふいに私は思いついた。李さん（名前はたしか元成だった）は朝鮮人の留学生で、二つ年上の農学部の学生だったが、私とは最初の下宿が同じで親しくなった。痩せて背が高く、ふだんは無口で穏和な人なのに、ときどき同国人が何人づれかで訪ねてくると、李さんはほとんどひとりでしゃべりまくった。

もっとも彼らの話す言葉は朝鮮語なので、何を話しているかは私には分らなかったが、鋭く激した声が時折入るので、彼らが何か真剣な議論をしているらしいことだけは、すぐ向いの部屋にいる私にもよく分った。

やがて私はその下宿を出て三村家の離れへ移ったのだが、李さんと半年ぶりに出会ったのは新川通りの古本屋でだった。

その夜、私の下宿へいっしょにやってきた李さんは、壁の本棚にさっと眼を通すと、

「みんな小説ばかりのようですね。むろん小説も結構だけど、そういうものばかり読んでいると、頭が豆腐みたいになってしまいますよ」と笑いながらいった。笑うと、眼が一本の細い筋になった。

翌日、李さんはわざわざ三冊の本を私の下宿へとどけてくれた。それは「社会科学入門」「史的唯物論入門」「マルクス主義入門」といずれも「入門」という題のついたものばかりだった。

私はともかくもそれらの本に眼を通してみた。が、結局は活字の上を素通りしただけで終った。そのうち夏休みがきて、私は坂井といっしょに樺太への旅に出た。

—借りた三冊の本を返すという口実で、私は李さんの下宿を訪ねた。そして樺太の缶詰工場での労働体験と、帰りの船の中で雑夫たちから聞かされた話に大きい衝撃をうけたことを率直に話してみた。

「ああ、それはいい経験をしましたね。そういう経験は本を百冊読むより貴重です。これからのあんたは、その二つの経験の意味をじっくり掘りつめてみるんですな」

と李さんは穏やかな笑顔をみせながらいった。借りた三冊の本は「差しあげますから、まァ

あせらずゆっくり読んでみて下さい」といって、また返された。

数日後、私は読みたい本があって時計台の一階にある図書館へ出かけた。ここへはもう何度かきたことがある。本棚の前を探し歩いていると、「貧乏物語」という題の本がふと眼にとまった。著者は河上肇だった。私はこの名前だけは知っていたが、書いた物は読んだことがない。この時は「貧乏物語」という題名だけに惹かれて、借り出してみた。

目次を見ると、「いかに多数の人が貧乏して居るか」「何故に多数の人が貧乏して居るか」「いかにして貧乏を根治し得べきか」の三部に分れていた。

読み出すと、意外におもしろかった。何よりも文章が平易で明快で、しかも一種の品格があった。李さんからもらうことになったあの三冊の入門書の晦渋さとはまるで比較にならなかった。だが、私は第一部を読んだだけで、あとは止めにした。こういう本はやはりノートを取りながら丁寧に読むべきだ、と思いついたからだ。

翌日から私は大学ノートを一冊買って、毎日学校の帰りは時計台に通うことにした。図書館の雰囲気はよかった。下宿の部屋で一人で読むのではなく、おなじ部屋に何人かの人間が集って、それぞれに何かの本を真剣に読み合っているというのは、いい刺激になった。

私が伊藤ふじ子と偶然に出会ったのは、その何度目かの時計台からの帰り途だった。駅前通りの拓殖銀行の前で、ふいに声をかけられたのだ。

伊藤ふじ子はあれから教会へは姿を見せなくなったし、また三村氏の話では北大の事務局も辞めたということだったから、その後どうしているかと、私は時折思い出すことがあった。もし私に遠慮なくものの言える女友だち?があるとすれば、この伊藤ふじ子以外にはなかった。

私たちはそこから歩いて狸小路へ出、いつかいっしょに飲んだビヤホールの二階に上った。相変らずここは満員だった。

久しぶりの乾杯をしたところで、すぐ彼女はいった。

「どう、教会へは行ってる?」

「行ってるよ」

「例の懺悔は?」

「あれは、まだだよ」と答えてから、「あんたは、あの日、頑強だったな」と私はいった。

「あんなとこ、やめてさっぱりしたわ。どうせあたしにはイエスさまは二の次ぎだったんだからね。それにハナもひっかけてくれない男をいつまでもぐじぐじ追っかけているなんて、まるでバカみたいだって、やっと気がついたのよ」

伊藤ふじ子は持ち前のさばさばした口調でいった。

私は彼女が好きだという男がだれであるか、およその見当はついていた。それは道庁の何かの係長をしているという二十七、八の男で、色の白い細面の顔に眼鏡をかけた、いかにもスマートという感じの男だった。

教会では日曜日の朝の行事のはじまる前、会衆たちがあちこちで親しげな挨拶を交わしているが、そんな時、彼女はいつもその男のそばへ行って何かしきりに話しかけては、ひとりで勝手に高い笑い声をあげていたからだ。

「北大の事務局の方も辞めたそうだけど、いまどんなところへ勤めているの？」と私は話題を変えた。

「月寒牧場よ。そこの事務所に勤めているの。牛や馬や羊を相手に暮していると、気持がいいわ。人間みたいにウソをついたり、気取ったり、偽善者めいたことをしないからね」

「ああ、月寒牧場なら、ぼくも時々行ってるよ。あそこの草っ原に二時間ほど寝ころんで帰ってくるんだ」

「八木さん、あなた、まだ童貞ね」伊藤ふじ子はいきなり言った。この女はいつも相手の隙を狙ってモノをいう癖のある女だ。ふいを突かれて口ごもっている私へ、「だって、若い男がたった一人で、あの広い草っ原に二時間も寝ころんでいるなんて、まるで童貞でございって広告をしてるみたいじゃないの」

そういって、彼女はあははと声をあげて笑った。満員のビヤホールは人の話声や笑い声であふれ返っていたから、どんなきわどい話でも安全だった。

「あなた、水産の学生さんでしょ？」伊藤ふじ子はすぐつづけていった。「あたしの知ってる水産の学生さんたち、みんなスゴイわよ。予科の学生なんか問題にならないわ」

「海の男になるんだからね」と私は答えた。

「それならあなたも、もっと海の男らしくしたらどう?」

私の顔をのぞき込んだ女の眼に、何か淫らな光があった。そして厚い唇が妙に赤く濡れていた。

私はまた話題を変え、小一時間ほどおしゃべりしてから、伊藤ふじ子と別れた。別れぎわに、彼女は下宿の住所を私に教えてから、「気が向いたらあそびにきてね」といった。私は黙って一つうなずいて見せただけで、「行く」とははっきり答えなかった。

翌日、学校の教室では朝からひと騒ぎ持ち上っていた。練習船「おしょろ丸」で夏の三ヵ月南方の海で実習訓練をしてきた漁撈科の三年生が、寄港地の一つである香港で仕入れてきたという三十枚ほどのエロ写真を皆で廻し見をしているところだった。

むろん私もその仲間に加わった。白人や中国人や日本人やインド人や黒人などさまざまな人種の男女が、さまざまな姿態で性交をしている。この種の写真をはじめて見る私には強烈な刺激だった。われながら気恥ずかしいほど何度も口の中に唾液が溜まり、それを出来るだけそっとのどの奥へ送りこんでやらなければならなかった。

まもなく老教授が入ってきて、教室の騒ぎは一応おさまったが、あちこちの席で空咳《からぜき》をする声がしばらく耳についた。

―私が学校から「退学」を命ぜられる日は、ほぼ七ヵ月後にくるのだが、むろん私はそれを知らない。

一学生としての私は、朝から夕方までは学校の教室で、水産加工の専門的な技術を習い、その帰りには時計台の図書館へ寄って、「貧乏物語」のノートを取り、日曜日には教会へ行って、会衆といっしょに聖書を読み、牧師の説教を聞き、それからは若い女の子のいる喫茶店へ行って、一杯のコーヒーで三時間もねばりながら西洋の音楽を聴き、夜は下宿の部屋で、日本の小説や外国の小説を読み、疲れて濁った頭で床の中へもぐりこむと、あの教室でみせられた男女性交の写真の妄想にしばしば悩まされ……いや、ともかくもこれが当時の私の「生活」というものだった。

それにしても、何という分裂症的な生活であったろう。

私の頭の中は、あの李元成のいった「豆腐」どころか、まるでごった煮の雑炊《ぞうすい》だった。

時計台の鐘の音だけが澄んでいた。

〔1982年「新潮」5月号　初出〕

羽根のように

もう三、四年も前のことだ。都心の大きなホテルの広間で、ある出版社の出している文学賞の授賞式が終ったあと、酒と料理の宴会になった。小一時間ほどして、人の動きがだいぶざわめいてきたころ、ホールのへりに置かれた幾つかのソファの一つに腰をおろしてひと休みしていられる佐多稲子さんの姿が、私の眼に入った。佐多さんの前には三人ほどの若い女性が立って、何かしきりに話しかけていたが、私はかまわず水割りのウィスキーのグラスを片手にしたまま、人波をかき分けてそこへ行き、挨拶をしてから、隣りのソファによっこらしょと声をかけて重い尻を落した。

するとすぐ佐多さんは、私の方へ顔をむけて、

「あら、八木さんももうよっこらしょと声をかけるようになったのね」そういって、ふいに明るい笑い声をあげた。

私という邪魔が入ったためか、三人の若い女性は失礼しましたと一礼して、その場を離れた。

酒によわい私は、すこし酔うと、前置きなしにいきなりぶしつけな言葉を吐く悪癖がある。このときも、それが出た。

「たしか昭和六年の秋ごろ、佐多さんは…いや、当時は窪川いね子さんでしたが、お茶の水の文化学院で、小林多喜二や中條百合子といっしょにプロレタリア文学講座という題目でお話をなさったというご記憶はありませんか」

「昭和六年なんて、ずいぶん昔のことね」佐多さんは顔をすこしあげて、遠い眼つきになりな

がら、「そういわれれば、そんなことがあったような気もするけど…」

「いや、たしかにあったんです。げんにこの私がそのときの聴講生の一人だったんですから」

そういってから、私は窪川いね子の講義のあった夜、百人ほどの聴講生のいる教室のなかで起ったあるユーモラスな出来事についての思い出話をしてみた。


—その夜、窪川いね子の一時間ほどの話が一段落したところで、彼女は何か質問はないか、と一同にたずねた。すると、一つ手が上った。まだ若い学生風の男だった。

「プロレタリア作家である女性が口紅をつける、ということには、どういう階級的な意味があるんですか?」

地味な銘仙の着物をきた壇上の窪川いね子は、その時くちびるに紅い色をつけていた。彼女はその質問者の方へまっすぐ顔を向け、ややおどけた表情で、

「あなたのおっしゃる〝口紅をつけた女のプロレタリア作家〟というのは、このわたくしのことなんでしょ?」と軽く念を押してから、

「わたくしはプロレタリア作家である前に、まず一人の女でございますから…」

そういって、壇上の窪川いね子はにっこり笑ってみせた。教室中に大きな拍手が起った。

「まァ、そんなことがあったかしら? でも、その時のあたし、なかなかお上手な返答をした

ものね」

佐多さんはまた明るい笑い声をあげた。その佐多さんの頭にはあれから四十数年の長い風雪が降りつもって、いまは見事な銀髪と化している。そして私の頭の方も、すっかり色が褪せて、うす汚ない灰色になってしまった。

その文学賞の授賞パーティに出る前、私は駿河台のある病院に知人を見舞った帰り、国電の御茶ノ水駅へのゆるい坂を下ってくる途中で、文化学院の古い建物を見かけた。ふいに、なつかしいという感情が私を襲った。私の脚は反射的に石造のドームの形をした門の中に入ってゆき、校庭の前に立った。

四十数年前の秋のある日、北海道から出てきた二十歳の私は、いまとおなじようにこの校庭の前に立って、一瞬、驚きの眼を見張ったものだ。さして広くもない校庭に、洒落た身なりをした若い男女の学生があちこちにかたまり、たがいの体を触れんばかりに寄せ合って、いかにも愉しげに談笑しているのが眼に入ったからである。それが田舎者の私の眼にはひどくめずらしい、そして何やらまぶしい風景として映ったのだ。私自身は小学校から専門学校までみな男ばかりの学校だったし、それに郷里の室蘭や札幌の町などで見かける女学生もほとんどみな紺か黒の制服であったから、背広を着たり、色とりどりの華やかなセーターなどを着た男女共学の学校を見るのは、これがはじめてのことだった。

のちに私は、この学校が創立者・西村伊作の自由主義教育による独自な校風をもった学校であり、その文学部の教授や講師陣には、菊池寛、与謝野晶子、川端康成、阿部知二、片岡鉄兵、十一谷《じゅういちや》義三郎など、錚々たる名前がずらり並んでいることを知ったが、ともかくも私はこの学校の臨時に貸した夜の教室でロシヤ語の講習をうけ、また課外講座として小林多喜二、中條百合子、窪川いね子と三人の作家からプロレタリア文学についての講義をうけたのだ。

しかし、私がこの学校の夜の教室に通うのは、わずか二ヵ月足らずで終った。ある事件が私を急変させることになったからである。

「二ヵ月は短い時間だった。だが、あれは自分にとっては実に濃密な時間だった」

と私は思った。その私の眼の前にある風景は一変していた。木造二階建ての校舎は、四階建ての鉄筋コンクリートの建物になり、土であった校庭には、彩色の絵模様を描いたみどり色のコンクリートが厚く張られている。そして白いペンキ塗りの木柵をめぐらした校門は、いまはドームの形をした石造の門に変って、私の記憶にあるものは何一つ残っていない。

——左翼学生の一人として、私が札幌の学校から退学を告げられたのは、三年生の秋の新学期がはじまってまだ十日と経たぬころだった。

その日、私を校舎の蔭に呼び出したO助教授（製造実習の担任で、学生主事を兼ねていた）は、

「昨日の職員会議で、きみの退学が決まった。きみがなぜ退学させられるのか、その理由はきみ自身がよく知っているはずだ。しかし、退学が正式に発令されると、きみの将来に傷がつく懼れがある。だから、何か適当な口実をつくって、きみの方から先に退学届を出してはどうか」

そういう意味のことを穏やかな口調でいった。O助教授は、私を退学させる理由を自分の口からは言わなかった。私の方もそれを質ねなかった。

二名の特高刑事が私の下宿を襲ったのは、つい五日前のことである。しかし、彼らは私を逮捕しにやってきたのではなかった。彼らの追っているのは、あの朝鮮人の留学生・李元成だった。一人の刑事に私は李さんとの関係をしつこく訊問された。李さんについては隠すべきことを一つも持たぬ私は、いちいち正直に答えた。(私より二つ年上で農学部の学生である李さんは、一年生のときは長期の病気欠席で留年、卒業すべき三年生のときは単位不足でまた留年ということで、現在も学籍があった)

その訊問のあいだに、もう一人の刑事は本棚から、李さんの教示をうけた社会科学関係の本を一冊ずつ引き出しては、それをぱらぱらとめくってから、いきなり畳の上に叩きつけた。さすがに特高課の刑事だけあって、マルクスやエンゲルスやレーニンやトロツキーの本はむろん、プレハーノフだとかブハーリンだとかボグダーノフだとかデボーリンだとかルナチャルスキーだとか、そういうロシヤ名前の本はすべて引き出され、叩きつけられた。

それらの本は公けの出版物として、公けに発売されているものばかりであった。しまいには押入れの中まで捜索されたが、彼らの狙う「秘密出版物」は一冊も発見されなかった。

つぎに彼らは、机の上に置かれているロシヤ語の辞典と白楊社版の「ロシヤ語講座」全八巻に手をかけて、妙なうす笑いをみせながらいった。

「赤い国の言葉を勉強して、赤い国へ逃げて行こうというわけだな」

しかし、私がロシヤ語の勉強をはじめたのは、ドストエフスキーの小説を原語で読んでみたいという単純な動機からだった。

最後に彼らは、李元成の所在が分ったら、必らず本署へ知らせてくれ、いいか、忘れるなよ、と捨てぜりふを残して引き揚げて行った。

しかし、特高警察に追われているのが、李元成だけでないことは、翌日、学校の正門を入ってすぐ左手の大掲示板に貼られたビラによって分った。そこには、学校当局が官憲とグルになって、良心的な学問研究と学生運動に対して不当な弾圧を加えつつあることに抗議する激越な言葉が書かれていた。

満州事変勃発のニュースが報ぜられたのは、その翌日、つまり一昨日のことである。大掲示板には、早くも「戦争絶対反対！　日中友好万歳！」と赤いインクの大文字で書かれたビラが貼られていた。時代の流れが右へ大きく傾いたことを私は感じた。

O助教授の言葉をきいたあと、私はすぐ下宿へ帰って退学届を書き、それを持ってすぐまた学校へ引き返して、助教授の手に渡した。

「きみはまだ若い。将来がある。どうか、しっかりやってくれ」

色の浅黒い、いかつい体つきをしたO助教授は、そういって私の肩を叩いた。

学校を出た脚で、私は狸小路へ出、ビヤホールの二階に上った。すこしのどが乾いていた。ビヤホールは例によって混んでいた。私は隅の席に腰をおろして、中ジョッキを頼んだ。それをひとくち飲んだところで、思わず苦笑が浮かんだ。私のきょうの行動は、われながら迅速だった。

「お前はなんて気の短い子なんだろう」

というのが、小さいころから母が私を叱るときの口癖であったが、子供の時できた性根は幾つ年をとっても変らぬものらしい。

それにしても、私は学校当局の懼れるような危険思想の持主ではなかった。だいいち「思想」などというものは、私自身の内部にまだ何一つできていなかったからだ。私はただ李元成という朝鮮人の学生によって社会科学という世界に眼をひらかれ、時折彼のアドヴァイスをうけながら、それに関する書物を幾らか読みつづけてきたというにすぎない。李元成自身は、学内の左翼運動では重要なリーダー格の役をつとめているらしいことが、私にもほぼ推測がついてはきたが、しかし彼はその運動のなかへ私を誘いこむような言辞を一度も洩らしたことはなかった。おそらくは、私という人間に対する信頼度がまだ稀薄であったのだろう。学内では、予科や学部のなかに「社研」と称するグループが幾つかあって、それぞれに活潑な情報宣伝や組織運動をしていたが、私の属する水産専門部は、いわば完全な無風地帯であった。私には仲間がいなかった。また仲間をつくろうともしなかった。

「なぜ退学させられるか、その理由はきみ自身がよく知っているはずだ」

とO助教授はいったが、私には、その理由は明確ではなかった。おそらくは、李元成との関係と、下宿を襲った二名の特高刑事の通報による私の読書内容がその理由だろう。とすれば、むしろ私の方こそ、不当な退学に対して抗議する理由があるはずだった。が、私はそれをしなかった。

O助教授から退学を告げられたとき、私の胸に反射的に起ったのは、一種の〝安堵感〟であった。自力で断ち切ろうと思いながら、断ち切れずにいたものが、他力によってうまいぐあいに断ち切られた、という〝解放感〟でもあった。

私は毎日学校へ通いながら、正門を入るとき、ほとんど苦痛に近いものを感じていた。しかもそれは、ちかごろいよいよ堪えがたいものになってきていたのだ。退学は、この〝苦痛〟からの解放だった。

——中ジョッキが、いつのまにか空になっていた。いつものように酔いがすぐ出てこない。私はお代りをたのんだ。夕方から夜の時間に入って、客がいっそう立て混んできた。あちこちから傍若無人な高笑いが起りはじめた。

私は、自分の二年半の札幌生活がいま終ろうとしているのに、別れを告げるべき人間が一人もいないことに、さびしさを感じた。私に親切だったあの穏和な三村夫妻と浩少年の下宿からは、もう五ヵ月も前に代っていた。他の下宿へ移るとき、私は教会での「懺悔」のやり方に堪えられないので、以後は教会も辞めたい旨を率直にいった。それは残念なことでございます、と三村氏は悲しそうにいって、首を垂れた。

私はふいに伊藤ふじ子のことを思い出した。童貞である私に謎をかけた女だが、私は一度も彼女の下宿を訪ねなかった。しかし、もしここに伊藤ふじ子があらわれ、いっしょにビールを飲んだあと下宿へ誘われたら、自分はためらうことなく随いて行くだろう、と思った。が、そう思っただけのことだった。

翌日、私はまとめた荷物をチッキで送り出すと、おなじ汽車で室蘭へ帰った。

「学校が厭でやめてきた」

と私は母にいった。そのとき、母の口から出た最初の言葉は、「お父さんに何ておわびすればいいかしら」というのだった。この母は父の蔭の女だった。

私は室蘭の家には二日いただけで、三日目には早くも東京へ発った。

東京には、医者の学校に通っている一つ年上の兄がいた。兄は西荻窪のある官吏の未亡人の家に下宿していた。ここに二日ほど世話になってから、翌日は兄の探してくれた高円寺の素人下宿へ移った。

落ちつくとすぐ私は省線電車に乗って水道橋の駅でおり、人に道を聞き聞き、研数学館と駿台予備校と二つの建物を訪ね歩いた。この二つの予備校の名も、兄が教えてくれたのだ。兄の通っている学校は神田にあった。

これから先どんな大学を受けるにしても（それがどんな大学であるかは、まだはっきりしていなかったが）私には二年半のブランクがあった。受験勉強はやはりはじめからやり直さなければならなかった。

二つの予備校ではすでに第一期の秋季講習がはじまっていたが、第二期は十月一日からということで、その入会案内のパンフレットだけはもらった。さすがに名の通った予備校らしく、どちらも何階建てかの堂々たる鉄筋コンクリートの建物であったが、私の眼には牢獄のように見えた。

二つ目の駿台予備校を出て、御茶ノ水駅の近くまできたとき、私は神経的に疲れている自分を感じた。東京と札幌とでは、人の流れも車の流れもまるでちがっていた。東京の街には緑がとぼしく、街なかでは札幌のように遠い距離へ視線をのばしてやることができず、それは絶えず高層建築の壁に突き当っては、弾き返された。

私は駅の近くに洒落た感じの小さな喫茶店をみつけ、そこの扉を押した。熱い珈琲の匂いをかぎ、すこし苦味の強い液体を口にふくむと、疲れが急にひいて行くようだった。

なにげなく右手の壁に眼をやると、すぐそこに緑色の地に白抜きの文字で「ロシヤ語講習会」と印刷された、かなり大きなポスターが貼られていた。その左横下にすこし小さな黒い活字で「課外＝プロレタリア文学講座・小林多喜二、中條百合子、窪川いね子」としてある。

「あ！」と私は思った。

中條百合子と窪川いね子の二人は名前だけは知っていたが、作品はまだ読んだことがない。しかし小林多喜二となれば、「蟹工船」も、「一九二八年三月十五日」も、「東倶知安行」も、「不在地主」も、「工場細胞」も、「オルグ」も、みな読んでいる。ことに「一九二八年三月十五日」のあのすさまじい拷問の描写には、体が震えてくるほどの恐怖と興奮を感じたものだ。小林多喜二という名前は、おなじ北海道人である私にはとくべつ親しいものだった。即座に私の心は決まった。

「よし、このロシヤ語講習会に入ってやろう」

その講習会の会場は、文化学院の第何番かの教室になっていた。私は店の女の子にその学校への道すじを質ねてみた。何とそれは、私がたったいま駿台予備校から下ってきたゆるい坂の途中にあるのだった。

私はさっそくそこへ行って、入会の手続きをすませ、その夜、兄の下宿へ行って報告した。

「そんなロシヤ語講習会なんかに入って、お前、だいじょぶか？」

兄はすこし心配そうな顔つきをみせたが、予備校へ行かなくても、受験勉強くらい下宿でもやれるし、やるつもりだ、と私は答えた。兄はそれ以上は何もいわなかった。この兄は私の性格をよく知っていた。

そのロシヤ語講習会は、初級と中級にわかれ、週に三回、夜の六時から八時までだった。私ははじめからやり直すつもりで、初級の方へ入った。

教室に集まる五十人ほどの聴講生は、年齢も職業も身分も実に雑多であったが、いずれもみな熱心でまじめな生徒たちばかりで、出席率はいつもほとんど一〇〇パーセントに近かった。初級の講師は、除村《よけむら》吉《よし》太郎《たろう》氏と外村史郎氏の二人だった。私は除村さんの訳でトルストイの民話集を、それから外村さんの訳でショーロホフの長篇「開かれた処女地」を読んで、その名前にはすでに馴染みがあったから、この二人の講師には、はじめから親しみを感じた。除村さんは色が白く、口元がすこし尖っていて、顔にあまり表情がなく、外村さんはその反対に色が黒く、顎が張っていて、表情のにぎやかなひとだった。

その講習会に五回ほど通ったところで、はじめて私はひとと親しい言葉を交わすことになった。第一時限目の授業が終って、十分間の休憩になり、私がぼんやりたばこをふかしていると、すぐ隣りの席の若い女性から、ちょっと火を、と声をかけられた。私の手から受け取ったマッチでたばこに火をつけると、若い女はいかにもうまそうにけむりを吐いた。そのけむりの匂いが、私の喫っているバットとはまるでちがっていた。

「いい匂いですね」と私はいった。

「これ、ゲルベ・ゾルテ。もらい物なのよ。よろしかったら、どうぞ」

女はそういって、黒と金色でデザインした扁平な函のふたをあけて、私の前に差し出した。

私は遠慮なく一本抜き取って、火をつけた。濃厚な味がした。

「外国のたばこは味が濃いですね」と私はまたいった。

「彼らは肉食動物だから」

女はいきなりいった。私は驚いて相手の顔を見返した。実をいえば、この若い女性が隣りの席へすわったときから、私は興味を惹かれていたのだ。

女は当時の尖端的な流行といわれていた断髪の頭をしていた。赤いロイドぶちの眼鏡をかけていた。派手な柄のワンピースの上に、白い毛糸のケープをまとっていた。やはり東京という大都会でなければ見られぬ女性風俗だった。体つきは瘠せて小柄だが、いかにも敏捷な仔鹿という感じがした。年は私より一つか二つ上と思われた。

「あなた、ロシヤの作家の小説、お好き?」と女はまた声をかけてきた。

「好きですよ」と私は答えた。

「だれがお好き?」

「ドストエフスキー」

「あたしは、チエホフ」

女はニコリと笑ってみせてから、この教室の中にも、ロシヤ文学の好きな仲間がほかに三人いて「ロシヤ文学愛好会」というのをつくっているが、その仲間に入ってみる気はないか、と誘った。ぜひ入れてくれ、と私は頭をさげた。

その夜、講義が終ったあと、御茶ノ水駅からすこし横丁に入った喫茶店で、私は三人の仲間に紹介された。一人は背の高い、すこし神経質そうな青白い顔色をした東大生、一人は長髪で額の禿げ上った、「詩人」と自称する小肥りの中年男、もう一人は筋肉質の体に精悍な顔つきをした二十四、五歳の印刷工、そして断髪の頭に赤いロイドぶちの眼鏡をかけた若い女性は、東京女子大の学生だった。

その会は、ある作家のある作品をみなで読み、その長短に応じて集る日をきめ、それぞれの感想なり批評なりを述べ合うという趣旨のものだが、そういう決まった日でなくても、講義の終った帰りには、気の向いた者だけでここへ集って勝手な雑談を愉しもう、というものだった。

ちょうどその夜が第一回の正式な集会日で、宿題はトルストイの「イワン・イリッチの死」であった。さいわい私はそれを岩波文庫で読んでいたが、記憶に残っているのは主人公の最期の死にざまの凄さだけで、あとはほとんど忘れてしまっていた。

「どうも、あまりしつこ過ぎて、こういうものはぼくのお歯には合わんな」

ルバーシュカ姿の長髪の「詩人」が、いきなり斬り捨てた。

「しかし、そのしつこさが、この作品の持つ力じゃないですか。日本の作家は、とてもこうはやれない」東大生がすぐ絡んだ。

「たしかに有無をいわさぬすごい力があって、その限りでは立派な作品だと思うけど、でも主人公の死に方がすこし残酷すぎるようで、息苦しくて…」と女子大生がいった。

「しかし、作者は最後には主人公を救っていますよ」と若い印刷工がいった。

「いや、その救い方が気に食わんのだ。イワン・イリッチという男を悶え死にさせた方が、むしろ凄味が出たかもしれない」と詩人がいった。

「それじゃ、作者はトルストイではなくなってしまいますよ」と東大生がいった。するとと「詩人」があははと声をあげて笑い出した。つづいて女子大生と印刷工が笑い声をあげた。私も笑った。それから東大生がにやりとしてみせた。

この笑いで一同の気持がほぐれたか、議論はいっそう親密で活潑なものになって行った。

「こういう経験は、札幌では一度も持たなかった」

と私はみなの話に耳を傾けながら思った。

やがて散会の時がきた。「詩人」と印刷工はそこから歩いて神保町の方へ、東大生と女子大生は市電で本郷の方へ、省線で家に帰るのは私ひとりだった。その夜、私は久しぶりに愉しい気分で眠った。

「ロシヤ文学愛好会」の第二回目は、ゴーゴリの「外套・鼻」だった。第三回目はゴーリキーの「チェルカッシ」だった。

しかしそういう会合の日でなくても、私は講習会の帰りには必らず喫茶店「白樺」へ立ち寄った。そこには会の仲間のだれかが、きまって顔をみせた。とくに女子大生の三田啓子が加わると、座の空気が一段と活気づいた。

会話をリードするのは、いつも彼女だった。だが、それは彼女がひとりしゃべりをするというのではなく、話の流れが滞ると、すぐ気の利いた話題を提出しては、座の雰囲気を新鮮なものにする。いかにも頭の回転の速い女らしく、その手綱さばきがあざやかだった。そして会話が議論というかたちに熱してくると、彼女はそれが癖なのか、赤いロイドぶちの眼鏡をはずし、弦を片手に持って、相手の顔をみた。彼女の二重瞼の大きな眼が、ほんのすこし斜視になる。それが私に奇妙な魅力を感じさせた。

やがて私は、この三田啓子と二人きりになる機会をひそかに願うようになったが、あいにくなことに彼女のそばにはいつも東大生の川瀬卓二がついていた。しかしこの二人は、ロシヤ語講習会ではじめて知り合ったという関係ではなさそうだった。それにしては、すこし親しすぎた。かといって、恋人同士らしい狎《な》れた感じもない。それどころか、一見親しそうにみせながら、たがいに何かを監視し合うような冷たい視線がちらりと走る、という場面も時折あった。

二人の関係の曖昧さが私をいらだたせた。

が、ともかくも三田啓子という女友だちが一人できたことは、私のあじけない受験勉強の生活にある色彩と安らぎをあたえてくれたことは事実だった。

──そのうち、私の楽しみにしていた「プロレタリア文学講座」が、大教室で三夜つづけて行われた。初級と中級あわせて百人の聴講生のほとんど全員がそこに集った。

第一夜の窪川いね子は、瘠せ型の体に地味な銘仙の着物をきりっと着こなして、眼の大きな細面の顔にたえず微笑をうかべながら、自分の口から吐く言葉を一つ一つ吟味するように吶々《とつとつ》と話をする人であった。

第二夜の中條百合子は、顔も手足もまるまるとした小肥りの体を黒いスーツに包んで、眼鏡の奥の澄んだ眼をいっぱいに見ひらきながら、明晰な口調と、よく透る美しい声で話す人であった。

第三夜の小林多喜二は、茶色の大島の着物に対《つい》の羽織を着た、意外に小さな人だった。私には親しい北海道弁の訛のある言葉づかいで、すこしカン高い調子でものを言う人だった。額に垂れさがる髪をいちいち神経質にかき上げては話をすすめながら、ときどきふいに羞《は》ずかしそうな微笑をみせる人だった。

「これが、あの『蟹工船』の作者なのか？　これがあの怖ろしい『一九二八年三月十五日』を書いた人なのか？」

信じられなかった。作品と作者の印象があまりにもちがっていた。私はただ小林多喜二の顔ばかり眺めていた。

(因《ちな》みに、この時、窪川いね子は二十七歳、中條百合子は三十二歳、小林多喜二は二十八歳。そして小林多喜二の拷問死という悲劇的な死は、この日から約一年四ヵ月後、昭和八年二月二十日のことである)

この三人の作家の講座が終って数日したある夜、私は東大生の川瀬に「白樺」とは別の喫茶店につれて行かれ、ある役を務めることを頼まれた。それは私を仲介にして、彼の指示する人物にある出版物を手渡す、という役だった。

「三田さんも、あんたとおなじようなことをしてるんですね?」と私はいきなりいった。川瀬は黙って小さくうなずいてみせた。

「引き受けますよ」と私は答えた。

「ありがとう」

川瀬ははじめて安堵した表情をうかべて、また小さく頭をさげてみせた。いや、ぼくはきみのためではなく、三田啓子のために引き受けたのだ、という言葉があやうく私ののど元まで出かかったが、咄嗟に呑みこんだ。

「ちょっと、たばこの火を…」

と三田啓子がはじめて私に声をかけてきたのは、あれは彼女のわなだったのだ。そして「ロシヤ文学愛好会」などという会をつくって、そこに何人かの人間を集め、その中から彼らの役に立ちそうな人間をテストしてみる、というのが、もう一つのわなだったのだろう。とすれば、私は彼らのわなにまんまとひっかかった一匹の兎なのだ。しかし私は、一匹の兎になった自分を滑稽なものとは思わなかったし、そのわなを仕掛けた人間を憎むという気も起きなかった。

人より二年半も遅れた受験勉強を、下宿の一室で孤独につづけている私にとって、文学についての会話を自由に交わし合うという時間が、どれほど大きな慰めになったか。また赤いロイドぶちの眼鏡をはずして、すこし斜視になった三田啓子のまつ毛の濃い眼で見つめられると、どんなに不思議なざわめきが心の中に起ったか、その事実を私は否定できない。

川瀬からある役を依頼されて、「引き受けますよ」という答が単純に私の口から出たのは、そのためだった。もともと私は単純に出来ている人間だった。そのことを、誰よりも私自身がよく知っていた。

それから何日かして、川瀬の指定した日と時間に、遠藤と名乗る小柄な男が私の下宿を訪ねてきた。

「ぼくは染料工場で働いている者です」

その二十三、四歳と思われる若い男は、そういって私の前に右の掌を差し出してみせた。ふしくれ立った太い五本の指と、いかにも堅そうな皮膚をもったその肉の厚い掌には、深いひび割れが幾筋も走り、その筋の部分だけに黒ずんだ染料がべっとりと染みついていた。

「こいつは、いくら洗ってもこすっても、絶対に落ちないんですよ」

若い労働者は笑いながらいって、私の手から四角な紙包を受け取ると、「じゃ、頂いて行きます」とていねいな挨拶を残して、茶も飲まずに帰って行った。

これを皮切りとして、その遠藤という若い工員のほかに、二人の男が代るがわる私の下宿を訪ねてくるようになった。

路地の奥にある小さなしもた家で、私の借りている四畳半は玄関のすぐ脇だったから、呼鈴が鳴れば最初にそこへ出て行くのは私だった。それに鉄道員の未亡人だという主婦は(中学一年生の男の子が一人いた)私のところへどんな人間が訪ねてこようが、まるで無関心な女だった。

私は日を置いて訪ねてくるその三人の男に、川瀬から預った紙包をただ手渡すだけで、その中身をまだ一度もひらいてみたことはなかった。好奇心はないことはなかったが、その中身を確めるという行為が、川瀬や三田啓子や三人の男たちの信頼を裏切るような、うしろめたい感じがしたからである。

ところが、ある日、指定の日の指定の時間にあの遠藤という若い工員が姿を見せぬ、ということが起った。

「そういうときは、すぐ焼き捨ててくれ」と、川瀬にいわれていたから、私はその紙包を下宿の裏庭へ持ち出した。そしてそれに火をつける前に、中身をちょっとのぞいてみたい、という好奇心が強く起るのをこんどは抑えることができなかった。

破られたその紙包の中から出てきたのは「無産者新聞」という名前の新聞だった。私はそれをひらいてみた。すると第二面と第三面とのあいだの、ちょうど紙面の折り目のところに、「天皇制打倒！」という文字が特号大の活字でデカデカと印刷されていた。それが強烈な脅迫感をもって、いきなり私の眼を刺してきた。私はあわてて火をつけた。めらめらと赤い炎が上った。

「天皇制打倒！」は、当時の日本人にとっては最大の禁句であった。それに対する犯罪は、ほとんど無条件に「死刑」か「無期懲役」であることを、私はあの「大逆事件」や「虎の門事件」や「朴烈事件」などの例からすでに知っていた。はじめて恐怖が私を襲った。

その夜、講習会へ出かけた私は、川瀬をつかまえて、預った紙包を焼き捨てた旨を報告した。ありがとう、と川瀬はあっさりした口調で答えた。

第二時限目の授業がはじまって間もなく、教室の戸がガラリと開いて、二人の男が姿をあらわした。年配の一人が、自分らは警視庁の特高課の者だが、と壇上の講師に一応あいさつしてから、聴講生たちに向って「これから諸君の身体検査をさせてもらう」と宣言した。とたんに、教室の中から学生服を着た若い男が一人立ち上ると、いきなり駈け出して、外のグラウンドへ通ずるガラス窓を引き開けようとした。が、窓はうまく開かない。そこへ二人の刑事がつづいて襲いかかり、学生服の男に折り重なった。烈しい格闘の末、手錠をかけられて、引き起された学生は、あの川瀬卓二だった。川瀬は蒼白になった顔面を血だらけにしていた。

やがて二人の刑事は「どうもお騒がせして…」とバカ丁寧な一礼を残すと、川瀬を引き立てて廊下の外へ消えて行った。

聴講生たちは呆然と見送った。その夜の授業は中止となった。私はトイレへ駈けつけた。しかし、いくら力んでも、私の股間からは一滴の液体も出てこなかった。

暗い校舎の出口で、三田啓子が私を待っていてくれた。彼女は意外に平静な表情でいった。

「川瀬君はいずれ落ちる（自白する）わ。だから、あなたもすぐどこかへ消えなきゃダメよ。できるだけ遠くへ。あたしも消える…あなたのこと、忘れないわ」

三田啓子はそういい残すと、半コートの襟を深く立てて、ゆるい坂道を足早に下って行った。

—それから約三時間後、私は玉の井の娼婦街をうろついていた。

三田啓子は「すぐどこかへ消えろ」といったが、私には消えるべきところがなかった。仕方なく私は市電を乗り継いで、ともかくも浅草に出た。田舎者の学生である私は、ここが一番親しい街だったからである。

六区の映画館で古い洋画を一本観てから、ひょうたん池のへりにずらり軒を並べた屋台店の一つに入り、おでんを肴にして飲めもせぬ酒をむりやり二本も飲んだ。すっかり酔ってふらふらと雷門の前あたりまで出てきたところ、「玉の井行」と書いた黄色いバスが、ちょうど眼の前で停まった。私は反射的にそれに飛び乗った。いつかの夜、例の仲間の一人である長髪の自称「詩人」が、この玉の井の私娼窟を「あれは美しい幻燈の街だよ」と、いやに大げさな言葉で礼讃したことがあったのを、ふいに思い出したからだ。

消毒液の臭いが立ちこめ、複雑な迷路の入り組んだこの不思議な一廓の街には、小さな四角な窓から、顔だけ赤い色の照明に照らし出された女たちが、さまざまな声で男たちを呼んでいた。

私は女たちから呼ばれては逃げ、また呼ばれては逃げながら、ヘタな赤ペンキで「抜けられます」と書かれた細長い横板が各所に打ちつけてある迷路を、ただ脚にまかせてうろつきまわっているだけのことだった。

夜が更けてきた。泊まりの客がついたか、赤い照明のついた女たちの窓が一つ一つ消えて行き、小路をぞめき歩く男たちの姿も、しだいに数が少くなってきた。

「あら、おにいさん、また来たのね。これで三度目よ」

窓の一つから、こんな声がかかった。私の脚がぴくりと停まった。日本髪に着物姿の若い女が、さびしい笑顔をみせていた。

「いくら歩いても、おなじことよ」

この言葉に救われたように、私は女の前に近寄った。

「あがってくれる?」と女はいった。

私は黙ってうなずいてみせた。

私の二十歳の童貞は、この夜、簡単に失われた。

そこに〝歓び〟はあっただろうか。そんなものはまるで無かった。私は芸もなく女の軀の上に乗り、女にみちびかれるまま、ある機械的な運動を無器用にくりかえしただけだった。

その無器用な運動が、短い時間のうちに終ったとき、

「おにいさん、はじめてだったのね?」

私の軀の下から、女は何か憐れむような眼つきでいった。私は烈しい屈辱を感じた。

その夜、私は女の白い躰に抱かれながら、柔らかい二つの乳房のあいだに顔を埋めるようにして眠った。

私の不安は不思議に消えていた。

〔1982年「新潮」7月号　初出〕

逃亡の時

友人の野村尚吾が膠原病という奇妙な名前の病気で亡くなったのは、昭和五十年五月十五日のことだから、今年でもう八年目になる。年を取るにしたがって、時間はまるで飛んで行くようだ。

野村の死を、いまごろ俄かに思い出したのは、溜まった古い手紙を整理しているとき、その束の中から、五月十七日、目黒区碑文谷の彼の自宅で行われた告別式の場で、私の読んだ弔辞の下書きが思いもかけず出てきたからだ。反古になった原稿はたいてい即座に引き裂いて屑籠にほうりこむのだが、さすがに友人の死を悼む言葉を書きつらねたその二枚の原稿用紙だけは、破り捨てることができなかったのだろう。

これはだれでもそうだろうが、弔辞というのは書きやすそうで案外むずかしいものだ。私もずいぶん苦心したらしく、消しや書きこみがやたらに入って、原稿用紙がひどい面相になっている。むろん、どんなことを書いたかはすっかり忘れてしまっている。私は他人の原稿を読むような気持で、それを読み直してみた。

その一部に次のようなことが書かれていた。

四月七日、ぼくらは浅草から濹東へかけて半日の散策をした。折柄、濹堤は桜の満開であった。花曇りの空の下を、ぼくらは青春回帰の想いにひたりながらそぞろ歩いた。その散策の最後の場所へ着いたとき、君は急に体の不調を訴え、ひと足先に帰ることになった。ぼくらは君の後姿をゆっくりと見送った。

それが、君とぼくらの最後の別れとなった。


「そうだ、あれは四月七日のことだったのか」

と私は自分の弔辞に書かれた日付けから、その日のことを思い出した。そこでさっそく押入れの奥から雑多な物のほうりこんである木箱を引っぱり出して、その中から昭和五十年度版の文藝手帖を取り出してみた。この小さな手帖が、私にとっては日記代りのメモ帖になっている。

四月七日の項には、こんなことが書かれていた。

「波の会」浅草および濹東散策。
野口冨士男、杉森久英、野村尚吾、榛葉英治、進藤純孝、竹田博、近藤信行夫妻、八木の九名。
野口が案内役を勤めてくれる。
ボンソワール（区役所通りの喫茶店）―隅田公園、桜満開―言問橋―待乳山聖天（百度石）
―三囲神社―長命寺（成島柳北の墓）―言問だんご一皿百八十円（長命寺のさくら餅は休日）
―鳩の街―向島百花園―玉の井―浅草（東武電車）―駒形どぜう―アンジェラス（喫茶店）

「波の会」というのは和田芳恵さんを軸とした、和田さんと親しい者たちの集りで、都内のうまいもの屋を訪ねたり、時には一晩泊まりの小さな旅をしたりする会だったが、この日は肝心の和田さんが体の調子でもよくなかったか、顔をみせていない。

野口冨士男は、集英社から隔月に刊行されている「青春と読書」に二年間にわたって連載した『わが荷風』をちょうど完結したばかりのところで、濹東はいわば手の内に入っていたから、願ってもないよき案内役だった。

その散策の最後の地が玉の井だった。

敗戦後に新しくできた鳩の街には、かつての娼家らしい感じの家がまだ何軒か残っていたが、戦火で焼亡したこの玉の井は面目を一新して、実直な小市民的生活者の町になっていた。あの迷路のような小路々々に濃密に漂っていたなつかしい臭い―洗滌液と屎尿の臭いにどぶの臭気の混じり合ったあの眼と鼻を刺してくる独特の異臭―はどこからもにおってこなかった。

「兵《つわもの》どもが夢の跡だね」

とだれかがいった。が、だれも笑わなかった。〝夢の跡〟らしいものはどこにも残っていなかったからだ。そのとき、ふいに野村が体の不調を訴えたのだった。

そういえば、区役所通りの喫茶店「ボンソワール」で一行が落ち合ったときから、妙に野村の顔色は冴えなかった。昨年の十二月頃だったか、彼は井上靖氏たちとの二回目のシルクロードの旅から帰ると、ろくに休みも取らず、その紀行を連載する仕事の準備にかかっているという話だったし、また四月七日の会のつい二日前にも、裏磐梯と土湯温泉の旅から帰ってきたばかりだといった。やはり過労が災いしたらしい。が、昔から律義で義理堅いところのある彼は、その不調を押してここまで随いてきたのだが、ついに堪えきれず口に出したのだろう。眼がどんより濁って、顔の表情に精気がなかった。

「失敬するよ」と彼はいった。

「ひとりで、だいじょぶか？」と私はいった。

「だいじょぶだよ。じゃ、失敬…」

と彼は一同に軽く手をあげてみせてから、玉の井の駅の方にむかってゆっくり歩き出した。われわれは、小肥りの丸っこい体をやや前かがみにした彼の後姿をしばらく黙って見送った。

彼はそれから数日後に入院し、ほぼひと月後には、もうこの世の人間ではなくなっていた。だから、生前の野村尚吾がもっとも娑婆らしい娑婆の世界を見たのは、この玉の井が最後であった、といえるだろう。私は彼への弔辞のなかで「その散策の最後の場所」という言葉のあとへ「玉の井」と、いったんは書き入れたのだが、かつて私娼窟のあった土地の名を公けの席上で口にすることを憚《はばか》って、それを消したのだ。

しかし、酒好きではあっても、女色に対しては禁欲的だった彼のことだから、自分の見た最後の娑婆が「玉の井」であったということには、さしたる感慨はなかったかもしれない。いや、それどころか、彼はたしか早稲田の学生時代、二十一、二歳で結婚したはずだから、玉の井はむろん、吉原にも洲崎にも、亀戸にも新宿二丁目にも用のない男だった。

「兵どもが夢の跡」

とだれかがいったが、その日、一行のうちで、果してだれとだれとがその〝夢のあと〟を正確にたどることができただろうか。


——玉の井の一夜が明けた。

私はしどけない長襦袢姿の女に見送られて、その家を出た。朝の娼婦の街は、昨夜のあの賑わいがまるで嘘のようにひっそりと寝静まっていた。

私は女に教えられた私鉄の電車で浅草へ出、雷門の近くの大衆食堂で朝飯を食べた。熱い豆腐の味噌汁がひどくうまかった。それから、観音さまの境内に出た。拝殿の横手の広場や、ひょうたん池のへりのあちこちに置かれたベンチは、どれもこれもみな乞食や浮浪者たちに占領され、その上で彼らは体をえびのように折り曲げて眠っていた。

私は老人の乞食の寝ているベンチのそばへ行き、その頭の横へそっと腰をおろした。それから、たばこを取り出して火をつけた。

「できるだけ遠くへ逃げろ！」

と、あの赤いロイドぶちの眼鏡をかけた断髪の女子大生三田啓子はいった。

しかし〝できるだけ遠いところ〟とは一体どこなのか？　私は朝の公園の静かな大気のなか

へ、ゆっくりとたばこのけむりを吐き出しながら考えた。私は頭のなかに日本の地図を描いてみた。が、その南北に細長く伸びた日本列島のどの地点に針を刺せばよいのか、私には決断がつかなかった。

「にいさん、たばこを一本めぐんでくれねぇか」

ふいに横から声がかかった。灰色の髪をぼうぼうと伸ばして、顔じゅうに汚ない垢をかさぶたのように貼りつけた老乞食が、黄色い乱杭歯をみせてニヤニヤ笑いをしていた。私はバットの函から三、四本抜き出して老乞食にあたえると、マッチをすって火をつけてやった。

「ありがとさんよ」

老乞食は礼をいって、いかにもうまそうにけむりを吐き出した。

「にいさん、バカに早いんだね」

と老乞食は、私の風態をじろじろ見すえながら話しかけてきた。

「ああ…」

と私は答えた。が、それ以上の言葉は私の口から出てはこなかった。老乞食もただのお愛想でいったらしく、あとは池の鯉にぼんやり眼をあてたまま黙ってしまった。そこには赤や黒や斑《ぶち》やさまざまの色をした大小数十尾の鯉が、いかにも自由に鰭をそよがせながら、気持よさそうに泳ぎまわっていた。私はそれらの鯉たちに羨望を感じた。

どれほど時間が経ったか、六区の映画街に人出の姿が眼につきはじめた。朝の第一回目の興行がはじまるらしい。

「じいさん、失敬するよ」

私は老乞食に声をかけて、ベンチから立ち上った。そして、ひょうたん池のふちをまわって映画街に入りこんだ。

古い二本立ての洋画を観終って、映画館から出てきたとき、昼もうだいぶ過ぎていた。私はまたあの雷門近くの大衆食堂へ行って、こんどはカレーライスを食べた。それから市電を何度か乗りかえて、新宿へ出、駅の近くのデパートに入った。私は靴下を買うつもりだった。昨夜、あの玉の井の女の前で靴下をぬいだとき、両方にかなり大きな穴があいていたのを、女にわらわれたからだ。

新しい靴下を二足買ってデパートの外へ出ようとしたとき、その正面の入口に近い左手の一隅に何かの事務所らしいものがカウンターで仕切られ、その上に「ジャパン・ツーリスト・ビューロー」「日本旅行協会」と英語と日本語で書かれた横長の看板の文字が、ふと私の眼に入った。

その事務所の奥の壁には、外国の女や風景を撮した美しい着色写真の大きなポスターが何枚か貼られていた。

それを見たとき、私の脚は反射的にカウンターの方へ動いて行き、デスクに腰をかけている若い女事務員に「あの…」と声をかけた。つぎの瞬間、私自身でも思いがけない言葉が、咄嗟に口からとび出していた。

「外国へ行くのに、パスポートが要らずにどこまで行けますか?」

「は?……」

若い女事務員は、私のこの出し抜けの、しかも奇妙な質問に、ちょっと驚いた顔で私を見返した。

「外国へ行くのに、パスポートが要らずにどこまで行けますか?」

私はおなじ言葉をもう一度いった。

「ちょっとお待ち下さい」

若い女事務員は、また小首をかしげながらそういうと、事務所の奥の衝立《ついた》ての蔭に入った。すこしして姿をあらわした彼女は、こんどはニコリと笑顔をみせながら答えた。

「満州のハルビンまでなら、旅券が要らずに行けるそうです」

「それじゃ、そのハルビンまで一枚…」

反射的に言葉が口からとび出していた。とび出してから、あ、しまった、と思ったが、もう遅かった。

「承知しました。しばらくお待ち下さい」

女事務員はそういって、すぐデスクへ戻った。そしてデスクの上に置かれた部厚い大判の時刻表をぱらぱらとめくりながら、「いつお発ちですか?」といった。

「きょうです」と私は答えた。

「きょう?」

女事務員はまた驚いた顔でこちらを見返した。が、それから先はまったく事務的な口調になった。

「ハルビンへは朝鮮の釜山経由と、関東州の大連経由と二通りのコースがありますが、どちらになさいますか?」

「大連経由にして下さい」

「大連へは神戸から大阪商船の船が出ます。出港は正午ですから、むろん乗船は明日ということになりますけど…ちょうど明日はうらる丸の出港日です」

「大連への船は毎日出るというわけじゃないんですね」

「ええ、二日置きになっています」

「それは都合がよかった。東京から神戸へは急行券もいっしょにして下さい」

「何等になさいますか?」

「三等で結構です」

「船は?」

「船も三等で結構です」

「大連から先の汽車は?」

「それも三等で結構です」

こうした一連の事務的なやりとりの揚句、私の手に何枚かの切符が手渡された。それを背広の内ポケットに納めたとき、私の体のなかを、一瞬、戦慄に似たある感情が走った。私のこれから先の行動は、私自身の意志ではなく、その背広の内ポケットに納められた何枚かの切符が自動的に決定して行くのだ。しかも私の行先は、満州のハルビンという全く見知らぬ異国の街であった。

「できるだけ遠いところへ…」

あの三田啓子のいった言葉が、いま思いもかけぬはずみで実現することになったのだ。私の顔に思わず苦い微笑が浮かんだ。

私はそのカウンターで鉄道省の時刻表を一冊買ってから、デパートを出、近くの薬屋へ行って、船酔い止めの薬と征露丸を買った。それから、ふと思いついて、百錠入りのカルモチンの大びんを一つ、それに加えた。その睡眠薬の名前は、一時不眠に苦しんだことがあるという仲間の東大生―昨夜、ロシヤ語講習会の教室で二名の特高刑事に逮捕されたあの川瀬卓二から聞かされて覚えていたものだった。

「これで旅の仕度はできた」

と私は思った。が、下宿の跡始末をしてこなかったことに気がついた。人に道をたずねて郵便局を探し、そこでハガキを何枚か買ってから、近くの喫茶店に入った。下宿の跡始末をたのむのは、一つ年上の兄以外にはなかった。

急な用事ができたので、室蘭の家に帰り、一週間ほどすごしてくる、といって下宿を出てきました。しかし、実はこれから満州へ逃げるのです。逃げる理由は、あのロシヤ語講習会に関係したことだといえば、たぶん察してくれることと思います。

金は、ちょうどお袋さんから下宿代と小遣いと、それから洋服を新しくつくるということで、いつもより多く送られてきたばかりなので、当分不自由しないだけのものは持っています。しかし金はこれから先必要と思うので、下宿代は払わずに出てきました。勝手ながら、よろしくお願いします。また下宿の部屋には、机、本箱、火鉢、夜具、行李などみなそのままに残してあります。これもどうか適当に始末して下さい。

なお、ぼくのことで〝黒い紳士〟が訪ねて行くかもしれませんが、一切知らぬと答えて下さい。これは念を押して頼みます。

ぼくのことは、どうか心配しないで下さい。

二枚つづきのハガキになってしまった。それを書き終えたとき、「いまなら、やめようと思えば、やめられる」という思いが、ちらりと念頭をかすめた。しかし、見知らぬ異国へ逃亡する、というスリルに似た感情が、より強い力をもって二十歳の私を唆《そその》かした。

私は時刻表をひらいてみた。神戸出港が明日の正午だとすれば、それにいちばん都合のいい急行を選ばなければならない。東京から神戸への夜の急行は幾本もあったが、その中から、東京発午後九時二十五分、神戸着午前九時四十分というのを選んだ。この列車だと、神戸へ着いてから二時間ほどで乗船ができる。

しかし東京駅を発つまでに、あと六時間ほどの時間が余っている。これをどうつぶしたらよいか。思案したあげく、私はまた浅草へ舞いもどった。田舎者の私には、銀座や新宿や渋谷よりも、浅草にいちばん親しみがあった。その浅草とも当分のお別れなのだ。

六区の映画街で、封切の洋画を一本観た。麻雀もできず、玉突きもできず、碁や将棋もできぬ私は、映画を観るぐらいしか時間をつぶす方法を知らなかった。

公園の方へ出てくると、ひょうたん池のへりにずらりと軒を並べた屋台店から、おでんや、やきとりや、いか焼きや、どんどん焼きや、やきそばなどの匂いが香ばしく流れてきた。

私はおでんの屋台店のベンチに腰をおろし、豆腐や大根やふくろやいか巻きやがんもどきなどをつまみながら、一本の酒をできるだけ時間をかけてチビチビと飲んだ。さいわい三人連れの先客が景気よく飲み食いしながら、さかんに屋台のおやじに話しかけてくれるので、私のケチな飲み方は救われた。やがて一本の酒はカラになった。私はお代りを頼んだ。が、半分も飲まぬうちに、酔いが急速に顔に出てきた。

その酔いのなかから、昨夜の玉の井の女の顔がふいに浮かんできた。そして、女との不器用な交わりが終ったあと、「おにいさん、はじめてだったのね」と、私の軀の下から何か憐れむような眼つきでいった女の言葉を鮮明に思い出した。そのときの屈辱感が新しく甦った。

「会いたい」

自分でも思いがけぬ感情が、いきなり私を衝き上げてきた。私は衝動的な人間だった。堪《こら》え性というものの稀薄な人間だった。私はすぐ勘定をすませて屋台店を出ると、昨夜のコース通り、雷門近くのバス停から玉の井行きの黄色いバスに乗った。

その一廓に入ると、昨夜とおなじ臭いと、おなじ女たちの呼び声が、私の鼻と耳を撲ってきた。が、私はもう昨夜の私ではなかった。赤や桃色の照明に照らし出された小さな窓から、女たちにどんな声をかけられても、私は逃げ腰にはならず、逆にその女たちの顔を一つ一つ見すえるようにして、昨夜の女の顔を探し求めた。

だが、迷路のように入り組んだ細い小路の各所に「抜けられます」と書かれた粗末な木の標識を頼りに、抜けては出、出ては入り、いくら周りまわっても、昨夜の女の顔には行き当らない。

(後年、私は永井荷風の『濹東綺譚』のなかで、作中の〝わたくし〟がはじめて部屋に上ったお雪という女から名刺をもらって住所を確める場面を読んだが、この時の私にはそんな気の利いた才覚はなかった)

さすがに歩き疲れて、腕時計に眼を当ててみると、一時間以上もうろつきまわっていたことになる。私はあきらめなかった。こんどはいったん広い表通りへ出、大きく迂廻して別な方角から一廓に入りこんだ。だが、こんどもまた徒労だった。日本髪に、細面の、眼の大きな、さびしい笑顔を持った女を、とうとう私は探し当てることができなかった。

私は踵を返した。そして再び、いや三度、浅草へ舞いもどった。時間はまだ二時間近く残っていた。昔、だれかの小説で読んだ「米久」という牛飯屋の名前をふいに思い出し、そこをたずねて牛飯を食べ、それからまたひょうたん池の傍のベンチに腰をおろして、池の周りの人の流れや、六区の空を彩るネオンサインの色を、小一時間ほどぼんやり眺めてから東京駅へ向った。

○

神戸―大連間の定期航路をむすぶ大阪商船のうらる丸は、翌日の正午、神戸港の埠頭を離れた。「蛍の光」の奏楽のなかで、船上の客と埠頭の大勢の見送人たちとのあいだで名残りを惜しむ五色のテープが盛んに投げ交わされていた。

私はひとり甲板のはずれに立って、暗い鉛色の雲の重苦しく垂れこめた神戸の街が、刻々に遠ざかって行くのを半ば放心しながら眺めていた。とくべつの思いはなかった。ただ出港第一日のこの暗い空模様が、私のこれから先の運命に何か不吉な予兆のように感じられた。

船底に近い三等船室は満員の乗客だった。そしてその大半は、いずれもみな生活に疲れた感じの陰気な中年男ばかりで、おそらくこれらの男たちは内地の生活に敗れ、これから「一旗組」として大陸へ出稼ぎに行くのだろう。

（因みに、奉天郊外柳条溝の満鉄線爆破事件に端を発したあの「満州事変」が勃発したのは、この年昭和六年の九月十八日のことである。それからまだ二ヵ月とは経っていないというのに、満州全土は日本の軍隊によってほとんど制圧され、一斉に筆をそろえた内地のジャーナリズムの「日本の生命線、満州を守れ！」という掛声に応じて、利権あさりの抜け目のない商人どもや一旗組などが、いま続々とこの大陸へ押し渡っている最中であった。なお日本の手による新しい傀儡《かいらい》国家「満州国」の建国宣言が行われるのは、この日からわずか四ヵ月後の昭和七年三月一日のことである）

神戸港を出た船が瀬戸内海を横断して外洋へ出、玄海灘にさしかかったあたりから、船は大きく揺れはじめた。船酔いに苦しむ者があちこちに出はじめた。ことに船室の壁近くで、私とほとんど背中合わせに寝ている中年の夫婦者は、まるで首を絞め上げられるような悲鳴をあげて、かわるがわる嘔きつづけた。

船中で、私にいちばん最初に話しかけてきたのは、大阪で大工をしていたというこの中年の夫婦者だった。彼らもまた叔父を頼って、私とおなじハルビンへ行くのだという。おとなしい、人の良さそうな感じの夫婦だった。

私はこの夫婦に酔い止めの薬をあたえたり、小さなブリキ缶にいっぱいになった吐瀉物を何度も便所に捨てに行ったり、冷たい水を呑ませたり、背中をさすってやったりした。ふだんなら船には弱いはずの私だが、この時は〝逃亡〟という緊張のせいか、乗船以来、不思議に一度も酔いを感じなかった。

「すんまへん、すんまへん」

夫婦は口のへりから粘っこい涎《よだれ》を長くたらしながら、それぱかりを繰り返した。

そして、私のこの無意識の〝親切〟が、思いもかけず役立つことになったのである。

船がいよいよ明日、神戸港を発ってから四日目の朝、大連港に入るというその前夜、警察の手による三等船客の一斉身元調査がふいに行われることになったのだ。

それが船室におりてきた白い制服のボーイによって告げられたとき、私はあッと思った。顔色の変るのが自分でもよく分った。

「逃亡はこれでダメになった」

と私は思った。いや、ダメになったばかりではない。その警察の身元調査の結果次第で、私は「不審人物」として逮捕されるかもしれないのだ。もし逮捕されたら？　そうして、もしあの東大生川瀬が仲間の名前をすでに当局に自白しているとしたら？……

すると、この時、船客の一人がボーイに向って大きな声でいった。

「ボーイさん、なんで身元調査なんてケッタイなことをするんや？」

「ああ、それはですね、皆さんもご承知の通り、満州では戦闘はあらかた済んだけど、治安がまだ充分に回復していないんで、そこへ確実な身柄引受人のない民間人がやたらに入ってこられては、軍の行動の邪魔になる、というわけなんです。身元調査は軍の命令です」

「もし身柄引受人がない者はどうするんだね？」と別の乗客の一人がいった。

「われわれの調査で不審がある場合、その方にはお気の毒だが、大連から内地へ引き返してもらいます」

とボーイに代って、眼つきの鋭い刑事の一人がいった。

「無茶や……」

一つ大きな声が上ったが、それだけで消えてしまった。

咄嗟に私は、すぐそばの大工の夫婦に低い声でいった。

「すみませんが、ぼくをあンた方の身内の人間ということにしてくれませんか。実は、ぼくはハルビンに知り合いは一人もいないんです」

「困ったな」

さすがに亭主の方は気の弱い顔つきになった。

「かめへんやないか。こちらのあんさん、あてらが船酔いで苦しんでいたとき、あないに親切に世話してくれはったんやないか。よろしおま、あんさんはあての甥ということにしておきまッさ。安心しなはれ」

おかみさんが気丈にいってくれた。

やがて刑事の一人がそばへやってきたとき、おかみさんは約束どおりのことをいった上で、着物の帯のあいだから一通の封書の手紙を取り出して、「あてらの身柄引受人だす」と勢いよく突き出してみせた。

刑事はその封書の裏の差出人の名前と住所にちらと眼を当て、引き出した中身のはじめと終りの文句をほんの申しわけに読んだだけで、すぐ黙って返してよこした。それからさっそく次の乗客にとりかかった。

二人の刑事が三等船室から引きあげて行ったとき、私はこの恩人の大工夫婦に「ありがとうございました」と深い安堵の声とともに頭を下げた。

翌朝、甲板に立った私の視野に、遼東半島の突端がその赭い崖肌をみせながら、思いもかけぬ近さで迫ってきていた。

私の生れてはじめて見る異国の土の色だった。

うらる丸の横づけになった大連港の埠頭は、日本では見ることのできない壮大な規模の建物で、いきなり私の眼を驚かせた。が、それ以上に私の眼を奪ったのは、その埠頭の周辺にむらがる大量の苦力《クーリー》の群れだった。

「大陸へ来た！」

と私は思った。この大量の苦力《クーリー》の群れこそ大陸の象徴だ、と私は思った。

埠頭から駅につづく長い廊下を、例の大阪の大工夫婦といっしょに渡ってくる途中で、おかみさんがふいに両手にした荷物を投げ出すと、体を二つに折って、しゃがみこんだ。あわてて近寄ると、胃の辺りを手でおさえ、顔じゅうをしかめ、額に冷たい汗をかいて苦しんでいる。

「ああ、またしゃくが出たんや。すこうし無理すると、すぐこれが出るんや。やっぱり船の長旅がいかんかったのやなァ」

亭主が、途方にくれた声を出した。私はおかみさんに恩誼がある。このまま見捨てて行くことはできなかった。

「ここでちょっと待ってて下さい。医者を探してきますから」

そう言い残して、私は駈け出した。駅長室をたずね、事情を話して、最寄りの病院の名と住所を紙切れに書いてもらってから、また夫婦のところへ戻った。若い駅員がおかみさんを背中におぶって、駅前で客待ちしているタクシーに運びこんでくれた。

さいわい車が五分と走らぬうちに病院に着いた。おかみさんの腕に注射を一本打ってから、老人の医師は「胃けいれんだね。たいしたことはないと思うが、まァしばらく二階のベッドで休ませて置くように」といった。

「あんさん、えらいごめいわくをかけてしもうて、すんまへんな」

亭主がぺこぺこと頭を下げた。おかみさんは注射が利いたか、気持よさそうに眠っている。

亭主がまたいった。

「あんさん、すんまへんが、ちょっと時刻表を調べてみておくんなはれ。九時の急行がダメだとすると、次の汽車が出るのは何時になるやろか」

私は旅行鞄から時刻表を出した。

「次の長春行きは十時三十分。ただし、これは鈍行です」

「鈍行はあかんな」

「次の急行となると、これはずいぶん遅くなりますよ。二十一時三十分、つまり夜の九時半です」

「ひゃァ、それまではとても待てへんわ」

「十時半の鈍行で行きましょう。その方がかえっていいかもしれませんよ。奥さんがいつまた痛み出しても、鈍行ならすぐ下車できますから」

「ああ、それもそやな。で、その十時半の鈍行で行けば、ハルビンへは何時に着きますのや?」

「長春着が明日の朝の七時、それから一時間二十分待って長春発が八時二十分、ハルビン着が十六時三十分、午後四時半です」

「えろう長くかかるんやな」

「ちょうど三十時間かかります。ここは日本じゃありません。満州ですから」

「そやったな。ここは満州やったな」

亭主はまた気の弱そうな笑顔をみせてから、ハルビンの叔父のところへ電報を打ち直してくるといって、病室を出て行った。

それから小一時間ほどして、私は大工夫婦といっしょに、十時半発の鈍行に乗りこんだ。おかみさんには念のため痛み止めの薬を何服かもらってきた。が、夫婦の乗るのは二等車だった。ハルビンの叔父から、大連から先の汽車は二等にしろ、三等車は満人の客でいつも満員だから、とわざわざ手紙に注意書きがしてあったという。なるほど、そういえば何台か連結された三等車には、幾つもの群れをなした満人たちが大きな荷物を肩にかついだまま、先を争って乗りこんでいた。私は彼らといっしょの三等車で行きたかったが、大工夫婦の心細そうな顔をみると、気が変って、二等車に切りかえた。

二等車の乗客は、ほとんどが背広か軍服か和服を着た日本人だった。さいわい席がすいていたので、おかみさんはシートに横になった。はじめて気がついたのだが、満州の鉄道は広軌だった。小柄なおかみさんは楽々と横になることができた。

やがて列車は動き出し、三十時間の長い旅がはじまった。

だが、私の旅には目的というものがなかった。私はただ新宿の旅行社で買った一枚の切符の命ずるまま、自動的に北満のハルビンという未知の街へ運ばれて行くだけのことだった。ハルビンへ着いて、さてそれから先どうするのか、私は何も考えていなかった。私は一個の逃亡者だった。私に不安はあっただろうか。全くなかった、といえば嘘になるだろう。だが、私は若かった。若さが私を助けてくれた。逃亡は一種のスリルであり、スリルには生理的な快感があった。そうして、はじめて眼にする大陸の異国的な風景が、私を助けてくれた。

列車が北上するにしたがって、窓外の風景がしだいにスケールの大きなものになってきた。視野をさえぎるもののない原野の果てに、地平線が細い一本の線となって延びている。ところどころにある水たまりの中に、見なれぬ白い大きな鳥が幾羽も羽根を休め、その近くをひどく瘠せた黒い小さな野生の豚たちが思いがけぬスピードで走りまわっていた。

だが、この広漠たる風景も、やがて私の眼には平凡で単調なものに見えはじめてきた。窓外にうつる原野も地平線も、まるで列車が停止したかのようにほとんど変化をみせない。

「広うおまんな、広うおまんな」

とはじめのうちは同じ言葉ばかり繰り返していた大工夫婦も、駅弁の昼食のとき飲んだ二合びんの酒が利いたか、深い寝息を立てて眠っている。にわかに私も眠くなってきた。なにしろ神戸から大連への三泊四日の船旅では、満員すし詰めの船室に背中をくっつけてのゴロ寝であったから、睡眠らしい睡眠はろくに取っていなかったのだ。さすがに疲労が体の底に重く溜まっていた。私はシートの上にあぐらをかくと、顔の上にハンカチをかぶせて眼をつぶった。

翌朝七時、長春（のちに「満州国」の首都となってからは新京と名を改めた）の駅に着くまでは、寝ては起き、起きては寝るの繰り返しですごした。そしてこの長春が満鉄の終点であった。長春からハルビンへの列車は、ソヴィエートロシヤの運行する「東支鉄道」に乗り換えるのだ。これは私の予期しないことだった。

「へえ、ロシヤの汽車に乗るんかいな」

日本人の乗客の一団が、そんなことをくちぐちに言いながらどやどやと乗りこんできた。そのロシヤの汽車は、機関車も客車もおそらく帝政時代のものらしく、外観はおそろしく古びてはいたが、しかし二等車の客車の内部は壁も腰掛けの席もすべてガッシリしたチーク材かオーク材で出来ていて、それがてらてらに磨きこまれて美しい飴色に光っていた。

時刻表では、ハルビン行きの列車はここで一時間二十分待ち合わせて、午前八時二十分発となっているのに、時計が九時半をすぎてもまだ出発しない。

「何をぐずぐずしてるんだ」と車内のあちこちから苛立った声が上った。すると、だれかが「軍用列車を先に通すんだよ」と大きな声で怒鳴った。その声で車内の騒ぎはぴたりと納まった。たしかに駅の広い構内には、兵器らしいものを満載した数十輛の貨車が待避していて、それが幾輛ずつかに分離されては、あちこちの引込み線を出たり入ったりしている。駅舎の周辺には、ものものしい軍装をした兵隊たちが銃剣を光らせながら監視していた。「事変」は二ヵ月も前に解決したはずなのに、さすがに東満や北満の奥地では「匪賊」といわれる敵のゲリラ部隊の抵抗がまだつづいているのだろう。(満州事変の発端となった満鉄線柳条溝の爆破が中国兵の手によるものではなく、実はわが関東軍の謀略によるものであったことを、このとき日本国民はまだ知らなかった)

ハルビン行きの列車は、予定より三時間近くも遅れてやっと発車した。

待ちくたびれた日本人の乗客の一団は、列車が動き出すとまもなく、あちこちで酒盛りをはじめた。

車窓の風景は一層広漠たるものになってきた。時間は単調に流れた。私と大工夫婦との話題ももうタネが尽きていた。北満の陽の落ちるのは早く、やがて夜がきた。日本人の乗客たちは車内販売の弁当で夕食をはじめた。売り子は十六、七の美しいロシヤ娘だった。

「ほう、別嬪さんやなァ」

だれかがひょうきんな声をかけた。私はロシヤ娘に「食堂車はどこ?」とたずねた。駅弁にはもう飽きていた。ロシヤ娘は指を三本突き出してみせながら「あっち、ネ」といった。

「スパシーボ(ありがとう)」

と私はロシヤ語で礼をいった。あの神田御茶ノ水の講習会で習ったロシヤ語を、当のロシヤ人に対して使うのはこれがはじめてのことだった。するとロシヤ娘は、早口のロシヤ語で何か話しかけてきた。

「ヤー・ニェ・パニマーユ(分らない)」

私は首を振って笑いながら答えた。

「スパシーボ」

美しいロシヤ娘はニコリと笑顔をみせてから、手押し車をつぎの車輛へゆっくりと押して行った。

食堂車のテーブルの大半は、将校の制服を着た軍人や御用商人らしい男たちで占められていた。彼らは盛んに酒を飲みながら、何か声高に論じ合っていた。私は隅の席に腰をおろして、定食を注文した。

立派なあごひげを生やした白服姿の老ボーイは、私の眼の前に白パンと黒パンをそれぞれ十枚ほど二列に高く積み上げた。ロシヤ人は一度の食事にこの二十枚ほどのパンをみな食べてしまうのか、と私は驚いた。それから脂《あぶら》のギラギラと浮いたスープが出た。ぶつ切りにされた肉やじゃがいもやにんじんの大きな塊りがごろごろと沈んでいた。それから皿の外にはみ出そうになった巨大なカツレツとサラダが出、つづいて舌の先がしびれるように酸っぱい鰊の酢漬けと、羊の肉の串焼きが出、それが終ってからやっとフルーツとコーヒーになった。私はどの皿も半分以上残したが、それでも十二分に満腹してもとの客車へ引きあげた。

ハルビンの駅に着いたのは、もう夜の八時に近いころだった。

大阪の大工夫婦には、身内の迎えがきていた。三時間も遅れた列車を辛抱づよく待っていたのだろう。おかみさんは、叔父の家での一夜の宿を親切にすすめてくれたが、私は丁重に礼をいってことわった。これ以上この夫婦にめいわくをかけてはならなかった。

私は馬車《マーチヨ》に乗った夫婦を駅頭で見送ってから、四、五人づれの日本人旅客の一団に頼みこんで、彼らの予約してあるという日本旅館へ合乗りの馬車を走らせた。しかしその旅館では、予約客以外は泊める部屋がないといってことわられた。そこの番頭にきいて次に訪ねて行った旅館もダメだった。結局、三、四軒ほどまわった日本旅館も全部満員ということでことわられた。事変後は、この北満の街へも出稼ぎの日本人たちが群れをなして押しかけているのだろう。それとも、小さな旅行鞄を一つぶらさげただけの風来坊然とした若造の私を、宿の番頭たちは怪しげな者として警戒したのか。

その夜、私が最後にもとめることのできた宿は、ハルビンの街の場末に近い「興順客桟」と古ぼけた看板のかかった貧しげな満人宿の一室であった。

うす汚ない六畳ほどの板の間に、わらのはみ出た粗末な鉄製のベッドが一つ、そのベッドの枕もとに置かれたブリキ製の小便壺が一つ、そして天井に近い埃だらけの窓には赤錆びた鉄棒の桟がはまっていた。

十一月初旬の、この北満の街の夜はひどく寒かった。私は上衣とズボンを脱いだだけの姿でベッドに入り、その上から脂肪とにんにくと汗の臭いの染みついた鼠色の毛布と、よれよれのせんべい蒲団をかけて寝た。

その私を、天井からぶら下がった十燭光ほどの裸電球が赤茶けた色でにぶく照らし出していた。

「ああ、とんでもないところに来てしまった…」

体の中で、何かが急速にずり落ちて行くのが感じられた。ベッドの下の板の間から、強い寒気が這い上ってきた。手足がちぢまり、背中が丸くなって、自然に胎児の形になった。暖い女の軀に抱かれたい、と痛切に私は思った。
玉の井の女の顔があざやかに浮かび上った。

〔1982年「新潮」9月号　初出〕

北満の落日

私はこのところ毎日、旧満州（中国東北部）のハルビンの大きな地図を机上にひろげ、横においた満州関係の三冊の写真集のなかから、ハルビンの主だった官衙《かんが》や、寺院や、ホテルや旅館やデパートや、繁華街などの写真を選び出しては、その在り場所を地図の上に書きこむ、という作業をつづけている。

五十一年前の遠い記憶を掘り起そうというわけだ。

だが、あいにくなことに、いま私の持っている地図は「康徳五年一月發行・哈爾濱《ハルビン》市公署作製」となっている。康徳五年は昭和十三年である。日本軍部の手によって「満州国」が出来たのは大同元年（昭和七年）三月一日のことだから、この地図は建国後六年も経ってからのものである。そのために、街の通りの名前など新しい満州国政府によって改められたものがずいぶん多い。また私の集めた三冊の写真集もすべて昭和四十一年以降に刊行されたもので、そこに載っている写真の大部分は建国後のものだ。

私が東京から逃亡してこの北満の街にやってきたのは、昭和六年十一月初旬のことだから、五十一年前の記憶を掘り起すとなれば、まだ満州国にならぬ前の古い地図と古い写真集が欲しかったのだが、そのどちらも私の手には入らなかった。

もっとも、この地に日本人が大量に移住してくるようになったのは満州国が出来てからのことであり、それ以前の北満は奉天軍閥の頭目である張作霖のあとを継いだ張学良の支配下にあったわけだし、わずかにハルビンだけは帝政ロシヤが東方経略のために政治的に作り上げた特殊な都市としての位置を占めているだけであったから、日本人のための地図や写真集などは刊行されなかったのかもしれない。

昭和六年十一月、私がこの街にやってきたとき、日本人の居留民のあいだで「ハルビン銀座」と称ばれていた繁華街はキタ－イスカヤ街という名前であったが、建国後の地図では中央大街となっている。また日本人の商店が軒をつらねたモストワヤ街は石頭道街となり、「ゴーゴリ通り」として私にはなつかしいロシヤの作家の名を冠したあのゴーゴリスカヤ街は国課街となっていた。そして白系ロシヤ人はむろんのこと、日本人や満人たちも「サボール」と呼んで親しんでいたギリシャ正教の美しいニコラエフスキー寺院《サボール》は中央寺院となっていた。

満州国政府は、このロシヤ人の作った都市からロシヤ名前を排除することに努めたのだろう。（ソビエートロシヤの持つ東支鉄道が満州国に譲渡され、その業務一切がわが満鉄に委託されたのは昭和十年三月のことである）

しかし、地図と写真集との校合という作業を何日かつづけているうちに、五十一年前の記憶が、きわめておぼろな形ながら、すこしずつ私の脳細胞に浮かび上ってきた。

—私の泊まった「興順客桟」という小さな満人宿は、辺りの暗くて貧しげな雰囲気から推して、地図の上からいえば、哈爾濱とソ満国境の町・満州里《マンチユリー》をむすぶ濱州線の東側、つまり傅家甸《フージヤデン》区のはずれにあったとばかり思いこんできたのだが、私の記憶はどうやらまちがいであったらしい。この傅家甸区内の繁華街や幾つかの風物を写した写真の解説によれば、区内の住民のほとんど全部が満人で（といっても、実は中国人だが）然るべき案内者のいない日本人が勝手に入りこむと、生命の危険すらあったところと、ご丁寧な註釈までつけ加えられている。

私に「興順客桟」という宿を教えてくれたのは、日本人旅館の番頭であったから、生命の危険なこの区域内の宿とは考えられない。とすれば、濱州線の西側、プリスタンと呼ばれた埠頭区内のどこかであったのだろう。なるほど、そういえば、「ハルビン銀座」といわれたキタイスカヤ街も、日本人商店の密集したモストワヤ街も、私の泊まった宿からは二本の脚で歩いてもそう遠くはなかったような気がする。それに宿から北の方へ向ってまっすぐ五、六分ほど行けば、松花江の土堤に突き当ったはずだから、昭和十三年度版の地図でいえば、中央大街から西へ一本か二本の通りを隔てた松花江寄りの或る場所、ということになるのだろう。

現在の私がこの満人宿の在り場所にしつこくこだわるのは、私なりの理由があるのだが、ともかくも五十一年前、私はこの宿に十日間泊まったことだけは確かな事実なのだ。

しかし、ハルビンという北満の都市でこの十日間をどのようにすごしたか、となると、私の記憶に浮かんでくるのは、きわめて簡単なことだけである。

昼近い時間にベッドから出ると、まず帳場へ行って、その日の宿賃を前払いする。（宿の主人は六十歳をすぎたと思われる小柄な老人だったが、関東州の大連で三十年も暮したというだけあって、日本語をかなりよく話せた）

ところで、金《かね》のことだが、日本の円をこの国の通貨である銀建ての大洋票《ターヤンピヤオ》に両替すると、約二倍になって戻ってくることを、宿賃支払いの時はじめて知って私は驚いたものだが、これは思いがけぬ好都合であった。

トイレと洗面をすませ、身仕度をしてから宿を出ると、まっすぐキタ―イスカヤ街へ行って「マルス」か「ヴィクトリア」かどちらかへ入って、バタ―とジャムをたっぷりなすりつけたト―ストパンを何枚かと熱い一杯のコ―ヒ―で朝昼兼帯の食事をする。それから表通りをゆっくりと散歩する。両側に軒をつらねた高層の店舗はいずれもみなヨ―ロッパ風の堂々たる石造建築で、通りを往来する人間も圧倒的に白人が多い。とりわけ服装の立派なのはここに領事館をもつ欧米系の白人たちなのだろうが、キタ―イスカヤ街はまるで彼らのための一種の租界のようなものだった。

私は店の飾り窓を一つ一つのぞきこみながら、通りを南へ下り、陸橋を渡って駅の待合室に入り、ベンチに腰をおろす。そこの一隅に、高い台座の上に乗った二メ―トルほどの聖像が祀られ、その前に火をともした数十本の蠟燭が供えられている。待合室へ入ってくる白系ロシヤ人たちは、男も女もまずこの聖像の前に行っては腰をかがめて十字を切ってから、旅立つ人たちと別れの接吻を交わす。ロシヤ人の作家の小説を好んで読んできた私にとっては、眼の前のこの風景は、作中人物が生きて現われたかのようななつかしい思いを喚るものだった。

ベンチでたばこを二本ほど喫んでから、私は腰を上げて待合室を出ると、駅前から南の方へゆるい傾斜をもった通りをまたゆっくり登って行く。その突き当りにニコラエフスキー寺院がある。この街には、ねぎ坊主のような形をした塔の上に高く金の十字架を輝やかせた豪壮で華麗なギリシャ正教の寺院は幾つもあったが、私の眼には簡素で清楚な構造をもったこの木造の古い寺院が最も美しいものとして映った。(私はまだ伊勢神宮を知らなかった)

信仰というものを持たぬ私は、さすがに内陣に入ることはためらわれたが、鉄柵と深い木立に囲まれた境内だけには入って、建物の周りをぐるぐるとまわった。遠くからは一見簡素と見えたこの建物も、そば近く寄ってみると、屋根や塔の板の貼り方や、出窓や勾欄の木組みに意外に複雑で精巧な工夫を凝らしていて、それが見る角度によって多彩な変化をみせるので、いくら眺めても飽きなかった。

やがてここを出て、東の方へしばらく歩いて行くと、四つ辻になった広い道路の角に、この街でいちばん大きい「秋林《チユウリン》」というデパートがある。私はここへ入って行く。物を買うためではなく、売り子を見物するために。キタ−イスカヤ街の「マルス」や「ヴィクトリア」の女たちはおそろしく肥った中年の小母さんたちばかりだったが、このデパートには若くて美しいロシヤ娘がたくさんいた。

客を装って売場の前に立つと、「パジャ−ルイスタ(どうぞ)」と声をかけてくれる娘もいれば、「イラシャイ」と妙なアクセントの日本語で話しかけてくれる娘もいる。どちらも微笑を忘れない。私には若くて美しいロシヤ娘のこの微笑が何よりの買物だった。しかも無料の買物である。これさえもらってしまえば、買う物など何もないのだ。しかしこの微笑がどんなに私の心を慰めてくれたか。

広い店内を一階から二階、二階から三階へと一巡して眼を楽しませてから、外へ出る。これから先はもう風まかせ脚まかせで、勝手な方向へ勝手に歩いて行くだけのことだ。駅から南のやや高台になるこの一帯の地域を、ロシヤ人はノヴィゴーロドと呼び、日本人は直訳して新市街と呼び、中国人は南崗《ナンガン》と呼んでいる。ここで目立つ大きな建物は、ほとんどが官公署か銀行か学校かだが、いずれもみな深い木立ちをめぐらして静謐な街並みをみせている。

南崗をさらに南へ下れば馬家溝《マジヤコウ》。一九一七年のロシヤ革命を逃れたユダヤ系ロシヤ人の作った街だという。そしてこの小さな街区を抜け出れば、あとは茫々たる草原がひろがっているだけだ。私は草原の中の細い道をどこまでも歩いて行く。歩いているかぎり、私は物を考えずにすむからだ。

一介の逃亡者である私にとって、物を考えるということが最大の敵だった。だが、その私に、考えるべき何があっただろう。私はただ歩く。地の果てまで延びた草原の道を、寒い北風に吹かれながらどこまでも歩いて行く。

やがて陽が傾きはじめる。疲労と空腹感が体の下から這い上ってくる。私はくるりと踵を返して帰路につく。そうして再びキターイスカヤ街に入り、ホテル・モデルンのグリルか、松花江畔のヨット・クラブへ行って、音楽を聞きながら、一本のビールと幾品かのロシヤ料理で夕食を摂る。音楽を演奏するのは、ほとんどが白い顎鬚や頬髯を生やした立派な顔の老人たちであったが、彼らの演奏技術は見事なものだった。いい音楽を聞きながら、酒のついた食事をするというのは、私にはその日一日の最大の贅沢であった。満ち足りた心をもって私は宿に帰り、わらのはみ出たベッドに下着の体をさし入れ、汗とにんにくの臭いの染みついた二枚の古毛布と、よれよれになった掛布団を引き上げて眼をつぶる。すると、二十歳の私はいきなり深い眠りにおちて行くのだ。

——いま現在、地図をたどってみると、これがどうやら五十一年前の私の歩いたお定まりのコースであったらしい。らしいというのは、当時の私は、ハルビンという街の歴史も地理も全く知らず、日本人の店でたばこを買うついでに、ノートの切れはしに簡単な地図を書いてもらい、それを頼りに勝手にあちこちを歩きまわっただけのことだからである。

しかし、当然、終りの日がやってきた。

日本の円が大洋票でいくら二倍になって戻ってきたとはいえ、東京からハルビンまでの運賃は五十円ほどであったから、手もとに残った金はもともと大した額ではなくなっていたのだ。だから四日も経たぬうちに、ホテル・モデルンやヨット・クラブへ行って食事をするという贅沢は不可能となった。仕方なく私は日本人の店の多いモストワヤ街に行き、一本の安酒とおでんと茶漬けで夕飯をすまさなければならなくなった。さらに金が乏しくなると、こんどは中国人の店へ行き、肉の入った饅頭か肉そばが夕食となった。またさらに金が乏しくなると、中国人が路傍で売っている南京豆を砂糖で煮固めた握りこぶしほどの塊りを三つ買って、それを朝昼晩と三回に分けて食べた。

しかし私は、朝の一杯のコーヒーだけは欠かさなかった。その香ばしい匂いを鼻に嗅ぎ、苦味をもった熱い液体を咽喉の奥へゆっくり流してやる時だけが、私に残された唯一の贅沢な時間となったからである。

金はついに底を突いた。私は最後に残った金で一本のビールと一箱のたばこを買ってから、夕暮れの松花江の土堤に行った。

これまで私は日に一度は必らずこの河畔にやってきて、日本とは比較にならぬケタ外れの壮大な眺望を楽しんだものだが、日中は黄濁した河の流れが、落日に染まると表情を一変した。しかもすでに冬の季節に入った北満の大気は玻璃のようにきびしく澄んでいたから、落日の色も、それに染まった河面の色も、ひときわ鮮明な美しさをみせた。

私は土堤の中腹に腰をおろしてビールを飲み、たばこをふかしながら、刻々に変化してゆく落日の風景を飽かず眺めた。やがて空も大地も河も濃い桃色に染まった。と、この時、長く車輛をつらねた列車が窓々から明るい燈火を河面に映しながら、右手の千メートルほどの鉄橋を渡って行った。国境の満州里行きか、それともモスクワ行きの国際列車か。それは私に烈しい旅情を唆った。

落日は地平に近づくにしたがって大きさを増し、朱金色の最後の輝きでまわりの大気をぶるぶると震わせながら、王者の終焉のように悠々と沈んで行った。

その死を見とどけてから、やっと私は立ち上った。宿に帰って、ベッドの縁に腰をかけたが、感情が妙に昂ぶって、いつものように眠気がやってこない。冷たい川風に吹かれてきたのに、ビールの酔いはまだ残っていた。

「明日からどうする？」

こんな言葉がふいに口を衝いて出た。私の最も懼れている問いだった。しかし、この問いには答えがなかった。ないことを知っていればこそ、私はこの問いを自分に発することを意識的に避けてきたのだ。が、所持金を使い果して無一文となったいま、この問いにはどうしても答えなければならなかった。

「何というバカな奴だ」

またひとり言が出た。実際バカな奴だった。私の満州への逃亡は、単純な衝動的行為という以外のなにものでもなかった。仲間の女子大生から「できるだけ遠くへ逃げろ」といわれたその「できるだけ遠いところ」として、私はパスポートのいらぬこの北満の街へ逃げてきただけにすぎなかった。逃げた先でどうするかは全く考えなかった。私はただ〝逃げる〟という行動そのものに夢中になったのだ。しかも私の逃げようとするところが、見知らぬ「異国」であることが、逆に一層逃亡への情熱を煽り立てたといっていい。これはまるで児戯だった。子供の遊びだった。だが、たとえ児戯にせよ、私はそれをすでにしてしまった人間なのだ。いまとなっては、こんな自己反省はムダなことだった。いまの私は、「明日からどうする？」という問いに具体的に答えなければならなかった。

が、考えてみれば、対策は実に簡単なことだった。要するに東京の兄か室蘭の母へ連絡をつけて、至急金を送ってもらえばすむのだ。そのためには領事館を訪ねて事情を話し（うっかりして所持金を紛失してしまった、とウソでもついて）東京の兄の下宿へ電報を打ってもらい、領事館気付で送金を依頼すればいい。むろん医学生の兄にそんな金は工面できぬだろうから、母を適当にゴマ化して、ひとまず兄のところへ送金してもらう、ということにすればいいだろう。

しかし、この案に私は気が進まなかった。というより、積極的に厭だった。東京を発つとき、「自分のことは心配しないでくれ」と勝手な放言をハガキに書いて出してきたのだ。その兄にいまさらのめのめと送金を頼むのは、ひどく恥ずかしいことだった。

それなら、いっそ領事館警察署（その建物を私は新市街を散歩のとき見て知っていた）に自首して出たらどうか。だが、自首という以上、私はあの仲間たちのことを話さなければならぬだろう。それは彼らに対する〝裏切り〟だ。これもまたひどく恥ずかしいことだった。いや、それは恥以上の悪だ。

東京の兄に金送れと頼むことを恥とする私の気持は、明らかに虚栄であった。が、二十歳の私にとって、この虚栄はいわば倫理の代用品でもあった。

部屋の中が一段と冷えてきた。この宿にはオンドルの設備はしてあったが、帳場のおやじがケチでまだ火を入れないのか（私のほかに宿泊客らしいものを一度も見かけたことがなかった）部屋の空気はいつも冷えびえとしていた。たばこに火をつけようとして、あいにくマッチが切れていた。キターイスカヤ街の喫茶店でもらってきたマッチを二つ三つ旅行鞄の中へほうりこんで置いたのを思い出して、部屋の隅のテーブルの上に置いてあるそれを引きあけてみた。すると、汚れたシャツやズボン下の間からマッチといっしょにカルモチンの壜が出てきた。東京を発つとき、新宿の薬屋で買ってきたものだった。三泊四日の長い船旅で、船酔いと不眠の用心のつもりだったが、一錠も服まずにすんだため、このカルモチンのことはすっかり忘れていたのだ。

私はその壜とマッチを手にして、またベッドにもどった。たばこに火をつけてから、壜の口をあけ、六、七錠を手のひらに出してみた。

「こいつを何十錠か服めば死ねる」

頭の隅で、ふいにそれがひらめいた。ひらめいたものがたちまち大きくなった。私は現実的な事物にはわりあい淡泊な方だが、頭の中の想念というものには固着しやすい人間だった。それがいったん固着すると、他の想念へ転換させることにひどく手間のかかる人間だった。

「死ねば楽になる」

何十秒かの後、私の想念はそんな方向へ転換した。が、それは転換ではなく、むしろ飛躍というべきものだった。そうして私は、この飛躍した想念から地上へ舞い下りてくることができなくなってしまった。

私には「厭世」という思想などは全くなかった。が、死を一切の解決とする日本人の伝統的な感情は、私の血の中に生きていた。

「死のう」

その突発的な衝動が全身的に私を襲った。私はテーブルの前へ立って行って、ひしゃげた薬罐の水をコップにあふれるほど注いでから、片方の手のひらに白く丸い粒になった薬をざらざらと落しこみ、それをひと息に口の中へほうりこんだ。それからすぐ水を飲んだ。溶けた薬がひどく苦かった。つづいてまた何十錠かを口の中へほうりこんでは水を飲んだ。それを三度繰り返したときコップの水がなくなった。私はまたそれを満たしてから、おなじことを二度繰り返した。百錠入りの壜がカラになった。

私はいつものように背広の上衣とズボンを脱いだだけの恰好でベッドに入り、二枚の古毛布と一枚の掛布団を首のところまで引き上げて眼を閉じた。

—私は死ななかった。

これはあとで知ったことだが、私は二昼夜半眠りつづけて、三日目の朝、眼をさましたのだった。眼をさましたのは、モストワヤ街に近い小さな病院の一室だった。

間もなく病室にやってきた老人の医師が私にいった。

「きみは大量の薬をいっぺんに嚥んだので、胃が受けつけなくて嘔いたんだよ。嘔いたからよかったんだ。もう大丈夫だ。しかしきみは若くて将来のある体なんだから、二度とこんなバカなことをしちゃいかんぞ」

老医師の言葉に、私はただ黙って頭を下げてみせるだけのことだった。

そこへ見知らぬ女が二人入ってきた。

「きみ、この人たちのおかげできみは助かったんだよ。礼をいいたまえ」

老医師は一言いい捨ててから、看護婦といっしょに出て行った。

二人の女はベッドの上の私に顔を近づけながら「よかったわね」と同時にいった。女は二人とも派手な着物姿で、首にうす桃色の透き通った布切れを巻いていた。一見して素人ではなかった。一人は三十四、五で色が黒く、もう一人は二十二、三で色が白かった。

「どうもありがとう」

私は声に出していって、二人の女に頭を下げた。

「いや、礼をいってもらうのはあたしたちじゃなくて、親方のほうなのよ」と姐さん株の女がいって、事情を説明してくれた。

その夜かなり遅く、二人の女はハルビン駅に出迎えた「親方」に案内されてあの満人宿に泊まることになったのだが、明日からの身の振り方について話しこんでいる最中、すぐ向いの部屋から何か重い物がどたーんと床に落ちる音がした。それでちょっと聞き耳を立てていると、何かひどく苦しんでいるらしい呻き声がつづいて聞えてきた。すると「親方」がさっそく飛び出して行って、その部屋のドアをどんどんと叩いてみたが応答がない。宿のおやじから合鍵を借りてきて、ドアを開けてみると、若い男が一人ベッドから転げ落ちて、辺りに吐瀉物を撒き散らしながら、苦悶の声をあげている。部屋の隅のテーブルの上にカラになったカルモチンの大壜が乗っているので、睡眠薬自殺を計ったことがすぐ分った。そこで「親方」が宿のおやじに急いで馬車《マーチヨ》を呼んでこさせ、若い男をこの病院まで運びこんだのだという。

「その親方という人は?」と私はいった。

「親方は忙しくて毎日あちこち飛びまわっているけど、きょうは夕方にでもここへ来てみるといってたわ」

「にいさん、何か食べたい物はない?」と若い方の女がいった。

「とくべつ食べたいと思う物はないけど、できれば果物のようなものが…」と私はいった。

すると若い方の女がさっそく病室を出て行って、りんごとみかんを一袋ずつ買ってきてくれたばかりでなく、それを絞った液を吸い飲みで呑ませてくれた。

「とみちゃん、あんた、ずいぶん手まわしがいいんだね」と姐さんの方が、ちょっと感心したふうにいった。

「病気で物が食べられないとき、母ァちゃんがよくこれをしてくれたから」とみちゃんと呼ばれた若い女が笑いながら答えた。

姐さんの方は大柄で骨太の、逞しいという感じの体つきをした女だが、とみ子の方は小柄でほっそりした、眼のさびしい女だった。

しばらくして二人の女が「お大事に」という言葉を残して帰って行ったあと、私はサイドテーブルの上に置かれた紙袋から、りんごとみかんを一つずつ手に取ってみた。すでに冬に入ったこの季節、北満の街で果物がいかに高価であるか、毎日の店覗きで私はよく知っていた。ふいに私の眼から涙があふれてきた。

その日の夕方、黒い背広を着た一人の中年の男が病室へ姿をあらわして、仙田光洋という者だと名乗った。これがあの女たちのいう「親方」だった。精悍な風貌をした、眼つきの鋭い、濃い口髭を生やした男だ。

私はベッドから体を起して、礼をのべた。「とにかく元気になってよかったな」と仙田氏はいった。「いま院長にきいてみたら、あと三日もすれば退院できるそうだ。退院したら、田地街の丸屋という旅館を訪ねてきたまえ。モストワヤから通りを二本南へ下ったところだ。ここはわしの定宿で、当分この宿に泊まっているからな。それから、病院の支払いの方は心配しなくてもいい。ちゃんと話をつけておいたからな。ここに二十円置いて行く。ま、せいぜいうまい物でも食って、体に力をつけることだな」

仙田氏はこれだけのことを事務的な口調でテキパキといってから、「これからまた人に会わんけりゃならん」といって、さっと引きあげた。なぜ自殺などしようとしたのか、家族はどうなっているのか、そういう身元調査めいたことは一切口にしなかった。それが私にはありがたかった。

四日目の朝、私は退院した。仙田氏にいわれた通り、田地街の丸屋という旅館を訪ねた。二階建煉瓦造りのかなり大きな日本式旅館だった。二階の奥まった一室で、仙田氏が一人、座卓の上に何か帳簿のようなものをひろげていた。私のあらたまっての挨拶に「退院おめでとう」と一言いってから、「さっそくだが、一つ、きみに頼みごとがある。これからわしの話すことをよく聴いて、その要点を文書にしてくれんか。わしはしゃべることならいくらでもしゃべるが、文章を書くというのがたいへん苦手な男でな」

仙田氏は笑いながらそういって、私の前に一冊の便箋と万年筆をおいた。それから、かなり長い話がはじまった。

結論を先にいってしまえば、去る九月十八日の事変以来、長春以南の主要な地域は関東軍によってほぼ鎮圧されたが、しかし北満にはまだ張学良麾下《きか》の幾つかの部隊が残存していて、各地で蠢動している。当然、関東軍は近くこちらへも討伐にやってくるだろう。たとえ鎮圧したとしても、このハルビンは北満の中心都市だから、軍の駐留は相当長期間にわたるにちがいない。そこで、日本の兵隊たちのために「兵士ホーム」と名づける一種の娯楽施設をつくりたいと思うのだが、その設立許可の申請書を軍と官とに宛てて書いてくれ、というものだった。

「しかし、わしは女郎屋をつくろうというんじゃない。あくまでも兵隊たちのための娯楽施設だ。だから『兵士ホーム』という名前をわざわざ選んだのだ。むろん酒も女も置くが、碁、将棋、麻雀などの遊び道具もそろえるし、甘党には甘党の部屋もつくる。それに大浴場もだ。要するに、兵隊たちがそこへくれば、戦塵を洗い流して一日ゆっくり遊んでいかれるという施設をつくりたい、というわけだ。そこが要点だから、注意してくれ」

私は仙田氏に何度か念を押しながら、ともかくも申請書らしいものを候文と口語文と二通つくって差し出した。

「結構だ。きみは文章もうまいし、字もうまい。こういうものは、やはり候文の方がいいだろう。あとで半紙に毛筆できちんと清書してくれたまえ」

仙田氏はそういってから、

「ところで、きみはわしの下でいっしょに仕事をする気はないかね？」

といきなりいって、鋭い視線を私に向けた。

「わしの本拠は奉天だが、奉天にはむろん大連にも、錦州にも、長春にも、このハルビンにも何人かずつ子分がいる。しかし、きみのようなインテリ（仙田氏はたしかにインテリという言葉を使った）は一人もおらん。体だけはよく動くが、肝心の頭がない。それをわしは兼ねがねさびしいことに思っとったんだよ。もしきみのような若い男がわしの下についていてくれれば、わしはこれからずいぶん助かるんだがな」

仙田氏の鋭い眼が、柔和な眼に変っていた。この人は私のいのちの恩人である。その恩人にこういわれて、私はノウとはいえなかった。

「よろしくお願いします」

すこし考えてから、私は頭を下げた。

「よし、決まったな。それじゃ、さっそくきみにしてもらいたい仕事がある」

仙田氏は立ち上ると、すぐ着換えをはじめた。壁にかかった黒い上衣を着るとき、その内ポケットに白鞘の短刀のようなものが一本ぶちこまれているのが、ちらりと私の眼に入った。

旅館の前から馬車で連れられて行った先は、キタ－イスカヤ街の裏手に当る古びた石造の建物の前だった。入口のガラスの扉にロシヤ文字と並んで「隆昌公司」という漢字が金箔で捺《お》されていた。

中へ入ると、事務所の奥から巨大な体軀をした赧ら顔のロシヤ人が、両手をひろげて仙田氏を迎えた。見事な白髪に白髯をたくわえた貴族的な顔貌の持主だ。

「イワノフさんだ。昔、白系ロシヤ軍の大佐だった人だよ。わしと共同である事業をやっている。この人はロシヤ語はむろん、支那語も英語もフランス語も流暢に話すし、それに日本語もかなりよく出来る人だよ」

仙田氏はそういってから、こんどは私を「東京の大学を出た身内の者で、並木行平という者だ」と大げさな嘘まじりの紹介をした。（並木行平というのは、私の仮名だった）するとイワノフ元陸軍大佐は「オー、ステューデント」と英語でいって、大きな手を差しのべた。仕方なく私はその手を握った。ひどく柔らかくて暖い手だった。

その事務所にいた貧相な日本人の中年男に、つぎに案内されて行ったのは、隆昌公司からあまり遠くない煉瓦造りの建物の地下室だった。

これも先に正体を明かしてしまえば、ここは国際的な賭博場だった。日本人や満人や漢人や朝鮮人や白系ロシヤ人などさまざまな人種が、緑色の羅紗《らしゃ》を張った大きなテーブルを囲んで、西洋映画によく出てくるあのルーレットの勝負をしたり、トランプや花札や中国風の骰子《さいころ》博打などに血眼になりながら、厚い札束を景気よく取ったり取られたりしていた。

私にあたえられた仕事は、この賭博場の「用心棒」であった。

「あんたには、さし当りこの仕事をしてもらえということだったが、なに、仕事といったって大したことはねぇんだよ。それらしい顔つきをして、その辺をのそりのそり歩きまわっていりゃいいんだ。厄介ごとが起これば、うちからすぐ若い者が飛んでくるし、金の揚がりは係りの者がちゃんと始末してくれる。ただ客にはあまり甘い顔をみせちゃいけねぇよ。すぐナメられるからな」

この貧相な小男のいうには、いままで二人がかりの昼夜交代の勤務でやってきたのだが、相棒が急な都合で内地へ帰ったので代りを探していたのだという。

その日から、私の用心棒生活がはじまった。

たしかに小男のいった通り、仕事そのものは気楽なものだった。疲れ休めに、賭博場の隅に設けられた小さな事務所の椅子に腰をかければ、黙っていても中国人の子供がお茶や菓子やたばこなどを運んでくれた。時間はあり余るほどあった。私はこの時間を利用して、中途半端に終ったロシヤ語をあらためて勉強し直そうと思った。それに中国語もやろうと思えばやれるのだ。生きた会話を学ぶには、ここは絶好の場所だった。

仙田氏の企画しているあの「兵士ホーム」ができれば、おそらく私はその方にまわされるだろう。そして一応生活のメドがついたところで、東京の兄に手紙を書こう。どうやら私に希望のようなものが湧いてきた。

つぎの日から私の勤務は夜となった。午後七時から翌日の午前一時までの六時間である。夜が更けるにしたがって賭博場は客が増え、勝負は白熱した。あちこちで骰子を振る中国人の独得の掛け声がひときわ甲高くなり、ときどき怒号や歓声が飛んだ。たばこのけむりが場内に濛々と立ちこめ、さまざまな国の人間のさまざまな体臭が濃密に鼻を撲ってきた。

さすがに疲れて私は宿に帰ってきた。宿はあの興順客桟だった。日本人のためのホテルや旅館は仙田氏が手を尽くして探してくれたが、依然として満員だった。宿のおやじは自殺未遂者である私が戻ってきても、顔色ひとつ変えなかった。ただ部屋だけは変えてくれた。

ベッドに入って、うとうとしかけた時、ドアを叩く音がした。起きて行って開けてみると、そこに毛皮の襟巻の冬コートをひっかけた姐さんが肩をすくめて立っていた。

「寒くて寒くて、とてもひとりじゃ寝てられないよ」といいながら、姐さんは部屋のなかへ入ってくると、「にいさん、あんたのベッドに入れてくンない？」といった。

「とみ子さんは？」と私はいった。

「あのひと、今夜はお客につれられてどこかへ行ったわ。二人のときは、いつもいっしょに抱き合って寝てるのよ」

「断わる」とは私はいわなかった。反対に、ベッドの毛布を半分引き上げてみせた。

「にいさんはやさしいのね」

姐さんは冬コートをぱっと脱いで掛布団の上にひろげた。すると姐さんは、赤い毛糸の肌着と赤い毛糸の都腰巻と、赤ずくめの体になって、ベッドに入った。入ってから「お先に」といった。

私はその横へ体を差し入れた。

「あっためてあげる」

姐さんは太い両腕を私の首にまわして、いきなり引き寄せると、赤い唇を押しつけてきた。姐さんの唇はひどく酒臭く、そしてぬるぬるという感触がした。

「にいさんはもう女の味を知ってるんだろ？」と姐さんはいった。黙っている私に「隠したってダメよ」といいながら、姐さんの手が私の股間にのびてきた。しかしその私も、メリヤスのシャツと、メリヤスのズボン下をつけたままの恰好だった。

「あら、こんなもの穿《は》いてちゃ、かえってあったまらないのよ」

姐さんの手が器用に動いて、私のズボン下は火にあぶったするめのようにくるくると巻き取られた。姐さんの手が私の肉の物に触れた。が、それは変化をみせなかった。はじめて経験する賭博場の疲れと、姐さんの思いもかけぬ出現とで、私の体はうまく対応できなかったのだ。

「やっぱり病院を出てきたばかりの体だから、無理もないわね」

姐さんは妙にやさしい口調でいってから、私の両脚を巧みにからめ取ると、「さ、もうなんにもしないから、安心して眠りなさいよ」といった。

女の太腿で柔らかく暖められると、しだいに私の心は安らぎ、やがて眠りにおちた。

翌日、昼近く眼がさめたとき、姐さんの姿はベッドから消えていた。

—私の〝希望〟はあえない形で砕かれることになった。

賭博場の用心棒生活が一週間ほどつづいたある夜、急に呼び出されて、丸屋旅館に行ってみると、八畳間の一室で仙田氏を中心に五、六人の男たちが賑やかな酒盛りをしていた。いずれもみな油断ならぬ面相をした中年の男たちばかりだが、どうやらこの連中が仙田氏のいった子分どもであるらしい。

仙田氏は座に加わった私を一同に紹介した。紹介の文句はいつかイワノフ元陸軍大佐にいった言葉とそっくりおなじものだった。しかし「大学出」と聞くと、男たちの私を見る眼が急に変った。さっそく一人の男が立ち上って、仙田氏の隣りの席にいる私に酒を注ぎにきた。つづいて、つぎつぎにやってきた。私は仙田氏の人心収攬《しゅうらん》術の巧みさにひそかに驚いた。この大陸で、ろくに素性も知らぬ男どもを操縦して行くには、やはり特別の器量が必要であるらしい。そういえば、私自身が仙田氏の素性を知らず、仙田氏もまた私の素性を知らぬのだった。

やがて酒宴がひと段落ついて、「さて、これからロシヤ女の裸踊りでも見に行くか」とだれかの声がかかったとき、ふいに一座に制服姿の警官が七、八人ひと固まりになって闖入してきた。先頭に立った私服の刑事がピストルを突きつけながら、「動くな、麻薬密売容疑でお前らを逮捕する」といった。

たちまち一同の手に手錠がかけられ、腰に細縄が打たれ、数珠つなぎになって二台の馬車に分乗させられた。警官隊の馬車はその前と後とについた。四台の馬車は夜のハルビンの街を全速力で走った。白い雪片のまじった強烈な風が横なぐりに吹きつけてきた。

われわれは領事館警察署の地下にある三つの監房に、三組に分けてぶちこまれた。仙田氏はまん中の房、私はいちばん奥の房であったが、背中を小突かれてそこへ入れられようとしたとき、仙田氏は「きみは心配しなくてもいいぞ」と私に声をかけた。とたんに「よけいな口をきくな!」と一喝された。

第三房には、すでに四人の男が青い布団のなかで寝ていた。私に手渡された二枚の布団は、まるで片手で持ち上げられるほどうすっぺらなものだった。私はそれを房の片隅に敷いた。

大勢の新入りでいっ時ざわめいていた房内も、やがてしんと静かになった。すると隣りの布団から若い男が首をのばして、「何をやったんだ?」と小声でいった。私は答えなかった。ほかの三人の男たちの間でも、ひそひそ声の会話が交わされた。それは朝鮮語だった。

翌日、簡単な身元調査が行われたとき、私は並木行平という仮名で、原籍地も渡満前の東京の住所も嘘の申し立てをした。(それは前夜、房内で寝ながら考えたものだった)

二日ほどして、また呼び出されたとき、体つきのがっしりした中年の刑事が、「きさま、警察をナメやがって」といいざま、いきなり私の横面を三、四発張りつけた。私の嘘がバレたのだった。

「ほんとのことを言わんと、お前はいつまでもここから出られんぞ」と刑事は私を脅した。仕方なく私は白状した。

また二日ほどして呼び出されたとき、刑事は妙にあらたまった口調でいった。

「なんだ、お前はアカの学生だったんじゃないか。警視庁の特高課と、お前の兄から捜索願が出ている」

この日から、私の身分は「麻薬密売容疑者」から一転して「思想容疑者」となり、さらに一週間後、私の身柄は手錠をかけられたまま、二名の刑事によって内地へ押送されることになったのである。

――一枚の古い地図が、ともかくも私の五十一年前の記憶をここまで回復してくれた。しかし、これらの記憶のなかで、現在の私に最も鮮明なのは、あの松花江の河畔で、私の最後に見た落日である。あれほど鮮麗で、あれほど絢爛とした落日を、その後私は一度も見ていない。

天も地も大河も、視界のすべてのものが濃い桃色に染まった中を、朱金色に焼け爛れながら王者の死のように悠揚と沈んで行ったあの落日。

二十歳の私に、自殺という死を誘惑したのは、あの夕べの落日ではなかっただろうか。

〔1982年「新潮」11月号　初出〕

熱い季節

中村八朗の「十五日会と『文学者』」という著書が講談社から刊行されたのは、昨年（昭和五十六年）一月下旬のことである。四月二十七日夜、その出版記念会が新宿の駅ビル八階にある「プチモンド」というレストランで催され、丹羽文雄夫妻ほか百名に近い出席者が集って盛会だった。

十五日会というのは、毎月十五日、主として早稲田系の若い作家志望者たちが、丹羽文雄、石川達三、火野葦平、寺崎浩、井上友一郎、田村泰次郎氏等の先輩を囲む創作研究会として発足したものだが、やがてこの会が母胎となって、昭和二十三年十月、世界文化社から「文学者」が創刊された。だが、これはわずか六冊出ただけで終ったため、こんどは丹羽文雄氏の主宰で、昭和二十五年七月、門戸を大きくひらいた第一次「文学者」として再出発、以後二十四年間続き（もっとも第一次「文学者」は六十四号をもって一旦休刊となり、約二年半後、第二次「文学者」が復刊されたが）昭和四十九年四月、通算二百五十六号をもって終刊となった。

中村の著書は、この十五日会の発足から「文学者」の終刊にいたるまで約二十六年間の歩みを精細に跡づけたものだが、石川利光や野村尚吾とともに会の運営や雑誌の編集に終始中心的な役割を果してきた彼は、貴重な現場の生き証人として、さまざまなエピソードを随時随所に挿入し、かつこの雑誌から巣立った若い作家や評論家たちのいわば修業時代の風貌をあざやかに描いてみせて、単なる文壇的資料という域を越えた好個の読物にしていた。

第一回の十五日会は、昭和二十三年四月十五日に有楽町のレンガという喫茶店の二階で開かれた。世話役の石川利光の活躍で、戦争で四散していた仲間や先輩、後輩達に呼びかけが行きわたった。そのおかげで、三十人も入ればいっぱいになるレンガの二階の部屋に五十人以上の人が集まった。テーブルをコの字型にならべて、来た順で席についたが、とても皆は腰かけ切れずに席の後に立つものも多く、階段の上り口にまではみ出して人が重なった。

まだバラック造りの喫茶店だから、床がぎしぎし鳴って、天床がぬけて下へ落ちやせぬかといらぬ心配も出た。

先輩の席は中央に作ってあった。丹羽文雄、石川達三、寺崎浩、井上友一郎、田村泰次郎氏等の顔ぶれに加えて、珍しく和服姿の井伏鱒二氏の顔もあった。

私達の仲間では、私が知らせてやって来た八木義德の他に、宮内寒彌、浜野健三郎、恒松恭助等の顔があった。

中村は三十数年も昔の日の出来事を、こういう細密なディテールをもって書いている。しかもそればかりではない。席上で、当時問題になっていた「アーチストとアルチザン」ということが話題に出されたときのエピソードを、彼は次のように書いている。

その問題で各先輩がいろいろと言ったが、井伏氏の発言が印象に残った。井伏氏は指名され

てゆっくり立ち上ると、
「そういうことはあまり自分は重大なことだとは考えない。だが、自分が職人だと思っていれば、楽しく小説が書けるじゃないか。それでいいと自分は思っている」
井伏鱒二氏はそのような意味のことを言った。そして、それが結論になったようだった。いかにも井伏氏の洒脱な作品からにじみ出たような言葉だった。深刻ぶればいいってものじゃないよ、と軽くいなした感じで、何かほっとするものがあった。

私自身は、その日、中村に誘われて出席したことだけはたしかに覚えているが、せまい会場に人がぎっしり詰まって息苦しいほどだった、という以外にほとんど記憶がない。中村は十五日会や「文学者」の会で、先輩たちの印象に残った言葉や、会場でのおもしろそうなエピソードなどは、そのつど小さな手帖にメモしておいた。それが役立って、この仕事ができたという。作家としての心掛けというものだろうが、その点、日記はおろかメモすらろくに取ったことのない私などは、さしずめ作家失格というところだろう。

それはともかく、私はこの三百ページほどの本を読んで、かつての日、自分の持つことのできたいわば第二の文学的青春期ともいうべき季節がまざまざと甦えるのを感じた。これは私だけではなく、当時親しかった同世代の仲間たちもたぶん同様の感慨をもったにちがいない。

のちにわれわれは「十日会」という名のグループをつくり、第一次「文学者」が休刊となったあとも、毎月十日、東中野のモナミというレストランに集って勝手なおしゃべりをつづけることになったが、中村は本書のなかで、メンバー全員の名はむろん、早大の卒業年度や、また在学中それぞれが所属していた同人雑誌の名前まで克明に調べ上げて記録している。

「早稲田文科」市川為雄、大滝信一、澤野久雄、鈴木幸夫、野村尚吾、宮内寒彌、森田素夫
「人間」荒木太郎、海野謙三、榛葉英治、恒松恭助、浜野健三郎、廣西元信、松下達夫
「紀元」長見義三、小田仁二郎
「泉」石川利光、藤川徹至
「黙示」多田裕計、辻亮一、中村八朗、八木義徳

全員が学生生活をほぼおなじ時代にすごし、しかもそれぞれの同人雑誌の上で、おたがいの作品をやっつけたり、やっつけられたりして、名前だけはよく知っているが顔はまだ知らぬというわばライヴァル同士が、「文学者」という雑誌ができたおかげで、思いもかけず一堂に顔を合わせることになったのだ。

だから、毎月十五日の「文学者」の合評会の終ったあと、われわれの大半はいっしょに新宿へくり出して、二次会、三次会と安い飲み屋を転々としながら、飽くことなく文学談義を闘わしたものだ。戦時中のきびしい言論弾圧でふさがれていた口が解けたばかりではない。敗戦の

廃墟のなかから〝戦後文学〟という全く新しい文学的状況が出現して、その熱気は否応なくわれわれにも襲いかかってきていたから、語るべき話題は尽きなかったのである。

われわれ同世代の者たちにとっては、まさに第二の文学的青春期ともいうべき季節が到来したのだった。

第一次「文学者」が通算六十四号をもって休刊となったのは、昭和三十年の十二月である。われわれの仲間はすでに四十代に入っていた。「文学者」の会員としてはもはや老兵である。しかもわれわれの後からは、若くて新鮮な才能が続々と頭角を現わしつつあった。老兵の消え去るべき時がきたのだ。われわれは中村八朗と石川利光の二人だけを残して、他の全員が「文学者」という舞台から退場することになったのである。

中村の著書の出版記念会がひらかれた夜、かつての「十日会」の仲間たちのほとんどが顔をみせたが、「文学者」を退場してから二十六年という時間が流れて、われわれは七十代に手がとどこうとしていた。

森田素夫、海野謙三、小田仁二郎、野村尚吾、多田裕計の五人はすでに鬼籍に入っていた。丹羽文雄氏のスピーチのあとで、私も中村八朗の最も古い友人の一人として祝辞をのべた。そのときも私は「第二の文学的青春」という言葉を使った。それから何人かのスピーチがすんだころ、立食の会場は騒然たるものになっていた。

疲れた私は壁のへりにおかれた椅子に腰をおろした。なにげなく眼をやると、あちこちの椅子を占めているのは、ほとんどが私の仲間ばかりだ。微笑とも苦笑ともつかぬ笑いが自然に口から洩れた。老いは容赦のない罰だ、と私は思った。むろん、そう思う私自身も、罰をうけている人間の一人だった。

酒によわい私はもう酔いがまわっていた。酔えばすぐ眠くなるのが私の癖だ。瞼が自然にふさがり、すこしうとうとしかけたところへ、いきなり声が落ちてきた。

「あたしみたいな能なし女が、どうしてまた文学なんていう魔物に取り憑かれたんだろ。あたら一生を棒に振ってさ。バカみたい」

そのすぐ後へ、イヒヒヒという自嘲とも悲鳴ともつかぬ気味のわるい笑い声があがった。驚いて私は眼を向けた。二メートルと離れていないところに、もう六十近いと思われる和服姿の女が一人、片手にウィスキーのグラスを持って、だらりと立っていた。かなり酔っているらしく、眼がすわり、足元がふらついている。削いだような細面に、鼻が高く、烏天狗といった感じの女だ。私の記憶にはない顔だった。(もっとも第一次「文学者」の会にはいつも百名以上の人間が集ったから、名前はおろか顔さえろくに覚えずに終った人間が多数いることはいた)

周りでは三人四人と固まって賑やかに談笑しているのに、彼女だけが無視されて、ひとりで物をいい、ひとりで笑っているのだ。異様な感じで、眼を離せずにいる私と、ふいに視線が出会った。すると女は、黙ったまま何やらバカ丁寧な一礼を残すと、人混みの間を巧みにすり抜けて姿を消してしまった。

「妙な女だな」

すぐ隣りから声がかかった。いつのまにか廣西元信が椅子にすわっていた。彼もまたいまの女を見ていたらしい。

「あの女、きみには見覚えがあるか?」と私はいった。

「全然ない。ずいぶん昔のことだからな。それに女というのは変り方が早いからな。しかし、彼女、なかなかいいことを言ったじゃないか」

「文学という魔物に取り憑かれて、あたら一生を棒に振った…」

「そうじゃない。その後の言葉だよ」

「バカみたい…」

「それだ、そのバカみたい、というやつだよ。しかし、バカみたいなのは彼女だけじゃない。いま、ここに集っている連中は、みなバカみたいな人間なんだよ」

廣西はいやに断乎たる口調でいった。彼は二、三の出版社を転々としながら、大学時代に習得した空手の技術を錬磨して五段か六段かの高段者になり、現在は日本空手道の本家といわれる「松濤会」の理事長をしている。しかもいまもなお幾つかの学校で空手を教えているという、われわれの仲間うちでの一番の変りダネであった。彼は学生時代は同人雑誌に何篇かの小説を書いたことがあるらしいが、私が知ってからは、彼の口から文学論めいた言葉をついぞ一度も聞いたおぼえがない。われわれの議論を、いつもそばで黙ってニコニコと聴いているだけだ。毎月十五日の「文学者」の合評会にもほとんど欠かさず顔をみせながら、一篇の作品も発表しなかった。というより、一篇の作品も書かなかった。私にはそれが不思議だったが、理由をたずねるということはしなかった。

その廣西がすぐつづけていった。

「バカみたいな人間でなけりゃ、文学なんていう化け物を相手にしやせんよ」

「きみもなかなかいいことを言うじゃないか」と私は笑いながらいった。

「おれはね、文学そのものにはもう特別の興味はないんだ。しかし、文学をやっている人間だけは妙に好きなんだ」と彼はいった。

「わかった」と私はいった。廣西のいまいった言葉で、私のながい間の疑問が解けたと思った。会は九時半ごろ終った。実は、中村八朗を囲んでの親しい仲間内だけの祝いの会は、ひと月半ほど前、新宿の飲み屋の二階でやっていたから、今夜は二次会はなかった。

新宿駅から乗った私鉄で四十分ほど揺られている間、私は酔った頭のなかで、ほとんど無意識に一つの言葉をくりかえしていた。

「バカみたい…」「バカみたい…」「バカみたい…」

ある出版社から出ている文庫本の巻末に、私はかなり詳しい自筆年譜を付けている。

一九三一（昭六）二〇歳。——（前略）秋、上京。神田御茶ノ水の文化学院の教室を借りた夜間のロシヤ語講習会に入る。左翼運動の仲間の一人が逮捕されたことから満州へ逃亡。ハルビンの中国人旅館の一室で自殺をはかったが未遂、同宿の軍の慰安婦二名に助けられる。思想容疑者として日本内地へ押送され、思想係検事の取調べをうけ、〝転向〟して釈放される。

一九三二（昭七）二一歳。屈辱と自棄の季節。ドストエフスキーを再読。さらにショーペンハウエルの「意志と表象としての世界」から深い思想的慰藉をうける。

一九三三（昭八）二二歳。四月、早稲田第二高等学院仏文科に入学。——（後略）

二十歳と二十一歳の項については、私は別に一篇の小説を書いているので、ここは飛ばすことにする。

二十二歳で早稲田の予科に当る高等学院に入ったのだが、旧制中学を終えてすぐ入ってきた者たちに比べると、私は四歳も年上ということになった。四年間もまわり道をしたことになる。だが、これは〝まわり道〟だったろうか。現在の私はそうは思わない。私にとっては必然の道だった、と思っている。しかも、かつての日、外国航路の高級船員を夢見た少年が、いまは作家志望の文学青年に変身している。果してこれも必然の変身だったろうか。必然だった、と言い切る自信は私にはない。だが、結果として起ったことをすべて〝必然〟として認識し、かつこれをそのまま受容することがもし楽観主義というものなら、私はきわめて素朴な楽観主義者だということになるだろう。

前記の自筆年譜に、私は「早稲田第二高等学院仏文科に入学」と書いたが、これは誤りで、正確には「第二高等学院文科I組」と書くべきだった。このI組というのはフランス語を第一外国語とするクラスのことで、学院を二年で卒業して学部へすすむとき、仏法と仏文にわかれるのだ。私としてはロシヤ語のクラスに入りたかったのだが、この年にはロシヤ語志望の学生の募集はなかった。

昭和八年といえば、左翼は弾圧につぐ弾圧でめぼしい組織はみな地下へもぐり、表向きはしんと鳴りをひそめている時期であったが、それでもやはり文部当局は赤い国の言葉や文学を教えることを禁じたのだろう。

ともかくも私はふたたび東京に出て新しい学校に入り直すことになったのだが、むろんクラスでは私が最年長者だった。しかし当時の早稲田は旧制高校の受験を一年か二年落ちてから入ってくるというのが多かったから、年齢のことは全然気にならなかった。

それよりも、ここにコッケイな思い出が二つある。

学校へ入ってしばらくしたある日のこと、授業の休み時間にクラスの連中が四、五人かたまって、子供のとき読んだ童話のなかで何がいちばんおもしろかったか、ということを熱くなって話していた。ある者はグリムの何とか、ある者はアンデルセンの何とか、ある者は巌谷《いわや》小波《さざなみ》の何とか、ある者は小川未明の何とか、ある者は浜田廣介の何とか…。

ほほう、みんなずいぶんシャレたものを読んでいるんだな、と私は感心しながらきいていた。実をいえば、私自身はグリムやアンデルセンはおろか、小波も未明も廣介も何一つ読んだ覚えがなかったからだ。

すると連中の一人がふいに私の方を向いていった。

「きみは何だった?」

「おれはㇸ…」と私は落ちついて答えた。「おれは岩見重太郎と塙団右衛門《ばんだんえもん》だよ。山ン中で綺麗なお姫さまが山賊にさらわれるんだ。するとお姫さまがㇸ、赤い長襦袢の裾を乱して、そこから真っ白い二本の脚を出してㇸ、あれぇ…という悲鳴をあげながらバタバタと暴れるんだ。そういう場面を読むと、体じゅうがゾクゾクしちゃってㇸ」

連中は一斉にまゆをしかめ、いかにもケイベツ的な眼で私の顔を見返した。

それから間もないある日のこと、ひとりの小柄で丸顔の男がニコニコしながら、関西弁で私に話しかけてきた。

「ぼくは文芸部委員の辻ッていう者やがㇸ、きみ、葛西善蔵の小説を読んだことがあるか?」

「葛西善蔵? そんなもの知らんな」

「なんや、きみ、葛西善蔵を知らんで小説家になれるつもりか? 葛西善蔵は、きみ、小説の神さまやで」

辻と名乗る男は、これまたいかにも哀れだという眼つきで私の顔を見返した。これが後年「異邦人」という小説で芥川賞を受賞することになる辻亮一であった。辻は一年落第して私たちとおなじクラスになったのだ。

十月に入って、われわれは仲間八人で同人雑誌を出すことになった。私の案でその雑誌には「くらるて」という名前がつけられた。それは「光」という意味のフランス語だった。

だが、せっかくの創刊号に私はどうしても小説が書けず、苦しまぎれに一篇の詩を書いて出した。どんな詩を書いたかは全く記憶がない。(私は戦災で蔵書をすべて焼失してしまった)それにしても、中学時代、クラスのなかで詩や短歌などをやっている連中を〝軟派〟としてひそかにケイベツしていた私が、自分たちのはじめての同人雑誌に一篇の詩を投稿するはめになるとは、わらうべき皮肉であった。

それから三ヵ月後に出た第二号に私は「敵」という題の小説を書いた。これも内容はもう不確かだが、なんでもおなじ下宿に住んでいる二人の親しい友人が、その下宿の娘を同時に恋して敵同士になるという筋のものだったと思う。むろん頭の先ででっち上げたもので、「観念的だ」という理由で、同人連中にさんざん叩かれたことだけは、いまでもはっきりおぼえている。

われわれの「くらるて」は、しかしこの第二号であえなくもつぶれてしまった。月五円という同人費が当時のわれわれにはかなり重い負担であったのと、合評会の席でのやり取りがしだいに感情的にせり上って、果ては慢罵に近い激烈なものになったため、厭気のさした同人が四人いっしょに脱退してしまったからだ。

——あれはたぶん、私が学院の二年生になった六月ころのことであったと思う。ある日、突然教室へやってきた学部二年の多田裕計《ゆうけい》、上野俊介と名乗る二人の上級生に呼び出されて、私は大学正門前の稲門堂の二階へつれて行かれた。一階はかなり大きな書店で、二階が喫茶兼レストランになっている。

席に着くなり、上野俊介がニコニコと笑顔をみせながら、私にいった。

「きみの学友会誌に書いたものを読んだよ。あれはなかなかおもしろかった」

すると、すぐ横から多田裕計が口をはさんだ。

「しかしきみは作家志望なんだろ？　もし作家志望なら、ああいうものを書いちゃいかんよ」

いやに高圧的な口調だった。上野や多田がいま問題にしているのは、私が学院から年に二回出ている校友会誌に書いたアフォリズムのことだった。私はそのころ愛読していた萩原朔太郎の「虚妄の正義」のマネをして、「手帖」と題するアフォリズムめいたものを毎号五十篇ほど三回にわたって連載していたのだ。

若い私は、多田裕計のこの高圧的な口調にさすがにむッとして、なぜいけないのか、と問い返した。

「アフォリズムというのは、要するに観念的な抽象作業だろ？　ところが小説というものはちょうどその逆なんだ。つまり小説というのは、人間の現実生活を具体的なディテールで描いて行くものなんだ。だから…」

「わかりました」と私は素直にうなずいてみせた。

この多田裕計も後年「長江デルタ」で芥川賞を受賞することになるのだが、当時の彼は「街と杜」という個人雑誌を出していて、それに詩や小説や評論や翻訳などみんなひとりで書いているというので、われわれ学院生の間では評判の男だった。ひょろ長い体に絣の着物をきた彼が、ふろしきに包んだその雑誌を戸塚通りのめぼしい古本屋へつぎつぎと配って歩いている姿を、私も何度か見かけたことがある。

ところで、この多田や上野が私を呼び出したのは、仏文科から新しい同人雑誌を出そうという誘いのためであった。当時の早稲田の文学部は同人雑誌の花ざかりともいうべき季節で、いま私が遠い記憶をたどっておぼろげに思い出すことのできるものだけでも、つぎの七誌がある。英文科からは「早稲田文科」「人間」「表現」、国文科からは「文装」「文芸復興」「泉」、独文科からは「花」――これ以外にも、たしか数誌の同人雑誌が出ていたはずだと思う。

それというのも、七年間も休刊していた「早稲田文学」が、吉江喬松《たかまつ》・谷崎精二・岡沢秀虎《ひでとら》など諸教授の尽力によって、この昭和九年六月復刊されたことが、学内の文学的情熱に大きい刺激をあたえることになったのはまちがいない。

私はその復刊第一号が発売された日のことを、こんにちもなおあざやかに記憶している。その日、大学正門前の稲門堂書店の前に「祝・第三次早稲田文学復刊」と書いた大きな看板が立てられ、店頭に積み上げられた雑誌の山に大勢の学生がむらがり寄って、われ勝ちに手をのばしていた。私もその一冊を手に取ってみた。表紙にはタテ長の黒地のワクに「早稲田文学」と毛筆体の文字を白く浮き出させ、その右横にうすみどり色の草の絵を日本画風にあっさりと描いた、きわめて地味な装幀の雑誌だった。私は五拾銭を出してそれを買った。そうしてこの古い歴史と輝やかしい伝統をもった雑誌に、いつの日か自分もまた小説を書きたいものだと、空想に胸おどらせながら下宿に飛んで帰ったものだ。

さて、この日、稲門堂の二階における多田・上野両者との会談によって、学部と学院とが一体になった仏文系の同人雑誌を出すことになった。約一週間後、学部からは多田・上野ほか四名、学院からは辻亮一のほかに「くらるて」の残党である中村八朗、山本悟、深津吉之、八木の四名、計十一名が集った。(のちに英文と政経から各一名が加わった)

われわれの雑誌「黙示」は、昭和九年十月一日創刊された。

宇野浩二氏ならば、ここら辺りで行を変えて「閑話休題」(あだしごとはさておき)とするところだろう。私もマネをしてみる。

「女がうまく描けなければ、一人前の小説家とは言えない」

といったのは、たしか高見順氏ではなかったろうか。この言葉がいつ、どういうところに書かれたかは知らない。だが当時のわれわれにとって、自分たちの仲間内ばかりでなく、他の同人雑誌の作品を批評する場合でも、これほど強力でかつ有効な武器はほかになかった。題材がどうの、テーマがどうの、構成がどうのという批評には一応の弁明ができるが、「女がうまく描けていない」という批評には、一言も返すべき言葉がなかったからだ。

しかし、どんな小説にも必らず男や女が登場するはずなのに、なぜ高見順氏（？）はとくに「女」といったのか。おそらく男にとって女は異種の生物であり、その異種の生物の肉体や生理や心理をいかに巧みに描くかが、男性作家の技術的錬度を測定する最も確かな指標としたのではなかったろうか。

ところで、「女をうまく描く」ためには、まず女そのものを知らなければならなかった。だが、地方から出てきて、男ばかりの殺風景な下宿暮しをしている私たちのような者にとっては、女といえば、喫茶店の女か、飲み屋の女か、でなければ娼家の女以外にはなかった。

「黙示」の同人のなかでは、やはりおなじクラスで「くらるて」の仲間だった中村、山本、深津の三人といちばん親しかったから、われわれはほとんどいつも四人一組となって、早稲田や新宿界隈の喫茶店や飲み屋を遍歴した。（もっとも酒によわい私は、文字通りナメるような飲み方しかできなかったが、それでも誘われれば断わるということはしなかった）

だが、どんなところへ出かけても、結局はそこにいる女たちとたわいもない会話をほんの二言か三言交わすだけでむなしく引き揚げる、というのがオチだった。田舎者のわれわれは、女という異種の生物をあつかう技術がきわめて未熟だったのだ。

ある夜、例のごとく新宿で飲んだ帰り、

「こんなこと、いつまでやってても仕様がないよ。女を知るには、まず女の軀を知ることだ。おれ、これからちょっと行ってくるからな」

深津がいきなりそう言うと、省線の駅とは反対の暗い街の方へ、ひとりでさっさと歩き出した。われわれの出てきた飲み屋から、新宿の遊廓はあまり遠くないところにあった。

翌日、学校で深津に会ったとき、さっそく私は皮肉をいってみた。

「どうだ、女がわかったか?」

「幻滅だったよ」彼は苦笑しながら答えた。

だが、幻滅したはずの深津が、それから頻繁に悪所通いをはじめることになったのだ。

浜松の旧家のひとり息子である彼には、学費の仕送りも相当潤沢であったにちがいないが、ただ生母を早く亡くしたということから、家庭的には孤独な育ち方をしたらしい。そして孤独を癒やすには、女の軀がいちばん手取り早い薬だった。

中村と山本の二人はまだ童貞を捨てきれずにいた。彼らは女性に対してはひどく潔癖なところがあった。私は深津といっしょに何度か玉の井へ出かけた。玉の井は、私が二年前満州へ逃亡する前夜、童貞を失った場所だから、この街には一種の郷愁があった。

——ここで知った一人の女と、私はある奇妙な体験をすることになる。

十月中旬の夜、例によって私と深津の二人は、迷路のように入り組んだ細い路地をたどりたどりひと通りの探索をすませたあと、深津は馴染みの女のいる店へ上った。彼と別れてすこし歩いたところで、私は石ころか何かに蹴つまずいて、いきなり前へつんのめり、地面に片膝をついてしまった。その拍子に足駄の鼻緒がぷつりと切れ、絣の着物の膝の辺りが泥だらけになった。日中かなり強い雨が降って、路地がぬかるんでいたのだ。

私は鼻緒の切れた足駄を片手にぶらさげたまま、ぶざまな恰好で突っ立っていた。せまい小路の中だから、その私の姿は辺りの覗き窓からはすぐ近くに見えるはずなのに、どの女もまったく無視して、眼の前をぞめき歩く男たちにしきりに呼び声をかけている。

すると、T字形になった小路の突き当りの、七、八メートルほど離れた窓から、

「にいさん、にいさん、その鼻緒すげてあげるから、こっちへいらっしゃいよ」

と声がかかった。声ばかりでなく、小さな窓から片手を出して、おいで、おいでをしている。私は反射的にその窓の方へ歩いて行った。女がすぐ横手の細い戸をあけてくれた。私は中へ入った。

「まァ、着物も泥だらけじゃないの。これじゃしょうがないわ。脱ぎなさいよ」

と女はいった。いわれるままに、私は土間の上で三尺帯をほどき、着物を脱いで、メリヤスのシャツとズボン下だけの恰好になった。

「ばぁや」と女は暖簾《のれん》をたらした茶の間の方へ声をかけて「お客さんの着物ここへ置いとくか

ら、よごれたところだけ水洗いして、火に当ててちょうだい。それから鼻緒も切れているから、ちょっとすげておいてちょうだいな」といった。はい、はい、という返事があった。

私は女といっしょに二階へ上った。大柄な体に肩の張った、いかにも骨太いといった感じの女で、赤い花模様の洋装をしていた。

「すまなかったね」と私はいった。

「だって、見てられないもの」

女は笑いながらいった。笑うと眼尻がさがり、小鼻のわきにしわがよって、人のいい顔になった。年は二十三、四くらいと思われた。

やがて、ことが終って帰るとき、よごれた着物はきれいになり、切れた鼻緒はすげ替えられ、おまけに丁寧に水洗いされて、きちんと土間にそろえられていた。

三日ほどして、また私はひとりで女の家に上った。二階の部屋で女に金をわたすとき、別に紙に包んだものを「ばぁやに」といって差し出した。親切にしてくれた礼のつもりだった。そんなことしなくてもいいのに、と女はいったが、私は押し返した。

しばらくして女の家から出てくると、すぐ近くの路地の角で、白毛《しらが》ですこし腰の曲った爺さんが甘酒の屋台を出していた。私はそこへ行って一杯頼んだ。

筒形の大きな茶わんに注がれた熱い甘酒を、ふうふう息を吐きながらすすっていると、

「どうだね、にいさん、おもしろい芸を見せてもらったかね?」

と爺さんが奇妙なことをいった。

「芸って、何だい?」と私はいった。

「あれ、にいさん、知らねぇのか。にいさんのいま出てきた家の女、あれは花電車というんだよ」

と爺さんはまた奇妙なことをいった。

「花電車って、何だい?」とまた私はいった。

「なんだ、にいさん、なんにも知らねぇんだな」

爺さんは歯の欠けた口をあけて、えへへへと笑った。それから、いかにも愉しげに説明してくれた。

花電車というのは、要するに女の秘所を使っていろいろ珍奇な芸を見せる女のアダ名だった。爺さんの説明によれば、女の秘所に皮をむいたバナナを挿入し、それを筋肉の収縮によってぽくぽくと輪切りにして出してみせたり、あるいは白黒二つの碁石を奥へ押しこんでから、客が白といえば白の石を出し、黒といえば黒の石をぽんとほき出してみせたりするのだという。

「あははは…」

私は大きな声をあげて笑った。驚くよりも先に、爺さんの身振り手振りをまじえた写実的な演技のほうがはるかにおかしかったからだ。

「もっとも、いまの花電車はたしか三代目くらいになるはずだが、おなじような芸を見せる女は、ほかに三人か四人はいるよ」

と爺さんはもっと話をつづけたそうだったが、そこへ二人連れの客が立った。

爺さんに別れて歩きながら、はじめて驚きの感情が私にやってきた。が、それはきわめて単純な驚きだった。一度驚いてしまえば、あとには何も残らぬ驚きだった。

私はそれからもつづけて八重（それが女の名だった）の家に上った。だが、私は花電車という別の名も口にしなかったし、また「芸」を見せてくれともいわなかった。そういうものを見ることは、不潔感よりもむしろ恐怖感の方が先に立った。

それに私と女との性の交わりも、きわめて単純なものだった。若い私には前戯も性戯もまったく必要がなかった。女の肉の中で機械的な摩擦運動をほんの短い時間つづけて、体内に蓄積された余剰エネルギーを一挙に放出してしまえば、それで終りだった。

「あんた、あっさりしてるから好きさ」

と女が一度私にいったことがある。一夜のうちに数多くの男を相手にしなければならぬ女にとって、私のように手軽にすませられる男はありがたい客にはちがいない。

だが、私は女のいった「あっさり」という言葉に屈辱を感じた。それは男としての性的技術の未熟を意味する言葉だ、と私には思われたからである。

十一月も末近くなったある夜、私はまた八重の家を訪ねた。俗に「目ばかり窓」といわれる小さな覗き窓の灯りが消えていた。二階の電燈も消えていた。私は横手の格子窓の方へまわってみた。と、そこだけぽつりと一つ灯りがついていて、何か話し声がしている。私は窓の下に立って聴き耳を立てた。男と女の声である。女の声は八重の声だった。男の声は、猪首と赫ら顔のでっぷり肥った五十男を思わせるがらがら声だった。二つの声は争っていた。だんだん声が高くなってきた。すこしして、長火鉢のへりを煙管《きせる》かなにかで手荒く叩く音がした。それからシンとした。

今夜は帰ろうと思って、私は足先を変えた。すると、障子の向うに影が立ち上り、がらりと窓があいた。

「だれ？　そこにいるの」

格子の桟のあいだから、八重が顔をのぞかせていた。

「おれだよ」と私は顔を窓の前にさらした。

「なんだ、あんただったの」と八重はニコリともせずいってから、「表の方からお入りよ。鍵をはずしておくから」

「お客じゃないのか？」

「これだよ」と右の親指を突き出してみせ、「いま帰るところだよ」といった。

私は表へまわり、中から掛金をはずしてもらって、茶の間へ上った。男の姿はもうなかった。ばぁやもいない。私は女と二人、桑の長火鉢にさし向いになった。断髪の真ッ赤な洋装の上に黒襟の半纏《はんてん》をひっかけ、中腰の立て膝で茶をいれている女に、「何かあったのか?」と私はいってみた。

「営業停止だとさ」

女はずけりといってから、急に早口にしゃべり出した。

「あたいンとこがあんまり流行《はや》るもんだから、まわりの奴らに妬《ねた》まれたのよ。あたいがいっぺんに三人もお客を取って芸を見せたって警察に密告されたのよ。そいで、あたいもとうさんも警察へ呼ばれて、さんざ油をしぼられたあげく、あたいだけは二晩もブタ箱にぶちこまれて、ついさっき出されてきたばかりのところなのさ。おまけに言うことがいいよ。お前ンとこはすこし儲けすぎるようだから、しばらく商売を休んで、ほかのところもちッとは湿《うる》おしてやれよ、だってさ。そいで十日間の営業停止だと…バカにしてやがる」

最後の言葉を、女は吐きつけるようにいった。

女が芸を見せるのは、相手が一人のときに限られていて、それが二人以上となれば、何かの法律で禁じられているらしい。

「災難だったな」と私はいった。それ以外に私のいうべき言葉はなかった。

そこへ湯道具を抱えたばあやが戻ってきて、茶の間に私の姿を見ると、すこし、驚いた顔で、「せっかくおいでなすったのに、あいにく間がわるいところで…」と気の毒そうにいった。

私は妙にこのばあやが好きだった。いつぞや私の泥でよごした着物や、切れた鼻緒を親切に始末してくれたというだけではない。たいていこういう家には、意地の悪げな、冷たい刺すような眼つきをもった中年女がいるものだが、このばぁやにはそういう陰険な感じはまるでなかった。年はもう六十を越えているだろう。ちんまりした軀つきに、ちんまりした目鼻をつけて、笑うと童女みたいな顔になった。その感じが、昔私の家にいた「婆《ば》っちゃ」という手伝いの婆さんによく似ていた。子供の私はこの「婆っちゃ」にとくべつ愛された、という思い出がある。私はこの家へやってくるとき、女にみやげなどは買ってこなかったが、ばぁやにだけはほんのすこしだが菓子か果物を買ってきた。

女の家から帰るとき、ばぁやはわざわざ土間まで出てきて、「いつもご心配をおかけして…どうぞお気をつけなすって」と綺麗な東京弁でいって、白髪の頭をさげた。

三人で長火鉢を囲み、茶を飲みながら、しばらく無駄話をした。

「十日も商売ができないなんて、軀が余っちまうよ」

八重がいきなりいった。「軀が余る」という女の言葉に、私はぎくりとした。いかにも娼婦の言葉だった。

「八重ちゃん、あんたこゝンところしばらく田舎の家へ帰ってないんじゃないの。このひまにちょっと行ってきたら」とばぁやがいった。

「あ、そうだ」

とん狂な声をあげてから、八重は私にいった。

「あんた、塩原温泉へ行ったことがある？」

「ないよ」

「あたいの家、塩原温泉に近いのよ。あんた、いっしょに行ってみない？」と八重はいった。

「きみの家へも寄るんだろ？」

「ちょっと寄って、母ちゃんにお金を渡したら、すぐ出て温泉に行くのよ」

「それじゃ、ばぁやもいっしょに行きましょうや」と私はいった。

「とんでもない。あたしなんか」ばぁやは驚いた顔になった。

「そう、そう、ばぁやもいっしょに行こうよ。こんなことでもなければ、いっしょに温泉なんかに行けないよ」

そばから八重も口を添えた。ばぁやはすこし黙ってから、「それじゃ、お言葉に甘えて」といいながら、二人に丁寧に頭をさげた。

「でも、旅費はみんなあんたが持ってくれるんでしょ？」

八重は抜け目のないことをいった。むろん、私はそのつもりだった。

翌日の日曜日の朝、私は戸塚通りの古本屋を呼んできて、大きな本棚二つに詰まった三百冊ほどの本を全部売り払った。もっとも特製の豪華本や稀覯本などのない私の蔵書では、十把ひとからげに叩かれて五十円ほどにしかならなかった。が、八重の実家のあるところは、宇都宮から三つほど先の氏家という駅でおりるのだと聞いていたから、汽車賃そのものはたいしてかからぬはずだった。

午後一時、私たちは上野駅の改札口で落ち合った。八重はぶどう色のワンピースの上に卵色の洒落たハーフコートを着ていた。ばぁやは地味な着物に古風な被布姿で、私の方は紺絣の着物に袴をはき、上から二重まわしを着て、頭には学帽の代りに鳥打帽をのせていた。珍妙な取り合わせだったが、致し方なかった。

三人は黒磯行きの鈍行に乗りこんだ。列車はまもなく動き出した。東北本線の氏家という小さな駅には、上野から二時間ほどで着いた。駅前のさびしい街並みを抜けると、あとは一面に田圃と畠の農村風景がひらけた。が、田圃にも畠にも人影らしいものはほとんど見かけられない。

せまい赤土の道を十五分ほど歩くと、すこし先のちょっとした木立ちの辺りに、藁屋根の農家が五、六戸固まっているのが見えた。八重の家はその集落のなかにあった。

「母ちゃん、母ちゃん」

八重は入り口の土間に立って、声をかけた。が、家の中は無人らしく応答がない。八重はまた母ちゃん、母ちゃんと呼んだ。

すると、裏手の方から家先の庭へまわって出てきた野良着姿の女が、

「あれまァ、八重でねぇか。なんでまた急に…」

といいかけて、そばに立っている私とばぁやにけげんな顔をみせた。

「こちらは、あたいのいま働いてる家のばぁやさん。そしてこちらは、ばぁやさんの甥御さん、東京の学生さんだよ」

と八重は引き合わせた。私をばぁやの甥にするのは、汽車の中での決めごとだった。

「それはまァ、こんなところへよくおいでなさって」

八重の母親は腰を折って、何度もひくく頭をさげてから、汚ない家だが、ともかく上ってくれ、といった。

私たちは茶の間の炬燵へ通された。破れた襖をへだてた隣りの部屋から、ぐわァ、ぐわァという妙な唸り声がきこえてきた。

「父ちゃんなの。中風で五年も寝たきりなんだよ」

そう言いながら、八重はすぐ立って隣りの部屋へ行った。八重の話しかける言葉に、父親の答える声は、私の耳にはやはりぐわァ、ぐわァとしか聞えなかった。

野良着を着かえて出てきた母親に、ばぁやは浅草海苔の缶と佃煮の折詰をみやげにさし出した。それは実は私が新宿のデパートで買ってきたのを、ばぁやに預けたのだった。

「光子は?」と八重が母親にいった。

「隣りの芳子ちゃんのところへ遊びに行ってるよ。いま呼んでくるから」

まもなく母親が三つか四つくらいの可愛らしい女の子の手を引いて戻ってきた。

「光子ちゃん、母ちゃんが東京からおみやげをたくさん買ってきたよ。ほら」

といって、八重はばぁやに持たせてきた風呂敷包みのなかから、縫いぐるみの大きな犬や、綺麗な衣裳を着た西洋人形や、何冊かの絵本や、チョコレートなどを取り出してみせた。

女の子は眼を輝やかせて、ひとわたり見まわしてから、縫いぐるみの犬を胸に抱き、板チョコを二枚、赤い三尺帯のあいだに挟むと、「芳子ちゃんに見せてくる」といって、すぐまた外へ駈け出して行った。

「たまにしか帰ってこないもんだから、あたいより母ちゃんの方になついているのよ」

八重はだれにともなくぼそりと言った。さすがに、すこしばかりさびしげな顔つきになった。

この女のこういう表情は、はじめて見ると私は思った。

それから小一時間ほどして、私たちは腰を上げた。八重の母親は、せっかく来てくれたのに何もおもてなしできなくて、とくどいほど繰りかえしたが、「母ちゃん、あたいたちはここへうまい物を食べにきたんじゃないよ」と八重はまたずけりとした口調でいった。

氏家駅からふたたび東北本線に乗って、五つ目の西那須野駅で降り、そこからバスで五十分ほど走って、塩原温泉に着いた。

私のはじめて見る塩原温泉は、深い渓谷にのぞんだ閑雅な温泉場だった。二年ほど前、八重が馴染み客といっしょに来たという古風な構えの宿に上った。

二階の角部屋に通されたが、十一月も末で紅葉の季節もとっくにすんでしまったか、日曜日だというのに、客の話し声らしいものはどこからも聞こえてこない。

部屋の中はひどく冷えていた。女中が炬燵の仕度をしてくれる間、私たちは丹前に着かえて階下の浴場におりて行った。

かなり大きな浴槽は薄い板壁で二つに仕切られていたが、その板壁の下には、潜《もぐ》れば自由に出入りできるだけの隙間があいていた。男湯にはそれでも六人ほどの年寄りの客が漬かっていた。隣りの女湯にも何人か入っているらしく、賑やかな笑い声がしていた。

風呂から部屋に帰ってくると、炬燵板の上に夕食が運ばれてきた。八重の注文で熱く燗をした銚子が三本添えられて、料理の品数もわりあい豊富だった。

最初の盃を乾したとき、ばぁやがニコニコ顔でいった。

「温泉も何十年振りなら、こんなおいしいお酒を頂くのも何十年振りですよ」

「来てよかったわね」と八重がいった。

「来てよかった」と私もいった。

酒が終り、食事もすむと、あとはもうすることがなかった。外の寒さはバスを降りたときから知っているので、宿から出てそこらをぶらつくのはおっくうだった。仕方なく私たちはまた階下の浴場へおりて行った。一階の隅の部屋では、さきほど湯に漬かっていた年寄りの男女の団体客が宴会でもしているらしく、景気のいい歌声をあげていた。

男湯には私一人だった。しばらくして、隣りの女湯から八重の声がかかった。

「ちょっと、あんた、ほかにだれかいる?」

「だれもいないよ」と私は答えた。

するると、板壁の下の隙間を潜って、白いゴムのキャップを頭にかぶった八重が、子供みたいにばたばたと水掻きをしながら泳いできて、私に抱きついた。両の手で掬うと、八重の体は軽く浮き上った。すこし垂れた二つの乳房が丸見えになった。

玉の井の家では、八重は乳房をけっして男に見せなかった。いつも胸を白い晒布《さらし》で幾重にもぐるぐる巻きにしていた。

「どうしてそんなことをするんだ?」と私は一度きいたことがある。

「あたいの商売道具はお乳じゃないよ。うんと下の方だよ」

八重はけろりとした顔で言ってのけたものだ。

私の手に掬われて軽く浮き上った八重は、そのまま大きくのけぞった。私の眼のすぐ前で、くろぐろとした藻が湯の動きにつれてたぷたぷと揺れた。

「もっと奥をごらんよ」

と八重はいって、両腿をひらいてみせた。反射的に私は眼をつぶった。その奥は、八重が物好きな男たちのために「芸」を見せる秘所だったからだ。

その夜の八重は、玉の井の家にいる八重とはまるでちがっていた。私の軀の上に馬乗りになると、八重はひとりで烈しく燃え、ひとりで獣のような声を上げた。ばぁやは隣りの三畳間で深い寝息を立てていた。

――この旅のあと、私はほとんど日を措かず二度つづけて玉の井に出かけた。そして二度とも不能だった。八重の実家を訪ねたのがいけなかったのだ。八重の顔を見ると、軒のひくく傾きかかった藁屋根の家や、赤茶けてケバ立った畳の荒れた部屋や、中風で五年も寝たきりという父親のぐわァ、ぐわァという気味のわるい呼び声や、絶え間のない労働で老婆のような深いしわを刻んだ母親の青黒い顔や、そしておそらくは暗い事情の下で生れたにちがいない光子という可愛らしい女の子の顔などが、二重にも三重にも頭の中に映し出されて、八重がいくら手を尽くしてくれても、私の男性は萎靡したまま立ち上ることが出来なかった。

八重の前から姿を消すべき時がきた、と私は思った。玉の井の季節はこれで終ったのだ。私には別の新しい季節が待っているはずだった。

「黙示」という同人雑誌の創刊を機として、われわれの仲間たちはすでに熱い季節のなかに入っていたからである。

〔1983年「新潮」1月号　初出〕

音楽の鳴るとき

画家のY氏に誘われて、「下町の玉三郎」といわれる梅沢富美男という役者の出る芝居を観に行くことになった。大衆演劇の一座で、いま出ているのは北区十条の国電の駅に近い篠原演芸場という小屋だが、あと四日で月が変れば、北陸や東北の各地に巡業に出かけるので当分東京へは帰ってこない。それにこの一座とテレビで人気のある西田敏行や木の実ナナなどが組んで、近いうち連続のテレビドラマがはじまることになっている。そうなれば客ダネもちがってくるだろうし、また旅芝居らしい雰囲気も自然に変ったものになって行くにちがいない。それで自分はここ二、三日中に行ってみるつもりだが、あなたもぜひいっしょにどうか。Y氏は妙に熱心にすすめた。

ここではY氏という曖昧な名前にしたが、実をいえば、この人は私と同姓同名の人物なのだ。ついひと月ほど前、北海道の根室市に在住する作家で、私も面識のある中沢茂氏から「紙飛行機」という表題の短篇集を恵贈された。中沢さんはたしか私より一つか二つ年上のはずだから、もう七十歳を越しているが、根室市で金物商をいとなむかたわら、この北辺の町の自然や人間やその生活などを、飄逸でニガリのきいた独特の文体で描きつづけている人で、表題作の「紙飛行機」という作品は、つい先年「北海道新聞文学賞」を受賞したものである。

その短篇集の終りの方におかれた「軍手」という作品を半分ほど読みすすんだとき、私は思わずどきりとした。これは若くして亡くなった新川次丕《つぐひろ》という写真家の思い出話を書いたものだが、中につぎのようなことが書かれていたからである。

新川次丕は一度私の家にたずねてきた。八木義之介君が連れてきたのである。

八木君は私の町出身の前衛の漫画家である。東京に住んでいる。町から出て二十年以上になる。彼の本名は義徳というのだが「まんいち、おれが有名になったとき、東京に二人の八木義徳がおったのではまぎらわしい。さきの小説家の八木さんが漫画も描きだしたのか、なぞと世間に思われても気の毒だ」と改名したのだそうだ。奇特なことである。

同姓同名というのは世間にざらにあることで、とくべつ珍らしいことではない。が、いざ自分のこととなると、そう簡単にはいい切れない。自分のほかに、もう一人、自分とそっくりおなじ姓名を名乗る人間がいるというのは、何か妙な感じがするものだ。妙な感じというより、いっそ気味がわるい。すこし洒落ていえば、自分のアイデンティティ(自己同一性)が二分された、という感じがする。

私はその本を読み終えたあと、すぐ中沢氏に礼状を書いたが、現在東京に住むというもう一人の八木義徳氏に会ってみたい、ということは書かなかった。

ところが、礼状を出してから十日ほど経ったころ、拙宅へかなり大きな紙包みの荷物が送られてきた。差出人の名は八木義之介(義徳)としてある。私の口から微笑がもれた。義之介という名前の下にわざわざカッコして義徳と書いてあるのが、何かユーモラスな感じを私に誘ったからである。

その紙包みの荷物の中から、大判の画集が三冊と、一冊の詩集が出てきた。画集の一冊に大きな字で書かれた手紙がはさまれていた。


八木義徳さま、とこう書いて不思議な感じが致します。これは私自身の名前だからです。

根室の中沢さんから手紙がありまして（現金同封）さっそく私の本を御送りします。

実は、私は三十年も前から一度先生にお会いしたいと考えておりました。少年時代、私は小説を書こうと思っておりましたが、二、三の同人雑誌に「八木義徳」の本名で作品を発表していて、妙に先生のことが気がかりでなりませんでした。

小説への志は簡単にくじけ、以後、詩と漫画そしてパステル画（旅役者）とヨタヨタと生きてまいりました。同時にペンネームを「義之介」と変え、今では、私の本名と思っている人々の方が多いようです。

現在、本名を使う時は、市役所と税務署に行く時に限られてしまいました。

一度お会いしたい……と申しましたが、よくよく考えてみますと、全く同じ名前である、ということ以外に理由がないことに気づき、やめました。しかし、今度、中沢さんの「紙飛行機」のきっかけで、こうしてお手紙を書けることを喜びとしております。（以下略）

贈られた詩集には、素純ともいうべき野性的抒情がゆたかであった。また画集の方は、話の筋のある子供向けの漫画ではなく、近く廃止になるというローカル線沿線の風物や、都会生活の底辺に生きる人々の哀歓を奔放なタッチで描いたペン画を集めたもので、ここにも野性的な抒情とユーモアがあふれていた。

私は八木氏に礼状を書いた。そのときにも、一度お目にかかりたい、とは書かなかった。ところが五日ほどして、ご本人がひょっこり拙宅に姿をあらわしたのである。（それが、きょうであった）

さきの手紙のなかに「私は昭和五年の生れ」とあったから、八木氏は五十二歳になるはずだが、とてもそんな年とは思えぬほど若々しく緊まった体軀と精悍な風貌をもった人物で、「八木さんはあのテレビの『北の国から』に出てくる田中邦衛みたい」とさっそく家内が遠慮のないことをいった。

ビールを飲みながら、ひとしきり話がはずんだところで、「失礼ですけど、奥さまのお名前は？」とまた家内が遠慮のない質問を発した。

「正しいという字を書く正子です」と八木氏が答えた。あら、と家内が驚いた声をあげた。家内の名前も正子だ。つづいて八木氏は、「貧乏暮らしで所帯をもつのがおそくなって、女房とは十七も年がちがうんですよ」といった。こんどは私と家内がいっしょに驚きの声をあげた。実をいえば私と家内も、年が十七歳と七ヵ月ちがう。

「ひゃぁ…」と八木氏もさすがに嘆声を発して、骨の太い大きな掌を頭にのせた。

亭主が同姓同名で、家内がおなじ名前で、そして夫婦の年齢の差（しかもこの場合は十七も）がおなじということになれば、これはずいぶん珍らしい例といえるのではないか。こんどは三人そろって大きな笑い声をあげたが、笑ってしまえば、それで終りである。

終ったところで、Y氏（まぎらわしいので、以下はまたY氏にもどることにする）はバッグの中から、一冊の画集と十枚ほどのカラー写真を出してみせた。画集の方は「シベリヤ散歩旅行」という題で、シベリヤ鉄道沿線の風物を漫画風に描いたもので、カラー写真の方は、昨年新宿で個展をひらいたときの「旅役者」のパステル画を撮ったもので、二枚目や三枚目や女形などのさまざまな表情を、いわば写楽の大首絵風に思いきってデフォルメして描いたものだった。

Y氏はこの「旅役者」の絵だけの個展をほとんど毎年つづけて、もう七回になるが、ことしの夏は札幌でひらく予定だという。そしてこれらの絵のモデルが実は梅沢武生劇団という一座の役者たちであるという話から、「下町の玉三郎」と呼ばれる若い人気役者の名前が出てきたのだった。

だいぶくどいまわり道になったが、こういうまわり道がなければ、もともと芝居というものにとくべつ興味のない私は、即座にことわったにちがいない。

それともう一つ、私の心を動かしたのは、その一座の出る小屋が北区（昔の王子区）の十条という町にあるということだった。十条は、戦災で亡くなった私の前の家内と一年数ヵ月ほど暮した町だったからである。

Y氏と約束した翌々日の夕方、私は国電の十条駅におりた。私にとっては四十五年ぶりの駅だった。むろん駅前の風景は一変していた。かまわず私は歩きだした。昔はあちこちに欅や樫の大木が立ち、通りをすこし出はずれると田園風な情緒のまだ多分に残っている町だったが、いまは到るところ密集した人家で埋めつくされている。それはそれでいい。見知らぬ町を脚にまかせてひとりで勝手にぶらぶら歩きをするのが、私は好きだ。それが私にとっては〝旅情〟の代用品になってくれるからである。

昔、住んだ家は下十条の何番地とかで（正確な番地はわすれた）駅へは歩いて十分足らずのところだったと思うが、人に質ねてその辺を探しまわってみようという気は起きない。幾つかのささやかな思い出さえ残っていればいいのだ。

半時間ほど〝街歩き〟をしてから、私はまた駅へもどった。Y氏が絵道具の入った大きな布袋を肩にさげて立っていた。

篠原演芸場は細長い商店街の中にある、いかにも鄙《ひな》びた感じの建物で、役者たちの名前を染めぬいたさまざまな色の幟《のぼり》が十数本立っている。

入場料は一人七百円、上手の桟敷へ上ると百円の追加、それに座椅子を取るとさらに百円の追加で、畳敷きの客席は二百三、四十人ほどの客でほぼ九分通りの入りになっていた。

やがて幕があいた。はじめは一幕物の時代劇、つぎも一幕物の現代劇だったが、Y氏の説明によれば、これはこの世界でいう「口立《くちだ》て」というもので、つまり、きちんと定まった脚本はなく、役者同士の簡単な申し合わせで、台詞や動きなどをその場その場の思いつきで演じてみせる芝居なのだという。

私にはかえってその方がおもしろかった。とんちんかんな台詞のやり取りがあったり、即席のアドリブがはさまったり、きわどいエロティックなギャグが飛び交ったり、客席に笑いの渦を起させながら、しかも時には思い入れたっぷりな大芝居を演じてみせて、しんと静まらせる、その舞台のテンポの取り方が巧みだった。

お目当ての梅沢富美男は、はじめの時代劇では白髪頭の船頭役を、つぎの現代劇では貧しい大工職人の役をコミカルに演じてみせ、そのあとの主な役者総出の歌謡ショーでは、彼ひとりがTシャツに色の褪めたジーンズ、それにうすい色のついたとんぼ眼鏡という恰好で、マイクを片手に客席までおりてきて、近くはじまるというテレビドラマの主題歌を歌ってきかせた。

いよいよ最後の踊りの幕があき、舞台のまん中に美しい衣裳をつけた女姿の富美男がただ一人、スポットライトに照らし出されたとき、満員の客席から一瞬、嘆声ともため息ともつかぬものが走ったと思うまもなく、盛んな拍手と、「トンちゃーん」という奇声があちこちから飛んだ。

「どうですか?」

それまでは、膝の上に立てた大きなスケッチブックに役者たちの顔を黙々とクロッキーしていたY氏が、はじめて声をかけてよこした。

「驚きました」

私は至極平凡な返事をした。

はじめは老け役、つぎには汚れ役、つぎにはラフなスタイルの素顔を客席にたっぷり見せつけておいてから、最後に艶《あで》やかな女姿にいきなり変身してみせる、この効果はテキ面だった。この芝居小屋にきている多くの馴染み客たちも、その変身の効果を充分心得ながら、しかもなお最後の驚きの瞬間をみずから待ちうけているにちがいなかった。

私は坂東玉三郎という役者の舞台姿をテレビでしか知らないが、今夜はじめて見る梅沢富男の女姿は「下町の玉三郎」という呼び名が誇張でないほど、たしかに美しかった。

ことに彼が踊りながらしなをつくって客席に濃艶な流し目をくれるたびに、何人かの中年の女たちが立って行っては、白い紙に包んだものを舞台にほうり投げる。

「昔、ぼくらが子供のころ、町へやってきた旅芝居では、五銭か十銭、せいぜい気張って五十銭くらいの硬貨を紙に包んで、そいつをひねって舞台にほうってやるんで〝おひねり〟といったもんですが、いまではあの中味はたいてい千円札だそうです。むろん一枚や二枚じゃきかんでしょう。景気のいいときには、ひと晩で何十万にもなる日が幾度もあった、ということです」

Y氏が説明してくれた。それにしても〝おひねり〟をほうってやるのはみな中年の女たちばかりで、男が一人もいないというのは、私にはおもしろかった。

やがて五人ほどの女姿がつぎつぎに舞台に出てきて、賑やかな連舞《つれまい》がしばらくつづいたところで幕が引かれた。

演芸場の前には座頭《ざがしら》の梅沢武生のほか何人かの役者たちが舞台衣裳のままずらりと並んで、帰りの客にいちいち丁寧に頭をさげた。富美男だけが化粧を落したジーパン姿で、まわりを囲んだギャルたちにしきりにサインをせがまれていた。

駅への帰り道、ちょっとビールでも飲んで行きませんかとY氏に誘われて、細い小路を曲った飲み屋へ入った。

さすがに三時間近い芝居見物のあとで、ひどくのどが乾いていたから、最初の一杯のビールはうまかった。それを飲みほして、辺りを見まわしたとき、ふいに私は「あ！」と思った。この飲み屋には記憶がある。

暖簾の垂れた入口はせまいが、中の土間は意外に広く、天井も高い。その格子になった木組みも欅材らしいがっちりしたもので、真っ黒に煤けている。ねずみ色の壁には菅笠や蓑《みの》や絵馬がかかり、大山神社のお札や、大阪の古い江戸の地図などが貼られている。正面にみえる帳場格子は風呂屋の番台みたいに一段高くなって、そこに七十近い婆さんが気の強そうな顔つきで、まわりに眼をくばっている。婆さんの頭の上には大きな神棚と、その横に招き猫がちょこんとすわっている。土間に六つほど置かれた飯台も今風の新建材ではなく、黒光りした厚い欅板だ。しかし、これはたしかに記憶といえるだろうか。私はただ記憶らしいものを欲しがっているだけのことではないのか。

「どうかしましたか？」

急に黙りこんだ私に、Y氏が声をかけた。私は戦前この町にしばらく住んだことがあることを話した。

「実は、ぼくももし金の余裕があったら、この辺の安アパートをひと間借りて、月のうち何日かひとりで勝手に仕事したいなと思ってるんです。あの芝居小屋へも歩いて行けますしね。それにこの町には昔風の義理人情らしいものがまだ残っていそうだし、物価もいまぼくの住んでいる小金井辺りに比べると、ずいぶんちがいますよ。ここへくるたびに、何となく暮しやすそうな町だなァといつも思うんです」

Y氏は思いがけぬことをいった。

――たしかに暮しやすい町だった。

私と頼子の借りた家は、細い小路のなかにある古ぼけた木造の平家で、間数は六畳と二畳の二間、家賃は十一円であった。むろん、門も塀も庭もない。文字どおりのボロ家である。が、たとえボロ家でも、ともかくも独立家屋であることにちがいはない。私たちには、これで充分であった。

それまでは省線の目白の駅に近い安アパートの六畳間に住んでいたのだ。それが私と頼子との結婚生活のはじまりだった。私は文学部一年生の二十四歳、頼子は喫茶店勤めの娘で十八歳。

あれはたしか秋の新しい学期がはじまって間もないころだったと思う。ある日の夕方、私は学校正門前の鶴巻町通りの古本屋街を軒並み素見《ひや》かし歩いていた。

私の探している本はどの店にも見当らなかった。試しに裏通りに入ってみた。書店に混じって喫茶店や玉突き場や麻雀屋などのある賑やかな表通りに比べて、この裏通りは軒のひくいしもたや風の家や学生相手の下宿旅館などの並んだひっそりとした通りだった。私がこの裏通りに入ってみるのは、これがはじめてのことだった。

そこに一軒の小さな古本屋があり、店の前に置かれた木の台の上に古雑誌の山が無雑作に積まれていた。最初に眼についたのは「セルパン」だった。手に取って、なにげなく目次をひらいてみると、「猫町―萩原朔太郎」という活字がいきなり眼にとびこんできた。「猫町」は詩人朔太郎のはじめて書いた小説であり、しかも結局は彼の遺した唯一の小説となるべきものであった。学院時代からこの詩人の「虚妄の正義」や「絶望の逃走」などのアフォリズム集を愛読してきた私はためらうことなくそれを買った。値段はわずか十銭であったが、私にとっては貴重な掘出し物というよろこびがあった。

一刻も早くこの「猫町」が読みたくて、近くにある「フローラ」という喫茶店に入った。ボックスが四つほどしかない小ぢんまりとした店で、隅の席で学生服の男がひとり何やら熱心にノートを取っていた。

クリーム色のセーターにグリーンのスカートをはいた十七、八の娘が、注文のコーヒーを前に置いてから、「レコード、何かおかけしましょうか?」といって、厚紙の表紙をつけたレコードのリストを差し出した。

「『運命』を…」

リストも見ず、反射的にそう言った。

店内の調度などはすっかり古びてはいるが、マスターが音楽好きなのか、壁ぎわによせた大きな箱型の電気蓄音器の横に、レコードのジャケットのぎっしり詰まったガラス戸のケースが置かれていた。

やがてベートーヴェンの第五交響楽の、あの〝運命が戸を叩く音〟が低く重々しく鳴りはじめた。

(このとき、私はその〝運命が戸を叩く音〟が、私自身の運命への予告になろうとは夢にも思わなかった)

しばらくして「猫町」を読み終えた私は、なにげなく顔をあげて娘の方へ眼を当てた。娘は電蓄の横の壁に背をもたせ、首をすこし横に傾けて、眼をつぶったまま音楽にきき惚れていた。

「孤独な感じの娘だな」

それが私の第一印象だった。二、三日して、私はまた「フローラ」へ出かけた。数日後、またそこへ行った。頼子（それが娘の名前だった）の私を見る眼に優しさが感じられるようになった。

やがて私は、客のすくない夜をえらんで「フローラ」へ通いはじめた。そこにある豊富なレコードを聴くというのが、表向きの理由だったが、実のところは、頼子という娘に私は摑《つか》まったのだ。そして、いったん感情がある対象に傾斜しはじめると、そこから引き返すことのできないのが、私という人間の性格だった。

しかし田舎者の私は、若い娘の心をくすぐるような気の利いた話術は持たない。頼子と言葉を交わすのは、わずかに彼女の持ってくるレコードのリストの中から、聴きたいと思う音楽をえらび出す時だけだった。そして私が、きれいなペン字で書かれたそのリストの中のどれかの曲に指を当て、「これ、どうだろう?」と質ねると、頼子はいつもきまって「ああ、それ、とてもいい音楽ですわ」と答えるのだった。

「なアんだ、きみはなんでもかんでもみんないい音楽だというんだね」

あるとき私は冗談めかしていってみた。

「ええ、あたし、音楽ならばどんな音楽でもみんな好きなんです」

頼子は眼の大きな顔に柔らかい微笑をみせた。

こうして私は頼子とすこしずつ親しみを深くして行った。

「フローラ」へ通いだしてからひと月近く経ったある夜、店内の壁に一枚の音楽会のポスターが貼られているのが眼に入った。

ベートーヴェン「レオノーレ序曲第三番」「ピアノ協奏曲第四番」
ピアノ　マキシム・シャピロ　指揮　近衛秀麿　新交響楽団

そのベートーヴェン「ピアノ協奏曲第四番」にはなつかしい思い出があった。私の故郷である北海道の室蘭市に、喫茶店というものがはじめて出来たのは、私の旧制中学四年の時である。もの珍らしくて、何人かの仲間と学校の帰り寄ってみた。そこではじめて私はコーヒーというものを喫み、はじめてケーキというものを食べ、そうしてはじめて本格的な西洋音楽というものを聴いたのである。それまで私の聴いた音楽といえば、年に一度の八幡神社のお祭りのとき、町の広場にかかった木下サーカス団のなにやらもの哀しいジンタ音楽しかなかった。

しかも私がそのときはじめて聴いた西洋音楽は、文化の不毛な北国の田舎の一中学生に、魂の震えるような感動をあたえたのだ。東京帰りの若いマスターによってその名を教えられたベートーヴェン「ピアノ協奏曲第四番」は、私にとってはいわば音楽開眼の曲として忘れられぬものとなったのである。

「フローラ」には、その時さいわいにほかの客がいなかった。

「あれ、いっしょに聴きに行ってみないか。ちょうど日曜日だよ」

私はポスターをゆび指しながら、コーヒーを運んできた頼子にいった。その誘いの言葉は、自然に口から出た。もしその曲目が私にとって特別の思い出のある「第四番」でなければ、こうは自然に行かなかったかもしれない。

「…」

頼子の顔に、一瞬、或る表情が走った。意外とも、また困惑とも取れる表情だった。が、それはたちまちよろこびの表情に変った。

「ほんとに連れて行って下さるんですか？」

「ほんとだとも…」

「あたし、音楽はこのお店で聴くだけで、音楽会というところへはまだ一度も行ったことがないんです」

「それじゃ、当日は六時十分ほど前に日比谷公会堂の正面入口で待ってるよ。切符はそれまでに買っておくから。来てくれるね？」

「ええ、必らず…うれしいですわ」

頼子の顔にまた柔らかい微笑が浮かんだ。

音楽会へいっしょに行ってから十日ほどして、私は高田馬場の下宿から省線と市電を乗りかえて本所区（現・墨田区）竪川《たてかわ》町の電停前で下車した。そこから両国の方へ向ってまっすぐにのびた電車通りの右手の商店街を、一軒一軒の看板にゆっくり眼を当てながら歩きだした。七、八十メートルほど歩いたところで、戸村硝子店と小さな看板をあげた古ぼけた二階家が見つかった。それが頼子の実家だった。

表の硝子戸はあけ放され、板の間になった階下の仕事場では、ねずみ色の開襟シャツを着た中年の男が作業台に背をかがめて大きな板ガラスを切っているところだった。

「ごめん下さい」

せまい三和土《たたき》に立って、声をかけた。が、中年の男は耳が遠いのか、相変らずガラス切りの作業をやめないでいる。私はすこし大きな声を出した。男はやっと顔をあげると、眼をパシパシさせながら、こちらへやってきた。

「失礼ですが、頼子さんのお父さんですね？」

「は、はい、そうです」

父親はまた眼をパシパシさせながら答えた。頭髪のうすい、兎のような眼をした、気の弱そうな感じのひとだった。うちの父はお酒が入らないと、ひとさまの前ではロクに口もきけないようなひとなんですよ、といつか頼子がいったことがある。

「実は、お宅の頼子さんのことでお願いに上ったんですが…」

私の言葉がまだ終らぬうちに、父親は黙ってくるりと背を向けると、板の間から一段高くなった畳敷きの茶の間の方へ大きく体をのばして、「お、お、おぅい…」とまた吃《ども》りながら声をかけた。

裏の勝手口で洗濯でもしていたらしい母親が、前掛けで手をふきながら出てきた。小柄だが、いかにもしっかり者という感じの女だった。私はこの母親にもう一度おなじ用件をくりかえした。

「こんなところでは何ですから、二階へどうぞ、ひどく散らかしていますけど…」

うながされるまま私は二階へ上った。二階は八畳と六畳の二間だった。「フローラ」へ住み込みで勤めている長女の頼子を除けば、この家には両親と、簡易保険局に勤める一つ年下の弟と、その下にまだ小さな妹が二人いるはずだったが、子供たちの姿は見えなかった。

やがて身じまいをした母親がお茶道具を抱えて上ってきた。あらためて挨拶をかわしたあとで、私は単刀直入に切り出した。

「もう頼子さんからお話はきいて頂いていると思いますが、頼子さんとの結婚のことをおゆるし頂きたいと思って参上したんですが…」

「はい、そのお話は先日うちへきた頼子からよくうかがっております。うちのような貧乏人の娘を嫁にといって下さるお気持はほんとにありがたいとは思いますけど、これはどなたが考えても釣り合わぬご縁ですから、お断り申します」

母親はいやにはっきりした切口上でいって、小さく頭をさげた。母親の口からこんな断り文句が出るだろうことは、すでに頼子からきいて覚悟はできているはずだったが、咄嗟に返すべき言葉がなかった。同人雑誌の仲間たちと文学論などを闘わすとき、愛だとか真実だとかいう言葉を平気で口にしながら、いざナマの現場でそういう言葉を使うことには強い羞恥感があった。と、いって、このままおめおめと引き退るわけにはいかない。

「ご心配なさるお気持はよく分ります。しかし私の方も一時の出来心でこういうことをお願いに上ったわけではありません」

「あなた、そんな一時の出来心だなんて、あたくしの方もこれっぽっちも思ってやしません。ただあなたはまだ学生さんで、世間のことよくご存じないだろうからはっきり申し上げますけど、いくら好き合った者同士でも、いざ結婚して所帯を持つとなれば、やはり筋というものがありますから」

あ、と私は思った。たしかにこの母親のいう通りだった。学生服を着た男が一人でひょこひょこと押しかけて行って、いきなりお前さんの娘を嫁にくれ、といっているのだ。

「失礼しました」と頭をさげてから、「くにの親代りの兄が一人こちらにおります。この兄同道の上、いずれ日をあらためてまた伺わせていただきます」

「けっしてあなたさんを信用しないというわけじゃありませんけど、ともかくもそうして頂ければ…」

頼子の母親もていねいに頭をさげた。いかにも下町暮しのしっかり者らしい筋目《すじめ》立った物の言い方だった。そして私自身も、この母親のきっぱりした態度が気持よかった。

やがて二階からおりてくると、頼子の母親は板の間で相変らず黙々とガラスを切っている父親の耳もとへ口をよせて、二言、三言、何かいった。すると父親は例のごとくまた兎のような眼をパシパシさせながら、「よ、よ、頼子のこと、ど、どうぞよろしく」と吃りどもりいって、頭をさげた。

私と頼子との結婚式は、それからほぼ二十日後に行われた。式というには、あまりに簡素すぎるほど簡素なものだった。

新宿の料亭の一室に、戸村家からは母親（父親はあらたまった人前へ出ることを病的に嫌う、という理由で姿をみせなかった）と、長男である弟と、頼子。こちらは兄と私。この五人が平服で顔をそろえ、一つ卓子を囲んで夕食をともにしただけである。頼子の入籍は前々日にすでに済ませていた。そのころ私はおなじ文学部の上級生で女と同棲している男を何人か知ってはいたが、この〝同棲〟という曖昧な形が私は厭だった。それに法律的な手続きを取って頼子の籍を入れることは、戸村家に対する私の唯一の責任でもあった。また私たち二人の新しく住むべき家も、昨日、目白の駅に近い木造アパートの六畳間を借りて、貧しい家財道具もすでにリヤカーで運びこまれていた。

会食のあと、私たちは伊東へ新婚旅行に発つことになった。私自身の意志ではなかったが、「それじゃ、花嫁さんが可哀そうじゃないか」と、三田の済生会病院でインターンをしている兄が、おなじ医局の親しい先輩の両親が経営しているという旅館を予約しておいてくれたのだった。

私と頼子が東京駅へきたとき、熱海行きのプラットフォームにはおなじクラスの中村八朗、山本悟、深津吉之、三好次郎の四人が見送りにきていてくれた。中村が仲間を代表して、祝いの花束を頼子の手に渡した。私は大島の着物に袴をつけ、頼子は錦紗の着物に臙脂色のショールを肩に当てていた。そのショールと和装用のベージュのハンドバッグは兄からの贈り物だった。

列車が動きはじめたとき、四人の仲間はいきなり「万歳!」と叫んで、一斉に両手をあげた。私はあわてて軍隊式に挙手の礼を返した。頼子は白いハンカチを眼に当てていた。

その夜、渓流のせせらぎのきこえる温泉宿の一室で、私ははじめて頼子の軀を抱いた。十八歳の娘の軀はこまかく震えていた。その震えを腕に痛いほど感じながら、突然、兇暴な欲情が私に襲いかかった。

私たちは目白のアパートに二ヵ月足らず暮しただけで十条へ移った。家を世話してくれたのは第一高等学院(旧制中学四年で入学資格があるので期間は三年)からきて、学部でいっしょになった長見義三だった。

長見は、われわれが学院から学部に上ってまだ三ヵ月と経たぬころ、改造社発行の「文藝」に「ほっちゃれ魚族」という小説を発表して、クラスに大きいセンセーションを巻き起した男だった。「文藝」は「早稲田文学」や「三田文学」などとちがって、改造社という権威ある出版社が出しているれッきとした商業雑誌である。こういう雑誌に作品が載ったということは、彼の新進作家としての未来がすでに約束されたも同然といってよかった。

この「ほっちゃれ魚族」という四十枚ほどの小説は、北海道のある部落（コタン）の貧しいアイヌ人一家をその家のポン（ちび）と呼ばれる少年を主人公として描いたもので、一見重く暗くなりがちな題材を扱いながら、新鮮な感覚をもった抒情的な文体で、いわば〝野性の詩〟とでもいうべきものを巧みに漂わせていた。舌を巻くうまさだった。私は素直に脱帽した。そしておなじ北海道出身ということもあって、私は急速に彼と親しくなって行った。

その長見をはじめて目白のアパートに誘い、いっしょに夕飯を食った帰り、駅への道の途中で彼はいった。

「頼子さんにはわるいが、アパートの一間では小説は書けないんじゃないか。何といっても小説を書くというのは密室の作業だからな。それにあのアパートの家相がよくないよ。頭が何か重い物に圧さえつけられている、という感じがしたし、建物全体が変に暗くて湿っぽい感じがした」

長見のいう通りだった。げんに私はこのアパートへ移ってきてから、小説らしいものをまだ一枚も書けずにいた。学校の教科書や文学書などを読むときには何でもないが、いざ原稿用紙に向うとなると、やはり背中にいる頼子の存在が気になった。気にすまいと思えば思うほどかえって気になった。そういう時、頼子はたいてい好きな編み物をしているか、小説本などを読んで、ひっそりと音を立てずにいるのだが、そこから絶えず電流のようなものがびりびりと走ってくるような感じがした。

また長見のいう〝頭が何か重い物に圧さえつけられている〟という感じも、そのアパートがかなり高い崖を背にして立っている外観からすぐ分るにしても、〝変に暗くて湿っぽい感じ〟というのは、明らかに彼の鋭敏な皮膚感覚を示すものだった。建物の表からは見えないはずのその崖肌には、どこからか地下水でも滲《し》み出すのか、いつもぬるぬると濡れて青黒い苔がびっしりと生えていたからである。

「よかったら、十条へ越してこないか。ともかくも間数が二つあって、家賃が十円以下という独立家屋を必らず探してみせるから」

と長見はいった。頼むと私は答えた。そしてその家が見つかったのだ。

私の仕事部屋は西向きの二畳間となったが、それでも隣りの六畳間と襖で仕切られて、ささやかな「密室」となった。頼子の方も、まだ多分に田園的風景の残っているこの町に移り住んだことをよろこんだ。

長見はしもた家の二階の六畳間に下宿していたが、おたがいの家が歩いて七、八分のところなので、よく往き来した。いつ行っても、彼の机の上には書きかけの原稿用紙が載っていた。

ある夜、彼の下宿へ行くと、「『文藝』の窪津さんが亡くなったよ」と暗い顔つきでいった。この人の名を、私は彼からよく聞かされて知っていた。彼の「ほっちゃれ魚族」が「文藝」に載ったのは、この編集者のおかげだった。彼が同人雑誌「紀元」に書いた「姫鱒」という小説が、学院時代に友人たちと二、三度訪ねたことのある芹沢光治良氏の眼に留まり、芹沢氏からこの窪津氏に推挽があって、「ほっちゃれ魚族」を読んでもらい、何ヵ所か手直しをして採用されたのだという。

「いま書いているのは、その第二作目なんだ。出来上ったら見てあげる、といわれてね。二作目というのはとても大事だから、ぜひいい物を書けって、親切な手紙をもらっていたんだ」

「しかし、窪津という人が亡くなっても、小説が出来上ったら『文藝』へ持って行けばいいじゃないか」

そのときの私は、執筆者と編集者というものの関係を全く知らなかった。

「雑誌社からの注文原稿なら、そういうことも、やればやれないこともないだろうが、おれの場合は、窪津さんの個人的な厚意だけだからな」

長見は私より三つ年上だった。私が四年間のまわり道をして早稲田に入ってきたように、彼も何年間か実社会で生きてきただけ、人と人との関係というものについては、単純な私などよりはるかに大人の眼を持っていた。

私が「早稲田文学」にはじめて小説を書いたのは、学部の二年になってからである。そのときの編集責任者は尾崎一雄氏であった。尾崎さんの辞められたあと、浅見淵《ふかし》氏に代ったが、その浅見さんは翌年私が学校を出るまでに三作も小説を書かせてくれた。これが編集者としての尾崎さんや浅見さんの並々ならぬ厚意であることをほんとうに知ったのは、はるか後年、私が文筆業者というものになってからのことである。

「さて、去らんかな」

昭和十三年三月、大学卒業の時がきて、私は「早稲田大学新聞」にこういう題の随筆を書いた。中味がどんなものであったかは、もう思い出せない。題だけをおぼえている。

卒業というよろこびは、私にはほとんど無かった。何よりもまず〝就職〟しなければならなかった。前年の六月、父が死んで、蔭の女である母は無力者となったため、送金はきびしいものになった。頼子は、私のクラスの友人である本木荘二郎（のちに黒沢明監督と組んで、「七人の侍」「野良犬」「生きる」「羅生門」「酔いどれ天使」などの名プロデューサーとなる）の身内の経営している銀座の洋品店に働きに出ていた。

大学を出ても、文科では就職の世界がきわめて狭かった。それでも国文や英文出の者ならば〝都落ち〟して地方の中学の教師にでもなるという手もあったろうが、仏文では全くつぶしがきかなかった。が、われわれの仲間では、中村八朗が大学の出版部に、山本悟は松竹本社に、長見義三は業界新聞にともかくも職を見つけることができた。

私の方は、文学部長であった吉江喬松先生から紹介状を頂いて、長見といっしょに「実業之日本社」社長の増田義一氏の面接試験をうけたが、二人とも社の採用年齢の限度である二十五歳を超過しているという理由で落ちた。それから「文藝春秋社」の入社試験をうけ、一次と二次を突破して最後の十三人の中までに残ったが、これも結局は落ちた。それからの私は新聞広告をみて、これはと思うところをつぎつぎに訪ねまわったが（実際に行ってみると、会社というのは名ばかりで、うす汚ない雑居ビルの中に一部屋か二部屋しかない小さな事務所だった）どこでも私の差し出した履歴書をひと眼見るなり、「うちは大卒さんはいらないよ」とニべもなく断わられた。

結局、私の就職することのできたのは、城東区（現・江東区）亀戸にあるM化学工業という工業用洗剤の会社だった。私の就職を案じた母が、朝鮮の大田で電気関係の商売をしている母の兄に手紙を書いたのが縁となって、その伯父の娘聟が工場の次長をしているこの会社に、いわばコネで入ったのである。

そこでの仕事は、当然のことながら「文学」とは全く関係のないものだった。私は一本の指でぽつん、ぽつんと馴れぬ算盤《そろばん》をはじいては（営業部長を兼ねた常務はそれを見て、きみのは雨だれ算盤だね、といって嗤った）伝票に数字を記入したり、いろいろな得意先へ候文の手紙を書くことだった。

すでに前年私は十条から東中野へ転居していた。それは階下が六畳、二階が四畳半という小さな家だったが、十条の家の襖一枚へだてただけの〝密室〟ではやはり不満となってきたからである。

会社へ勤めだしてから、三ヵ月ほど経ったある日、私は事務所の二階にある社長室へ呼ばれた。

白髪の頭をきれいに撫でつけ、艶のある頰にまるで少年のような血色を残したこの小柄な社長に、私は妙な好感を持っていた。

入社のための面接試験をうけたとき、応募者は私のほかに七、八人いたが、最後に呼ばれた私の履歴書に社長は金ぶちの眼鏡でゆっくり眼を通してから、ニコリともせぬ顔つきで、こう言ったのだ。

「これで見ると、きみは早稲田大学の文学部仏文科卒となっているね。わしは文学のことはまるで知らんが、しかしフランス文学というのは、もっぱら男女の色恋《いろこい》のことばかり書いた軟文学だというじゃないか。すると、きみは、この非常時に（日中戦争はすでに前年の夏はじまっていた）男女の色恋のことばかり勉強していたというわけだな」

「あははは…」

社長のあまりに思いがけない質問に、私は思わず声をあげて笑った。しかも思いきって大きな声をあげて笑った。私のこの不遠慮な高笑いにつられたのか、それとも自分でいった言葉のおかしさに気がついたのか、こんどは白髪の社長が急に「うふ…」と笑い出した。するとその社長にならって、両脇に並んだ何人かの重役連中が顔を見合わせて、クスクスと笑いだした。

その笑いが一段落ついたところで、社長はきっぱりといった。

「よし、きみを採ることにしよう」

鶴の一声だった。私の入社は「あはは…」とたった一回の高笑いであっさり決まってしまったのだ。

社長室の机の前に立った私に、

「きみは満州へ行ってみるという気はないかね？」

と社長はいきなり言った。

「満州？」

「実は満州国の奉天に新しい工場をつくることになったんだが、その先発社員として、ひとつきみに行ってもらえれば、と思ってね」

社長はその新しい工場の内容をひと通り説明してから、もう一度いった。

「どうかね、きみ」

私の頭の中に、あの未遂に終った自殺の直前、ハルビンの松花江畔で見た壮麗な落日が鮮明に浮かび上った。すると、突然、言いようのない或る感情が強く私を襲った。それはいわば

〝郷愁〟というに近い感情だった。

「満州へ行くのは厭ではありません。しかし、家内と一度話し合った上でお返事させていただきます」

その日家に帰った私は、頼子にこのことを話した。

「満州なんて、そんな遠くへ…」

頼子は不安な表情をみせた。私は満州のすばらしさを語ってきかせた。言葉は淀みなく私の口から流れ出た。その言葉に私自身がしだいに酔ってきた。

「おい、おれは行くぞ」

それが決定的な一語となった。

八月の十三日、私と頼子は大陸へ渡ることになった。その大陸で頼子の運命が狂うことになろうとは、むろんわれわれ二人とも知るはずはなかった。

〔1983年「新潮」3月号　初出〕

遠い地平

昨年の秋、中国社会科学院外国文学研究所所員の李徳純氏が、日本大学芸術学部の客員教授として招かれ、来日したのを機会に、ごく内輪の者だけが集って、十月下旬のある夜、一席の歓迎の宴を持った。

集ったのは、主賓の李徳純氏のほか、その宴席を設けてくれたある雑誌の編集長で詩人のI氏と編集部の三人、それに進藤純孝氏と私とを加えた計七人である。

進藤氏はジャーナリズムの上では文芸評論家としての名前の方が知られているが、別に日本大学芸術学部の文学部主任教授という肩書きも持っている。一昨年（一九八一年）の秋、氏は大学から短期留学という名目で中国へ派遣され、北京、天津、瀋陽、長春、哈爾濱、桂林、上海など各地を歴訪し、それぞれの都市での主要な大学や師範学校や外語学校で、「現代日本文学の状況」についての講演や座談会など約三ヵ月にわたる旅をして帰朝した。氏はこの旅の記録をI氏の編集長をしている雑誌に昨年の一月号から連載をはじめて、すでに十回目になる。氏の訪中記は、とくに日本文学に興味と関心を持つ研究者や学生たちとの交流が主であっただけに、堅苦しくて煩瑣《はんさ》な国際儀礼の裃をぬいだ、率直で親密でかつ濶達なものだったらしく、それを記述する氏の筆にも精気と弾力が感じられて、気持のいい文章になっていた。

ところで、進藤純孝氏の訪中に当って、その受け入れや、各地の大学・専門学校への連絡事務などに献身的な尽力をしてくれたのが李徳純氏だった。李氏は社会科学院外国文学研究所の一員として、日本文学に関する著書や翻訳書などをすでに数冊公刊している人だが、進藤氏に対する並々ならぬ厚意は、そういう公的な役柄以上に、かつて旧制一高時代、二年先輩の進藤氏と寮生活をともにしたという若き日の友情の思い出の方がより大きな動機であったらしい。げんに進藤氏の訪中記のなかでも、ほぼ一ヵ月にわたる北京滞在中、李徳純氏はほとんど毎夜のように宿舎を訪ねてきては、一高時代の思い出を語りつづけて倦まなかった、と書かれている。

「まるで李君にとっては、日本文学の話よりも一高時代の話の方が大事みたいでしたよ」

と帰国後の進藤氏は笑いながら私に語ったことがある。

その李徳純氏が、こんどは進藤純孝氏の勤める大学の招きで来日することになった。むろん進藤氏の尽力によるところが大きかったろうが、その報を知らされたとき、「それじゃ、うちの雑誌の者たちといっしょに歓迎会をやりましょうよ」と編集長のI氏が旧知の私を仲間に加えてくれたのだった。

歓迎会の会場は、I氏の配慮で和風の料亭の畳座敷のある部屋がえらばれた。ひと足先に会場へ行って待機していた私は、やがて進藤氏やI氏たちといっしょに姿をみせた李徳純氏に、「やぁ、いらっしゃい」と日本語でいって手をさし出した。「はじめまして」と李さんも流暢な日本語で答えて、私の手を握り返した。大きな、肉の厚い柔らかな手だったが、握力は驚くほど強かった。

座が定まり、酒肴が整ったところで、最年長の私が乾盃の音頭をとることになった。

「李徳純氏と進藤純孝氏との美しい友情のために！」

咄嗟にこんな言葉が出て、私は盃をあげた。

「おめでとう！」と一座が和して、拍手になった。

床の間を背にして、進藤氏と私との間にあぐらをかいたねずみ色の中山服姿の李徳純氏は、浅黒い顔に太いロイドぶちの眼鏡をかけた、胸幅のひろい、がっしりした体軀の人だった。前頭部がかなり禿げ上っているが、一九二六年の生れときいているから、当年五十六歳ということになる。だが、その風貌からは精悍の気がまだ失せていない。

さいわいに座の空気ははじめから打ちとけたものになっていた。進藤氏の連載の訪中記によって、われわれにはそこにたびたび登場する李徳純氏の敦厚な人柄は既知のものであったし、また逆にその手記の載った雑誌は毎号北京在住の李徳純氏のもとへ送られているということだったから、李氏にとっても、その雑誌と編集のスタッフの人たちは親しい存在のはずだった。そして日本の一作家としての私についても、進藤氏の口からあらかじめ紹介済みになっていた。

何よりも主賓の李徳純氏を囲んで、日本語で自由に話ができるということが、一座の会話に弾みをあたえた。もっとも当夜の席は歓迎会であって文学討論の場ではなかったから、話題は罪のない酒や食い物のことからはじまった。李氏は刺身やてんぷらはともかく、すこし趣向の変った料理が運ばれてくると、「これ、何ですか？」と一応女中さんに質ね、説明をおとなしくきいてから、箸をつけ舌にのせ、それからゆっくり「おいしい」といって、ニコリと笑顔をみせた。中国人は客を招いた宴席では、出された料理をまず客の皿に取ってすすめるのが礼となっているようだが、李氏のこのやり方も、自分を招いてくれた相手と、料理をつくってくれた人間への中国式礼の一つなのだろう。

李徳純氏は酒が強いらしく、つぎつぎに差される盃を拒まなかった。顔色もすこしも変らない。そして幾つかの料理を食べたところで、ふいに右隣りの進藤氏の方に顔をむけて、

「シンドさん、駒場の寮では、ハラへったね」といった。

「お前、また昔話か」

すこし酔ったらしい進藤氏は〝お前〟という呼び方をして、苦笑してみせた。が、李氏は委細かまわず、「こんなうまい物が食べられるなんて、あの頃のことを思えば、まるで夢のようだよ」とつづけていった。李氏にとっては、一高時代の先輩である進藤氏がすぐ身近にいると、目や耳や舌に触れるほとんどすべてのものが、一足飛びに駒場の寮生活の思い出につながってしまうらしい。

この李徳純氏が中国東北部の瀋陽（旧満州の奉天）からはるばる海を渡って、東京の第一高等学校に入学したのは、昭和十九年の春だったという。昭和十九年といえば、太平洋戦争における日本の敗色はすでに歴然たるものになっている。そんな時期にどうしてわざわざ日本の高等学校などを志したのか、と若い編集者が素朴な疑問を呈した。

「私は中学生の頃から、研究社の『受験と学生』や旺文社の『螢雪時代』を読んで、日本の高

等学校の生徒のヘイイハボウ、わかりますか？　あの弊衣破帽に憧れたんです」

「ほう…」だれかが嘆声をもらした。

「あれは一種ロマンティックな風俗だったからね」と私は口をはさんだ。

「そうです。たしかにロマンティックでした。あれは世のすべての権威や権力に対して、そも何するものぞ、という昂然たる独立自尊の旗印であったんです。青春の夢です」

「ところで、李さんは中学時代にはもう日本語は自由にお出来になったわけですね」ともう一人の若い編集者がいった。

「私たち一家の住んでいた瀋陽、いや当時は奉天という名前でしたが、小学校でも中学校でもその上の専門学校でも、日本語は必須課目でしたから。もっとも私なんかの学力では、天下の秀才の集る一高にはとても入学は不可能だったでしょうが、さいわい特設高等科というのがあって、中国人の留学生を受け入れてくれるクラスがあったんです。さすがに一高には、まだ自由が辛うじて生き残っていたわけです」

「しかし、李君が入ってきた年の前年には、学生の徴兵猶予の廃止だとか、修学年限の短縮だとか、学徒出陣だとか、締めつけがにわかにきびしくなってきて、状況としては暗かった」

「たしかに状況としては暗かったでしょうが、しかしその暗さに抵抗しようという精神の緊張もありましたよ。私は一高に入るとすぐ弁論部に入りました。当時の一高は全寮制でしたから、ぼくは北寮の十五番室に入れられたんですが、その室長が進藤さんだったんです。そして進藤さんも弁論部員でした。しかし弁論部といっても、とくべつ演説の稽古をするというのではなくて、カントやニーチェやヘーゲルなんかを熱心に読んで、それを夜を徹して語り合うという、いわば哲学青年の集りみたいなところだったんですよ」

「ドストエフスキーやトルストイなんかも読んだけど、文学作品として読むというよりは、そこから何か哲学的な命題を抽き出して論じ合うという傾向の方が強かったね」

「なにしろ、みんな頭がよくて、しかも個性の強い人間ばかりだから、論戦も凄い熱気でね。あの熱気のなかにいるときだけは、外部の暗い状況なんか完全に忘れていましたよ」

「ただきみのような留学生たちに気の毒だったのは、特高警察や憲兵の監視がだんだんきびしくなってきてね」

「そう、街頭では私服の特高刑事につかまって、何度か意地のわるい訊問をうけたけど、検挙されるというところまでは行かなかった。しかしその後、私物検査とかいう名目で、特高や憲兵が駒場の寮にまで押しかけてくるようになったんだけど、そのころ室長から北寮の委員になっていた進藤さんはじめ、他の三寮の委員全員が結束して、彼らを一足も寮内へは踏み込ませなかった。私はあの時の進藤さんたちの勇気と友情にはいまでも感謝してるんですよ」

「いや、あれはぼくら寮委員だけではなく、向陵以来の輝やかしい伝統である自治を死守しろということで、全寮生が一致してぼくらをバックアップしてくれたんだ」

「しかし、室長としておなじ部屋で暮していたころの進藤さんは、私の眼からはタシュウゼンカンの人、という印象だったのに…」

「タシュウゼンカン？　どういう字を書くんです？」と私は質ねた。

「多く愁え、善く感ず、です」

「なるほど、多愁善感か。いい言葉だね」

Ｉ氏が詩人らしくニコニコとうなずいてみせた。

「多愁善感の人だったからこそ、進藤さんは文学の世界へ進まれることになったのでしょう」

「いや、多愁善感ということなら、まさしくきみの方こそそれだよ。きみは革命後の中国では、外交部だったか、とにかく一見華やかな外交関係の職務につきながら、そのポストを辞任して、結局は文学の世界へ舞いもどったじゃないか」

「そのおかげで、一九八〇年には中国社会科学院から、日本文学考察組代表三人のひとりとして日本へ派遣され、三十六年ぶりにあなたにお会いできたわけです。しかし、そのときは滞在日数が短かった上、スケジュールもたいへん混んでいたため、あなたとはホテルでわずか三十分ほどしかお話ができず、私たちはそのまますぐ成田の飛行場へ向うという残念な別れ方でした」

「その時きみはぼくを必らず中国へ呼ぶといってくれたが、その言葉を実現してくれたわけだ。きみのおかげで、ぼくは中国へ三ヵ月も留学して、多くのすぐれた日本文学の研究者たちや熱心な学生諸君と膝を交え、率直で親密な交流をすることができたんだよ。ぼくにとっては生涯記念の旅として、きみにはほんとうに感謝しています」

「それでは、この多愁善感のお二人の友情のために、もう一度、乾盃！」

そういって、I氏が盃を高くあげた。

乾盃が終ったところで、進藤氏がトイレへ立った。と、李徳純氏がふいに私の方へ顔をむけて、「あなたの『劉廣福《リユウカンフウ》』という小説、読みましたよ」といった。すぐつづけて、「あなたは中国人をよく見ています」といった。

ふいのことで、咄嗟に私は挨拶ができず、「ありがとうございます」とひと言だけ礼をいって、頭をさげた。すると李氏は、こんどは笑顔をみせながら、「しかし、あの小説のなかで中国人の工員たちの使う言葉、すこしまちがっています」といった。

李氏の指摘したのは、中国語をよく知らぬわれわれ日本人のために、工員たちが使うきわめて疎略な実用簡便語で、いってみれば、敗戦後あのパンパン嬢たちが使っていた怪しげな英語パングリッシュに類する言葉だった。

例えば、小説の主人公である劉廣福という工員が盗みの疑いをかけられ、「おれは悪いことはしていない」「おれは悪人じゃない」と言うところを、私は「我《ウオ》的《デ》心《シン》壊《ホワイ》了《ラ》没有《メイユウ》！」（オレノ心、コワレタ、ナイ）と書いている。が、これは私の勝手な造語ではなかった。巨漢の劉廣福が私の前に仁王立ちに立ちはだかって、厚い胸板をうちわのような大きな手でバンバンと打ち叩きながら、幾度も声高く叫んだ言葉なのだ。これに似たような言葉を、ほかにも幾つか私は使っている。むろん、これらの言葉は「中国語」ではない。もし仮りに、この小説が中国語に翻訳されるということがあるにしても、私の書いたこれらの言葉は、中国人にとっては全く意味不明に終るにちがいない。

しかし、かつてのパングリッシュが生きた言葉であったように、私の書いた中国人工員たちの言葉も、かつては生きた言葉として、それなりの役目を果したことは事実なのだ。

私は弁解ということではなく、一応の話はしてみたかったが、李徳純氏にはつぎつぎと声がかかって話題が転々としているうちに、その機を失してしまった。もっとも、考えてみれば、こういうことは宴席の場ですべきことではなさそうだった。

料亭「今半」の看板の時刻がとうに過ぎていた。

われわれは一斉に立ち上り、進藤純孝氏のアイン・ツヴァイ・ドライという掛声を合図に「ああ玉杯に花うけて」を合唱して、李徳純氏歓迎の宴を終った。

○

それからひと月半ほどした十二月四日の昼、浅草の雷門に近い小料理屋で、恒例の戦友会がひらかれた。私たちの所属する中隊の最後の駐屯地が中国湖南省の衡陽というところだったから、この会を名付けて「衡陽会」と称している。衡陽会の総会は、関東・中部・北陸の三地区に置かれた各支部が主催し、会場を移動して、毎年六月の初旬に行われるが、関東支部ではそのほかに十二月の第一土曜日をえらんで忘年会を催すのが恒例となって、すでに十二回を算える。

当日は、東京を中心として神奈川・千葉・埼玉などの各県から総勢十五名の戦友が集った。われわれが応召して石川県金沢市の東部第四九部隊に入隊したのは、昭和十九年三月のことだから、すでに三十八年という年月が経っている。いちばん若い者でも六十歳、大半が六十代の半ばだが、中には七十歳を越えた者も何人かはいる。明らかに老人の集りだ。

話題はむろん軍隊時代の思い出話が圧倒的に多いが、そういう話をくりかえし蒸しかえし十年以上もつづけてきていながら、飽きるということがない。飽きるどころか、回を重ねるにしたがって、戦友たちの思い出話には一段と熱が加わるようだ。

とくに当日は新しい話題が披露されて、座は活気づいた。二人の戦友が二週間の中国の旅をして、ついひと月前に帰ったばかりだといって、旅の記念のカラー写真を七十枚ほど一同に回覧させたからである。

旅のコースは上海―蘇州―杭州―南京―漢口―岳州―長沙―衡陽―桂林であった。これは三十八年前、わが中隊の所属する独立歩兵第四八九大隊の辿ったコースとほとんど全くおなじものだった。(もっとも大隊がはじめて上陸したのは山東省の青島《チンタオ》で、そこから膠済線で済南へ、済南から津浦線を南下して南京へ出たのだった。南京から汽車で蕪湖へ、その蕪湖から湖南省の衡陽まで、途中幾つかの土地に駐留しながらも、約千二百粁の道をすべて完全武装の行軍を

したのである。しかし衡陽で停戦の命が下ったため、湘西作戦は成らず、奇勝をもって知られた桂林へは行くことができなかった）

二人の戦友がとくにこのコースを選んだのは、彼らにとっては「戦跡再訪」という思いがあったからだろう。げんに彼らは日本を発つときから酒と井戸の水を水筒に詰め、それに蠟燭と線香を用意して、長沙から桂林への夜行列車の途中、衡陽の駅からすこし走った石塘舗に近いと思われる辺りで、それらの物を寝台車の窓べりに供え、黙禱ののち、烈しい雨の降る窓外へ、水と酒と一束の線香を振り撒いてきたという。第二十軍司令部の置かれた衡陽から前線視察の作戦参謀を護衛するため、わが第二中隊から軍曹以下十六名の下士官兵が選抜され、二台の軍用トラックで護送中、山間の隘路で敵襲をうけ、参謀以下十四名の戦死者を出したのが、この石塘舗だった。中隊としては最大の損害をうけた戦闘である。

「黙禱のときは涙が出て止まらなかったよ」と材木会社の社長をしている安藤がいった。

「しかし、見るもの、聞くもの、みんななつかしかった」と農業組合の理事をしている北原がいった。

「そうだ、ほんとになつかしかったなァ」と安藤が応じた。

だが「なつかしい」という言葉は、この二人だけのものではなかった。つぎつぎに手渡される旅の写真を眺めながら、「なつかしい」という言葉があちこちからあがりはじめたからである。いや、それは言葉というより、ほとんど嘆声に近いものだった。

日本軍の一兵士として侵略し、焼き、殺し、奪い、犯したそれらの土地に対して〝なつかしい〟とは何事か、という声がどこからか聞こえてきそうな気がする。が、そんな声は、「なつかしい」という声の前では、一本の細い蠟燭の灯のように簡単に吹き消されてしまうだろう。

—ふいに私は、進藤純孝氏の「中国の旅から」と題する連載の訪中記のことを思い出した。氏はその中の瀋陽、長春、哈爾濱とつづく約二週間にわたる東北の旅で、かつての関東軍や満州国政府機関の建物の跡や、解放戦争の記念碑などに案内され、案内者の口から「満州時代には…」という言葉を聞かされると、ほとんど反射的にある〝痛み〟を感じたという。それが何度かくりかえし記されている。氏の朴直ともいうべき人柄からいって、私はその〝痛み〟をいささかも疑う者ではない。

だが、これも氏の手記にあることだが、九・一八事変（満州事変）のとき、氏は小学校の四年生、七・七事変（日支事変）のときは中学の四年生、そして日本敗戦のときは二十三歳。が、さいわいに氏は一度も銃を執ることなく済んだ。したがって氏自身は、中国および中国人に対して加害者であったことは全くない。氏が中国東北部の旅で感じた〝痛み〟は、だから倫理的な痛みといっていいだろう。

しかし、この私がもし進藤氏の旅に同行したとしたら（実をいえば、私は氏から同行の誘いをうけたのだが、「留学」であって単なる旅行者ではない氏の足手まといになることを懼れて辞退したのだった）私は氏とおなじような〝痛み〟を感じただろうか。

おそらく私は〝痛み〟よりも、いま眼の前にいる老いたる戦友たちとおなじように、〝なつかしさ〟の方をより強く感じただろう。だが、この〝なつかしさ〟のなかには、ある悲しみと、ある悔恨の情が、かなり色濃く混じっている。

○

昭和十三年八月十五日、私と頼子は満州国奉天の駅におりた。駅頭には、これから新しくつくるM理化学工業の専務となる安川氏と、安川氏の弟が社長をしているK商事の若い社員二人が出迎えてくれた。安川専務とは満州へ発つ前、すでに東京のM化学工業の社長室で会っている。小柄な、ゴマ塩の五分刈りの頭をした五十三、四といった年配で、ある大手の証券会社の総務部長を永く勤めたという経歴を持った人だった。話をしているうちに、早稲田の商学部出身ということが分って、私ははじめからこの人に親しみを感じた。それに、短軀ながらいかにも磊落という感じが、私に安心感をあたえてくれた。

駅に近い奉ビル・ホテルにひとまず旅装を解き、ひと休みしたところで、安川専務が「さっそくですまないが、これからちょっと工場の敷地を見に行ってくれないか」といって立ち上った。残された頼子には、K商事の小森という若い社員がついて、こまかい買物のための町案内をしてくれることになった。

安川専務と私の二人を乗せた馬車《マーチヨ》が、満鉄線の踏切りをわたって、市の西部一帯に無人の野のごとくにひろがった広大な造成地の一端にたどり着いたとき、安川専務は満人（ここでは当時の日本人たちの慣習に従って、満人と呼ぶことにする）の馭者にいったん停車を命じ、片手をあげて、はるか彼方をゆび指しながら言った。

「これが鉄西工業地区だ。面積はいま造成が完成した分だけでも二百万坪はあるはずだ。ずっと右手の方に大きな工場が三つ並んで建っているだろう。あれは右端からいって、満蒙毛織、満州住友金属、満州日立製作所、それからすこし左へ寄って、満州機器、満州電線、奉天製作所、満州麦酒、満州電気通信、あとはまァポチポチでガラ空き同然だが、これから日本の工場が大中小とりまぜて約百社ほど進出してくることになっている。それが全部出来上れば、ここは満州国最大の工業地帯になる。壮観だろうな」

「満州はやはりちがいますね。日本ではこんなデカイ風景はとても見られない」

私は視線のとどくかぎり平坦にのびひろがった大地に遠く眼をやりながら、別な感慨をもらした。

「おい、きみ、デカイ風景だなんて妙なところに感心してちゃいかんよ。われわれは、これからここへ工場をつくるんだからな」

「あ、失礼しました」

私はあわてて頭をさげた。

馬車はふたたび走り出した。その二百万坪の造成地には、一直線に伸びたアスファルトの舗装路が縦横に交錯していた。すでに建築中の工場が赤い煉瓦の色をみせながら、あちこちに散在している。膝の上にひろげた大きな地図に眼を当てた安川専務に指示されながら、馬車が幾つかの道路を折れ曲って或る地点に達したとき、専務は「止まれ!」と大きな声でいって馬車から飛びおりた。

「ここだよ、うちの工場の建つところは…」

専務の示したその細長い横板の看板には「奉天市鉄西区興工街二段十号、M理化学工業(株)建設用地」と書かれていた。その長方形に仕切られた敷地の面積は、私の目算では五千坪あるかなしかのひどくちっぽけなものだった。私はすこし落胆した。

「あんまり小さいんで驚いたろ。わしはせめてこの倍くらいの敷地がほしいといったんだが、金が足りなかった。しかし、うちの工場はまァこれくらいあれば何とかいけるんだよ」

「なんにもないところに、何か新しいものをつくるというのは、気持がいいです」

と私はいった。それは私の率直な実感だった。もし既成の工場へ単なる出向社員として赴任するのならば、私はこの満州行きを簡単には承諾しなかっただろう。かつて七年前の私は、一介の〝逃亡者〟としてこの大陸へ渡り、無目的な放浪の末、意気地なくも自殺を計って失敗したという屈辱的な思い出をもっている。だが、こんどはそのおなじ大陸へ新しい工場をつくる先発社員としての役をあたえられたのだ。それが私にある新鮮な〝夢〟を描かせてくれたのだった。学校を出て五ヵ月にしかならぬ私は、尻の先にまだ文学青年的な青い尻尾をつけたままでいた。

私の言葉に安川専務は笑顔をみせながら、

「きみもそう思うか。実はこのわしも大学を出てから三十年以上も証券会社に勤めてきた人間だが、株の売った買ったで眼の色変えて生きるのがほとほと厭になった。男として生れてきたからには、何かこの世に確かなかたちのあるものを残したいと思ってな。こんどつくる会社は東京のM化学と大阪のN合成の共同出資でやるんだが、たまたまわしは双方の会社の社長と古いつき合いがあったもんだから、ひとつ専務の役を引きうけてくれんかと頼まれたのだ。しかし、わし自身の気持としては、頼まれたというより、むしろわしの方から買って出たといっていいくらいのものだ。むろん、これは事業としては小さなものかも知れん。しかし、小さくともかまわんじゃないか」

「ええ、かまいません」

「ところで、工場と事務所の建物が一応恰好がつくまでは、わしときみの二人きりだ。ともかく頑張ってくれたまえ」

「承知しました」

と私は答えた。それから、ふいに或ることを思い出して、専務にたずねた。

「しかし新しい工場をつくるというだいじな仕事に、どうして私のような新米社員が選ばれたんですか？」

「ああ、それはね、一つにはきみは結婚して細君がいるけれど、まだ子供がないということと、もう一つは、きみは文科出の男だから算盤もできないだろうし、金勘定もあまりうまくないだろうということで、きみを選んだのだ」

「独身者や子持ちの人間では困るという理由はわかります。しかし算盤や金勘定があまりうまくないからというのは？」

「金勘定の達者な男は、こういう草創期の場合、かえっていかんのだ」

「なぜです？」

「わるいことをしようと思えば、いくらでも出来るからだよ」

「わかりません」

「わからなくてもいい。さ、帰ろう」

工場敷地の見学を終えて、ホテルへもどってから、安川専務は自分の部屋へ私を呼んで、明日から私のなすべき仕事について幾つかの指示をあたえたのち、

「わしは明日新京へ行って関東軍のお偉方《えらがた》と会う用事があるから、四、五日は留守になる。あとはよろしく頼む」

そういって、翌日の朝早く新京へ発って行った。

私の多忙な日々がはじまることになった。

新会社の事務所はとりあえず安川専務の弟の経営する千代田通りのK商事の一隅を借りるこ

とになっていた。このK商事は製菓材料の卸問屋で、社長以下、日本人社員八名、満人のボーイ一人という小ぢんまりとした会社だが、店の裏手にかなり大きな倉庫を持っていた。

私は安川専務から渡された仕様書やカタログ類を手にしながら、日本人商店街の管材店や工具店を片端から訪ねまわった。主要な機械類は工場の建物がひと通り出来上ったところで日本内地から送られてくることになっていたが、その他の小さな設備に要する資材類はすべて現地調達ということになっていた。しかし広大な工場地帯の建設ブームに湧き立った奉天市内では、到るところ資材が払底していて、私の調達することのできた幾種類もの管材や線材や工具類は、指示された量のほとんど三分の一にも充たなかった。

「それじゃ、城内へ行ってみたらどうですか。あすこならたいていの物はそろうはずです。しかし日本人が一人で行って妙な所へ迷いこむとまだ危ないですから、うちの李広鎮をつけてやりましょう」

K商事の田中という中年の社員が親切にいってくれた。ボーイの李広鎮はまだ十四、五歳の可愛らしい少年だったが、このK商事に四年も勤めて日本語はかなり自由に話せた。私はさっそくこの李広鎮をつれて城内に入りこんだ。

在留邦人のめったに足を踏み入れぬという城内は、さすがに清朝の古都として古い歴史を持つだけに、満鉄沿線の日本人居留地区とは比較にならぬ繁華な街並みをみせていた。

私は李広鎮に案内されながら、その繁華な商店街を軒並み漁り歩いた。しかしここでも必要な資材は払底していた。ほとんど半日がかりでやっと調達できた量はまだかなりの不足が残った。

「よわったな」

さすがに私の口から嘆息がもれた。すると李広鎮がニコニコ顔でいった。

「小盗児《ショートル》市場へ行けば、きっとあるよ」

「ショートル市場？」

「小盗児はドロボウのことだよ」

「あ、泥棒市場か。何かの本で読んだことがある。それじゃ、その小盗児市場へつれて行ってもらおうか」

賑やかな商店街を出はずれて、かなり歩いた裏町に思いもかけぬ広大な野天市場がひらけていた。ありとあらゆる種類の品物が、新品、中古、ガラクタと雑多に山積みにされて、迷路のように入り組んだ細い通路を身動きもできぬほどの群集が素見かし歩いている。

「なるほど、これが音にきく小盗児市場か。ここならたしかに何でもありそうだな。しかしきょうは疲れた。腹がへったな。何か食べて行こう」

「何食べる、ソバかマントウか？」

「マントウがいいな」

李広鎮の案内してくれたのは、その小盗児市場のなかの屋台店だった。大きなせいろの中で蒸《ふか》したての饅頭がほかほかとうまそうな湯気を立てている。私と李広鎮は四、五人の客にまじりながら、それぞれ餡《あん》まんを二つと肉まんを二つ平らげた。

翌日から、私たち二人は一週間つづけてこの城内の小盗児市場に通い、資材の不足分を何とか買い集めることができた。それにしてもここはあらゆる物資の驚くべき宝庫だった。

しかしその最初の日、私はここで滑稽な誤ちをおかした。

何本かのガス管を買ってから、私は領収書を相手のおやじから取ってくれ、と李広鎮にいったのだ。

「領収書？　そんなもの、くれないよ」

「なぜだ？」

「ここ、小盗児市場」

「あ、そうか、失敬、失敬」

私はあわてて頭を掻いてみせた。李広鎮はおかしそうに声をあげて笑った。私もいっしょに笑いながら、ふいに安川専務のいった言葉を思い出した。

「きみは文科出の男で、算盤も金勘定もうまくないだろうから、たぶんわるいことはしたくても出来ないだろう」

なるほど、この小盗児市場で買った品物に領収書が出ないとすれば、それに支払った代金はいくらでもゴマ化せるはずだった。やはりあの安川専務は、生き馬の眼をぬく証券会社で三十年も叩き上げた老獪な人物だったのだ。私の笑いは苦笑に変った。

しかし私が李広鎮といっしょに城内の小盗児市場へ一週間もつづけて通ったことは、私の異民族に対するある種の違和感を払い去るのにきわめていい効果をもたらすことになった。言語も慣習も服装も体臭も異なる人間を相手にして、買った品物の代金を値切るため、笑ったり脅《おど》したりスカしたり、さまざまに手を尽くして交渉しているうちに、私は自然なかたちで相手に親しみを感ずるようになったからである。これは私にとっては思いがけぬ収穫だった。

だが、彼らにいくら皮膚感覚的な親しみを感ずるにしても、やはり障害となるのは言葉だった。私は市内の書店からかなり部厚い「日満会話書」を一冊買ってきて、李広鎮を先生として熱心に彼らの言葉を学びはじめた。

——指定された資材や工具類の買い付けをひとまず完了した私に、次にあたえられた仕事は、建築工事の現場の見張り役だった。

「なに、きみはその方の専門家だというような顔をして、現場をただぶらぶら歩きまわっているだけでいいんだ。ただし、甘い顔をみせちゃいかんぞ。奴らはすぐつけ上って、手を抜くからな」

安川専務はそういったが、しかし事実は、そんな心配はすこしも必要でなかった。工事の建築を請負った滝田組のまだ三十代と思われる若い責任者は、いかにも大陸育ちらしい豪放な風貌と篤実な性格をもった男だったからである。

「わしのおッかないのは、あんたのとこの専務さんより、ほんとは関東軍なんだ。あんたの会社、関東軍の指定工場なんだってね。もしヘタなことをして関東軍に睨まれたら、この満州じゃもうデカイ仕事は一切もらえなくなるからね」

滝田は笑いながら、こんなことを私に話してくれたことがある。

これもずいぶんあとで知ったことだが、もともと東京のM化学では、この奉天へ一般家庭用の化粧石鹼をつくる工場を建てるのが最初の計画であったという。それが関東軍によって「不要不急ノ事業ハ必要ナシ」と一言の下に撥ねつけられたことから、急遽計画を変更して、大阪のN合成の開発した「溶解アセチレンガス」の製造工場を建てることになったのだ。この「溶解アセチレンガス」というのは、カーバイト・タンクから発生させたアセチレンガスを、鉄のボンベに濾過剤といっしょに充塡したアセトン液のなかに溶解させ、それを酸素ボンベと併用することによって金属の熔接・熔断に使うものだが、その性能と効率は従来の方法に比べて格段にすぐれたものであるというのが、この新しい技術の謳い文句になっていた。関東軍はこれを主として航空機や兵器類の製造修理工場で使わせてみようということで、即座に建設許可がおりたのだという。満州国の最大の実権者は、満州国政府ではなくて、その背後にいる関東軍であった。

若い滝田の熱心な督励によって、約四ヵ月後、工場、事務所、独身者用の職員宿舎、工員宿舎等の建物がほぼ九分通り完成した。同時に日本内地から主要な機械類が送りこまれ、それと前後して、新会社の常務、工場長ほか技術職員四名、事務職員五名が内地採用で新しく赴任してきた。

難関と思われた約三十名の満人工員の雇傭も思いのほか簡単にできた。鉄西工業地区の建設ブームを当てこんで、貧しい農民や労働者たちが大量の群れをなしてこの地域に流入し、新しい工場の門前に「工人招募」という貼紙を見たとたん、どっとそこへなだれ込むという状況であったからである。

十二月中旬の某日、新工場完成の祝賀会が、東京からきたM化学の社長(新会社の社長も兼ねたが、結局は不在社長に終った)をはじめ十名近い来賓を迎えて盛大に行われた。会場は隅田町の日本料亭で、何人かの芸者が座に華やかな色彩を加えた。

このめでたいはずの宴席にいながら、私は何となく心の浮き立たぬ自分を感じていた。

(夢は終った!)

そういう思いが、私を単純にはよろこばせてくれないのだ。

「なんにもないところに、何か新しいものをつくるというのは、気持がいいです」

あの視野のかぎりひろがった広大な造成地の一角に立ったとき、安川専務の前でわれながらキザな台詞を吐いたものだが、あれは私の夢だった。が、工場は五ヵ月足らずで出来てしまった。私の夢は終ったのだ。

「なんだい、せっかくめでたい宴会だというのに、そんな不景気な顔をして…」

大きな声をかけながら、両手に銚子と盃をぶら下げた滝田が私の前にでんとあぐらをかいた。彼も工事関係の代表者としてこの席に招かれていたのだ。もうかなり酔いがまわったらしく、髭の剃りあとの濃い顔がいい色に染まっている。

「いや、工場が出来上ってしまったら、なんだか気が抜けたみたいになっちゃってね」

「あんたの気持、わしにもよくわかる。わしも工事が竣工するとよくこういう席に招ばれるが、いつもめでたいような、さびしいような、妙な気持になるんだよ。しかし今夜はともかくお祝いの日なんだ。ま、一杯いこう」

私は滝田の盃をうけた。

「駆けつけ三杯！」

滝田はまた盃を突きつけた。

「ぼくは酒はあまり飲めないんだ」

「飲めない？　そんなことじゃ、この満州では仕事にならんぞ。ここは植民地だから、どこの馬の骨か素性のわからん者同士の寄り合い所帯なんだ。それにわしたちのつき合うのは日本人ばかりじゃない。満人もいれば鮮人もいれば漢人もいれば蒙古人もいる。協和会（満州国における政治的翼賛団体）のお偉方連中は〝五族協和〟なんていうスローガンを掲げて、しかつめらしい演説をあちこちでブチまわっているが、あんな口先だけのことで協和もクソもあるもんか。やはりおたがい裸になって酒を飲みあって、何度もゲロを嘔いているうちに、ほんものの協和ができて行くんだ」

滝田は一席演説をブッたあとで、

「明白《ミンバイ》か？（わかったか）」と満語でいった。

「明白だ」と私は答えた。

「それでは、あらためて駈けつけ三杯！」

滝田の三杯目の盃をやっと乾したところで芸者の手踊りがはじまり、滝田は自分の席へもどって行った。

その夜、私は泥酔して家に帰った。アパートの二階の部屋のドアをあけると、そこに頼子が何かひどく怯えた顔つきをして立っていた。

「どうした？」

「いま、アパートの裏のゴミ箱のそばで、満人が一人凍死してたのよ。あたし、こわい…」

頼子はいきなり私に抱きついてきた。

大陸はすでにきびしい冬の季節に入っていたのだ。

○

—この物語りは一気に三年を飛ぶ。

私は勤勉で実直なサラリーマンになっていた。生活は平凡で単調なものだったから、記すべきことは何もない。だが、昭和十六年に入ると、会社に〝事件〟が三つ起きた。

三月十日、工場の若い技手の一人が満鮮国境の安東北郊・鎮江山で情死を遂げた。相手は奉天市内のカフェー「プランタン」の女給だった。

つづいて五月二十五日、工場長のM氏が鉄道で轢死した。地点はM氏の自宅から二百メートルとは離れていない満鉄線の線路上である。検屍の結果、飲酒による事故死ということになったが、しかしそれは事故死ではなく自殺だという噂がすぐ工場内に流れた。これも市内の盛り場にあるダンスホールのダンサーと関係ができ、妊娠した相手が氏の自宅に乗りこんで結婚を迫るという騒ぎが持ち上り、夫人が強度のヒステリー症に罹ったため、その始末に窮して自殺を計った、というのだ。M氏は大阪のN合成から派遣されてきたまだ三十代という若さの工場長で、頭のよく切れる有能な技術者だったが、もし噂が事実だとすれば、彼もまた女のために死んだということになる。

さらに九月二十日、こんどは事務所の若い会計係と販売係とが共謀して不正をはたらき、多額の金を横領して遊興費にあてていたことが発覚して二人とも馘首された。

頼子の精神状態にある異常が見られるようになったのも、この年の冬に入った頃からである。

頼子にとって最大の敵は冬であった。この大陸へ渡ってきた最初の年の冬、一人の満人の凍死者をはじめて見た、という衝撃が頼子の繊弱な神経に抜きがたい傷をあたえたらしい。しかも厳冬期に入れば、アパートの裏のゴミ箱のそばには、癮者《いんじゃ》といわれる阿片中毒の貧しい苦力《クーリー》たちが二人三人と食い物を漁りに集ってきては、その夜のうちに凍死してしまうのだ。

頼子の症状はまず独語癖?からはじまった。

ある夜、私は机に向って本を読みながら、コーヒーを淹れてくれ、と頼子にいった。頼子は部屋の隅で編物をしている。四畳半ひと間の小さな部屋だから、声が聞こえぬはずはない。が、返事がなかった。私はもう一度いう。やはり応答がない。なにげなく振りむくと、頼子は忙しげに手を動かしながら、口の中で何かぶつぶつとひとり言をいっているのだ。私はすこし大きな声を出した。

「あら…」と驚いた顔をあげて、頼子は立ち上ると、台所でコーヒーの仕度をはじめた。

「何だか知らないけど、しきりにひとり言をいってたぞ」と私は頼子の背中へ声をかけた。

「ひとり言? そんなこといってないわよ」

「いや、いってた。たしかに聞いた」

「バカねぇ、あなたの空耳よ」

頼子は一笑に附した。私はそれ以上のことは言わなかった。

だが、気をつけてみると、頼子のひとり言はしだいに頻繁になって行くようだった。時には、そのひとり言のなかで、にやりとうす笑いを洩らしたり、ふふふと含み笑いを洩らしたりすることがある。さすがに気味わるくなって、「おい」と声をかけると、何か焦点の定まらぬ眼つきで、ぼんやりと私の顔を見返してよこす。まるで空想の世界から現実の世界へむりやり引きもどされた、という感じだ。が、はじめのうち私はそれを病的なものだとは考えなかった。ふた言三言会話を交わしているうちに、頼子はすぐ平常な状態にもどったからである。

この独語癖の次にあらわれたのは幻聴だった。

夜、頼子といっしょに音楽を聴こうとして、小型の電蓄のプレートにレコードを載せ、それに針をおろすとき、

「音を小さくしてね」

と必らずいう。むろん狭いアパート住まいのことだから、それなりに音は小さくしてあるはずなのに、頼子はいつもそれを念を押していうのだ。

ある夜、ベートーヴェンの弦楽四重奏曲を聴いている最中、頼子はふいに電蓄に手をのばして、ボリュームを思い切って絞った。

「何をする?」

「シーッ…」と頼子は口に指を当てて、「いま隣りの人がうるさいッていったのよ」

「そんな声は聞こえなかったよ」

「隣りばかりじゃないわ。下の人もうるさいッていったのよ」

「それはお前の神経のせいだよ」

「ああ、厭、厭、こんなところで暮すのはもう厭!」

いきなり言って頼子は畳に突っ伏すと、声を忍んで泣き出した。

その頼子の姿を呆然と見やりながら、ふいに私には思い当ることがあった。あのうす気味わるいひとり言は、常人の耳には聞こえぬ何者かの声と会話を交わしているのではなかったか。そうして、次にやってきたのは〝鬱〟だった。この状態がはじまると、頼子は一切の感情が鈍麻して無感動になり、動作が投げやりになり、鉛のような沈黙に陥ちた。夜の床のなかで抱きよせても、頼子の軀はまるで一個の冷えた石の塊りにすぎなかった。

だが、私は頼子のこれらの症状に対して、永い冬の孤独な生活からくる一種の〝神経衰弱〟以上のものとは、迂濶にも考え及ばなかった。北海道生れの私は、大陸の冬に適応するのに、さほどの困難は感じなかった。しかもはじめて経験する零下二十度という寒気も、この三年間の惰性的なサラリーマン生活ですっかりタガの弛んでしまった私の精神を、鋭い鞭となって打ち擲《たた》いてくれるような爽快感さえあった。

太平洋戦争はすでに二ヵ月前に勃発し、鉄西工業地区の全工場は残業につぐ残業のフル操業をつづけていた。私の会社でも大連市の西南郊に新工場をつくる計画が整って、私は専務と二人で大連や新京へ頻繁に出張しなければならなかった。

この間、頼子はアパートの四畳半に、全く孤独のまま放置されていた。

(因みに、私たちの住むアパート「常盤荘」は奉天市内の花街の中にあり、周りはほとんど料亭や待合やカフェーや、朝鮮料理の看板を掲げた娼家などで囲まれていた。いや、この常盤荘とて元を洗えば「常盤楼」という古い女郎屋をアパート風に改装したものだったから、二階建て煉瓦造りの家の十幾つかの部屋はすべて四畳半一間で、炊事場も便所も各階共通になっていた。

アパートの住人たちも、ほとんどが周りの花街に寄生する女や男たちで占められていたから、ただ一人の〝素人女〟である頼子は、自然に疎外される形になったし、また頼子自身もそういう人たちに心をひらいて行くという性格の女ではなかった。

むろん私は何も好きこのんでこんな所へ入ったのではない。当時の奉天は深刻な住宅難で、私たち夫婦の渡満した最初の半月ほどは、安川専務といっしょにホテル暮しをしなければならぬほどだった。そういう状況のなかで、私の親しくなった滝田組の若い親方である滝田が、何とかこの常盤荘の一室を探し出してきてくれたのだ)

ある夜、私は出張先の大連からみやげに買ってきた本場物のリプトン紅茶の缶を出して、すぐ淹れてくれ、と頼子にいった。

やがて紅茶の入った茶碗と皿を食卓の上に置くと、頼子は何思ったか、茶碗の底に沈んだ黒褐色の小さな葉をスプーンでひと匙ずつていねいにすくい取っては、そばの茶殻入れに捨てはじめた。

「そんなこと、しなくてもいいよ」

「いいや、これは汚ないの、とても汚ないの」

頼子はしつこくその作業をやめようとしない。

（ああ、またあれがはじまったか）

私は黙ってそれを見ているよりほかはなかった。

また、ある夜、会社の独身社員数人と飲んでアパートに帰った私は、どてらに着換えるため、上衣やズボンを畳に脱ぎ捨てた。すると頼子はズボンを二本の指先でつまみ上げ、「臭い、臭い」といいながら、ストーヴの蓋をあけると、いきなりその中へ突っこもうとした。

「何をする…」

あわてて飛んで行って、私は頼子の手からズボンを奪い取った。

頼子はストーヴの前にぺたりと尻を落したまま、石のように動かなくなった。

○

それから一ヵ月が経って、ようやく春がきた。私は大連工場の工事着手を見とどけてから、会社に辞表を提出した。が、それは受理されず、その代り、満州ではしだいに入手困難になりつつある原料や各種資材の内地調達と輸送の督励に当るという名目で、三ヵ月間の東京出張を命ぜられた。

昭和十七年の四月中旬、私は頼子を伴って東京へ帰り、ひとまず本所の頼子の実家に落ちついてから、家探しをはじめた。前に住んでいた東中野の家の家主が親切な人だったのを思い出して、そこを訪ねてみたところ、偶然にもその家の住人が関西へ転勤になって、つい数日前引越して行ったばかりとかで、空家になっていた。

私たちはふたたび東中野の前の家で暮すことになった。馴染みの土地と馴染みの人たちの中での生活が、頼子の病んだ心にいい効果をあたえたらしく、久しぶりに生色がもどった。私は頼子をつれて、上野や向島や飛鳥山などへ連日桜見物に出かけた。戦争はまだ日本軍の優勢のうちに進んでいた。

東京滞在の三ヵ月間、私は新設の大連工場のために必要なカーバイトやアセトンやボンベやガス管や木炭などの買い付けに走りまわった。そうして、それらの物資が幾つかの貨物駅の倉庫に納まると、こんどは駅の責任者のところへ何度もしつこく押しかけては、優先的な輸送方を頼みこんだ。「そのためにわざわざ満州からやってきたのだ」というのが殺し文句になった。

七月のはじめ、私は頼子を東中野の家に残して、いったん奉天に帰った。東京での仕事の詳細な報告をした上で、あらためてまた辞職を申し出た。

すると安川専務は、

「この工場はわしときみと二人で建てたようなもんじゃないか。そのわしをきみは見捨てるのか」

そう言うなり、ふいに顔に手を押し当てると「うう、うう…」と声をあげて泣き出した。

思いもかけぬ専務の激情に、私は呆然と重役室に立ったままでいた。と、そばから常務が「ま、ひとまずここは…」と取りなしてくれた。私は一礼して引きさがった。

数日して、東京の頼子から手紙がきた。その中に「妊娠三ヵ月目に入りました」という言葉が書かれていた。

「ああ…」

私の口から太い嘆息がもれた。それはよろこびというより、むしろ深い安堵感だった。私はすぐに返事を書いた。書くべき言葉はいくらでも出てきた。そうして書いているうちに、はじめてよろこびの感情が熱い湯のように湧いてきた。

それから六ヵ月ののち、私の三度目に提出した辞表がようやく認められて、十八年の一月、私は日本へ帰ることができた。

翌月の二月、頼子は男の子を産んだ。私は八年ぶりに生れたこの子供に「史人《ふみと》」と名付けた。史人は順調に育った。はじめて経験する母親としての感情が、頼子の心の傷を癒やすのに大きい力があったらしく、あの暗い症状はほとんどあらわれなかった。

「平和な家庭」といわれるものが、ようやく自分の手にも握られた、と私は思った。

だが、戦争はしだいに敗色が濃くなりつつあった。私はある旅行関係の会社に再就職をした。学生時代の友人や知人たちがつぎつぎに召集されはじめた。この時になって、やっと私は机の前にすわった。赤紙は早晩自分にもくるにちがいない。せめてその前に一篇の小説を書き残してから出征したかった。

在満時代の五年間、私は全く文学とは無縁の世界で生きてきたのだ。私は会社から帰ると、毎晩おそくまで机に向った。久しぶりに充実した時間が私に訪れた。

しかし、この私とは反対に、年が明けて冬の季節に入ったころ、頼子にはまたあの症状があらわれはじめた。ちょうど家に訪ねてきていた本所の母が、〝鬱〟の状態に陥ちている頼子を、その眼でじかに見た。

私は義母と相談の上、頼子と史人を茨城県の取手の奥の農村に疎開させることにした。そこに義母の弟夫婦が住んでいた。頼子は幼いときこの叔父夫婦に愛されたという記憶があるのか、田舎へ行くことを不思議に厭がらなかった。

義母の案内で私たちがその家を訪れ、頼子の症状について一応の了解をもとめたところ、人の良さそうな顔をした叔父は、

「なァに、そんな神経衰弱なんか、ここで暮していればすぐよくなるさ」

とこともなげにいった。この叔父も〝神経衰弱〟という言葉を使ったのだ。

東中野の家に帰ると、すぐまた私は机に向い、ようやく五十数枚の短篇を書き上げることができた。私はそれを持って東京駅の八重洲口に近いあるビルの二階にある「日本文学者」の事務所にとどけた。そのころ日本全国の同人雑誌は統合されて、この「日本文学者」一誌になっていたのだ。

それからひと月と経たぬ三月九日、私にも召集令状がきた。私はさっそく上野駅へ駈けつけ、取手行きの列車に乗った。

取手の駅から叔父夫婦の住む村へは日に三本のバスしか出なかった。しかもあいにくその日、一台が故障していて、いつ出るかわからぬという。私は十二キロほどの田舎道を歩くことにした。

きれいに晴れた暖い日だった。空には陽気なひばりの声が聞かれた。私はただ歩いた。歩くこと以外に何も考えなかった。

小さな田舎家の縁側に、色の褪めたモンペを着た頼子は子供を膝に抱いてぼんやり横ずわりになっていた。突然、そこへ姿をあらわした私に、頼子の顔は一瞬、笑いかけた。が、それはすぐ元の暗い表情にもどった。私は召集令状を頼子にみせた。それを手に取って読む顔に、反応らしいものはほとんどあらわれなかった。

「召集令状がきたんだよ。わかるか」

と私はいった。頼子はふいに子供を抱きしめると、烈しく嗚咽しはじめた。それが頼子の了解のしるしだった。

その夜、私は頼子とのあいだに子供をはさんで川の字に寝た。夫婦の営みはなかった。黒い暗幕を垂らした豆電球の下で、子供は安らかな寝顔をみせていたが、頼子はときどき苦しげに顔をゆがめると、無意識に手を差しのばしてよこした。私はそれを握ったまま、黙って二人の寝顔を眺めつづけた。まるでそれだけが私の最後の役目であるかのように。

三月十二日の夜、日の丸の旗の波と軍歌の声で湧きかえっている上野駅頭に、思いがけなく史人を抱いた頼子が姿をあらわした。見送りの必要はないと、くどく念を押してきたはずだった。

「ああ、来てくれたのか、ありがとう」と私はいって、頼子の手から子供を抱き取った。一歳一ヵ月の子供は、周囲の喧騒など全く知らぬげに熟睡していた。

応召兵の乗車を促す声が何度もアナウンスされた。私は子供を頼子に返した。

「行ってくるぞ」という私の声に、頼子は唇のへりをぴくぴくとけいれんさせながら何かいった。が、それは周囲の軍歌の中で耳に入らぬうちに、どっと人波に押し出されてしまった。

私が妻と子供の顔を見たのは、これが最後となった。

昭和二十年三月十日、本所の実家で敵の大空襲に逢い、焼死したからである。

○

進藤純孝氏は、天津から瀋陽への九時間の列車の旅の途中、曠野の果てに沈む壮麗な落日をはじめて目撃したとき、ふいに私の言葉を思い出したという。

「ああ、あの満州の落日をもう一度見たい」

旅立つ前の進藤氏に向って、私はこの言葉を呻《うめ》くように言ったというのだ。

私は氏のいうように、果して呻いたのだろうか。

しかし、落日はあの満州の曠野にあるばかりではない。それは私自身の人生のすぐ眼前にある。

〔1983年「新潮」5月号　初出〕

劉廣福

<small>リユウカンフウ</small>

劉廣福を工人として雇い入れるについては、最初から難色があった。当時私の勤めていた工場では、第一期の増産計画に対応する増築工場が一棟新しく完成したばかりのところで、これにかなり多数の工人を必要とする時であった。

現在ではもちろんそんなことはないが、当時の満洲はまだ労働力の潤沢なころで、その募集の方法もきわめて呑気かつ簡単なものだった。事務所の玄関前か工場の煉瓦塀に「工人招募」という貼紙を二、三枚もペタペタと貼っておけば、結構応募者が門前に市をなすという時であった。で、その時も募集の方法はこれに従った。驚いたことには、その「工人招募」という三、四枚の貼紙を工場の煉瓦塀に貼り終るか終らぬうちに、すでに事務所の玄関には応募者の群れがひしめき合っていた。

その奉天の工場地帯には、満洲の奥地や華北の山東省辺りから職をもとめて大量に流れこんできた貧農や下級労働者や苦力《クーリー》たちの群れが、三人四人時には十人二十人と大きな隊を組んでたえず工場街を遊弋《ゆうよく》して歩き、「工人招募」という貼紙を見つけたとたんにどッとそこへ雪崩《なだ》れこむという寸法であった。応募者のなかには、つい筋向いの工場のマークのついた制帽を平気で頭に載っけたのも四五人混じっていた。これらは、すこしでも仕事の楽な、そしてすこしでも賃銀の高そうな工場をねらって、転々と節度もなく飛び移って行く最も悪質な手合いであった。

工場の作業が機密を要する性質のものなので、いつもは工人の雇い入れについては少なからずむずかしい条件を出す工場長も、なにぶん増産増産の懸声に追われている時だったから、この時ばかりは何の注文もつけず一切私に委せるということになっていた。私自身はべつに労務係というハッキリした職名を持っているのではなく、事務所の庶務をやる傍ら工場の方の人事の面倒もみるといった、職制のきわめて呑気な工場であったが、しかし工員を全部合わせてもわずか五十名足らずという小さい工場のこととて、これでいままで別にたいした不都合もなくやってこられたのであった。（もっともその後、正式に労務係というのは出来たが）

私は事務所の玄関に大勢集ってきた応募者のなかから、老人と子供はまず問題外として除き、他は姓名と年齢と学歴と前歴とを質ねるだけで、ほとんど詳細な身許など調べずにみな採用することにした。必要な人員は簡単に全部補充できた。私は残っている者たちに向って、もう満員になったから帰れということを言った。こういう場合の常として、彼らは一時に騒ぎ立ってくちぐちに自身の窮状を訴えはじめるのだが、誰か中の一人が「没法子《メイファーズ》」といって帰りかけると、あとは案外おとなしくすらすらと引き揚げて行くものである。

ところが、それらのなかにどうしても帰らないのが一人残った。それは何といわれても帰らなかった。しまいには、事務所の若い連中が私に加勢して、くちぐちに「回去《ホエチユー》、回去《ホエチユー》（帰れ、帰れ）」と大声で怒鳴るのだが、その男は皆の面前に突っ立ったきり、ただニヤニヤと人を小馬鹿にしたような顔を見せるだけでてんで取り合わないのだ。あまりの図太さに、簗《やな》という気の短いのが一人出て行ってつかみ出しにかかった。しかし力では全くその男に歯が立たなかった。つかまれた長衫《ちょうさん》の袖を「噯呀《アイヤ》！」と軽くひと振り払うだけで、築はよろよろとよろめいたほどだ。

仕方なく私はその男を前に呼んでみた。

実をいうと、私は最初からこの男には特別の注意を払っていたのであった。常人の確実に二倍はあろうと思われるその並はずれて巨大な体軀がまず私の眼を驚かせた。そしてその巨大な体軀の上に載ったこれまた途方もなく無邪気な童顔が次に私を笑わせた。この二つのものの接ぎ合わせはいかにも不自然な感じだった。まん丸な輪郭に糸のような細い眼、大きな団子鼻、分厚い唇、ちょうどあれ——そうだ、子供がクレヨンで描いたあの漫画そっくりなのだ。しかもこの童顔の上にチョコンと載っかった浅いお椀形のフェルト帽が、その漫画的な効果を一層完璧なものにしていた。片眼は斜視であった。笑うと分厚い唇のあいだから動物の牙のような頑丈な歯が歯ぐきごと飛び出た。

この男は、朝かなり早くから事務所の玄関にその巨大な姿を現わしていたのであった。だから順序からいえば、当然この男は入選圏内に入っているべきはずであった。それを整理の都合で一列に並ばせたとき、先を争ってカウンターの前へせり出してくる他の連中に押され押されて、一列がやっと出来上ったときには、結局いちばん殿《しんがり》に取り残されたのである。しかし彼は始終ニコニコとしていた。

ところで私は、最初からこの男にはなんとなく特別の興味を惹かれていただけに、その腑甲《ふが》斐《い》なく後へ後へと押しもどされて行く彼にいささか憐憫の情を催していたのだった。

私はまず姓名を質ねてみた。意外にも彼はひどい吃りであった。私の問いに答えるべく、彼は唇のへりを思いきってひん曲げた。そしてぎりりと噛みしめた歯のあいだから何かある音声を発しようとするのだが、その音声が出てくるまでには相当の時間を必要とするらしく、そのうちに呼吸がつまってきて、糸のような細い眼尻に涙が湧いてくるのだった。それはちょうど、私達が何百貫もある重いものを持ち上げようとしていきむあの時の表情とそっくり同じであった。私は思わず笑ってしまった。見ていた同僚たちも笑い出した。笑われてあわてると一層声が出ぬものらしく、彼の顔はみるみる苦痛に歪んできて、ひどい形相になった。この痛ましい努力の末、やっと彼は喰いしばった歯のあいだからある音を押し出した。びっくりするほど調子はずれの高声だった。私は幾度も訊き返した。そのつど彼はさんざんの努力を尽して自分の姓名を名乗るのだが、それは何としても私の耳には判断のつかぬ発音であった。すると、それまで皆といっしょに笑いながらこの男の苦しむさまを眺めていた李廣鎮という満人の給仕が、私の耳もとに口をよせて、これは「りゅうかんふう」と言っているのだと言った。私は紙と鉛筆とをあたえて彼の名を書かせてみた。彼は私の手から鉛筆を受け取るとすぐ口の中へほうりこみ、それをガチガチ噛みながら仔細らしく紙の上にかがみこんでいたが、またすぐほうり出すと、ニヤニヤ笑い出した。字は書けぬのだった。次に私はローマ字の算用数字１２３……を書いてみせ、分るか、と質ねてみた。彼はまた笑いながらイヤイヤをした。年齢を質ねた。さすがにこれはすぐ三十歳と答えた。生年月日を質ねた。しかしこれにはまたニヤニヤと笑い出した。学歴はもちろん問題外である。どこから来たか、という問いには錦州と答える。しかしその錦州のどこということはどうしても字に書くことはできぬのだった。

いかに規模の小さな工場とはいえ、爆発の怖れのある危険なガスを扱うのであるから、あまりに無智なのもどうか。結局はやはり断ることにした。そのつもりで私は彼にいった。

「いくら欲しい」

「随便《スイベン》」（いくらでも）

私は思いきって廉い賃銀をいってみた。

「不要緊《ブヨウチン》」（かまわない）

「仕事は辛《つら》いぞ」

「不要緊」

どうやらこの男は従来の応募者たちとはすこし勝手が違うようであった。

「お前はこの会社が何をするところか知っているのか」

「知らない」

「朋友でもここに入っているのか」

「たれもいない」

「それじゃなぜこの会社に入りたいのか」

「それはお前には関係のないことではないか」

私はしだいにこの男が欲しくなってきた。私は私が責任を持つということで、採用方を工場長に頼んでみた。余計者だが、使い方では何かの役に立つこともありそうだから……。

仕方なく許可がおりた。

規定に従って、私は彼に代り会社に差入れる誓約書を書いてやった。

劉廣福、三十歳、宣統三年十月二十一日生（実はこれは私自身の誕生月日であった）、錦州省北鎮県窩窿台出身、家業は農、父母兄弟姉妹及び妻子無し、以上。

不思議にも、一枚の紙の上にこのように書くことで、劉廣福という一個の人間がはじめてこの世に生れ、そしてはじめてこの世に生存する権利を獲得したかのような錯覚を私は感ずるのだった。署名に捺印することになった。たいていの満人ならばそれが彼自身を証明する唯一の証拠ででもあるかのように、誰しも例外なく一個の印判は肌身につけているものだが、劉廣福の場合はまたしても例外であった。仕方なく私は彼の右の手首を捉えると、どれもこれも同じ太さをした木の根瘤のように固い五本の指に呆れながら、親指に朱肉をたっぷりなすりつけ、彼の名前の下に強く押しつけてやった。この時、劉廣福の巨大な体はおかしいほどぶるぶると震えた。顔色まで変っていた。何か重大犯罪でも犯した後のような蒼い顔をしていた。

しかしともかくも劉廣福は私の工場の工員の一人となったのである。もちろん目に一丁字のない人間を危険な作業をする工場の内部には入れることはできなかった。彼にあたえられた仕事は、構内の屑ひろい、水はけ、土盛り、石炭の濾《こ》し篩《ふる》い、風呂焚き、他の工員たちの汚れ物の洗濯、炊事、走り使い、便所掃除、いわば雑工のなかの雑工であった。ひどい吃りと、巨大な体軀に不釣合な漫画じみた童顔とがわざわいして、工人たちも彼を同僚扱いにはせぬようであった。はっきりと一段格の下がった扱い方をしていた。食事も彼が一ばん最後であった。風呂も最後であった。

しかし劉廣福の仕事は手まめで迅速で念が入っていた。彼が来てから工場の構内は目に見えて清潔になって行くようであった。構内の各所に散乱しているわら屑、紙屑、木屑、釘、針金などは一物も彼の細い眼から免れることはできなかった。彼の通ったあとはまるで箒で掃いたようであった。

アセチレンガスを収得したあとのカーバイドの廃泥を貯溜して置く沈澱室が充満し、これが煉瓦の側壁を破って溢れ出、構内を白泥の沼と化してしまうのが、これまで会社の頭痛のタネであったのだが、劉廣福はこの沈澱室から幅二尺深さ三尺の溝を煉瓦塀に沿うて工場の周囲にぐるりと掘り抜き、溢れ出た廃泥をこの溝へ導き多少の傾斜をあたえることによって、構外のマンホールへ落し込むという方法であっさり解決してしまった。工場長もさすがにこれには「好《ハオ》！　好《ハオ》！」と苦笑せざるを得なかった。

また例えば、会社としては一種の文化施設のつもりで工人宿舎には水洗式の便所をつくったのだが、これがかえって失敗で、もともと野天で用を便ずる習慣を持った彼らはほとんどこのせっかくの施設を利用する者がなく、あっても取扱いに無智な彼らはたちまち壊してしまい、壊れればこれ幸いと戸外に出て構内の各所に所きらわず用を足すので、これらの汚物が工場の煉瓦塀に沿うて累々と堆積して、はなはだしく工場の美観を損ねるのであったが——私たちはこのような彼らをただ叱りつけるという方法しか用いてこなかったのであるが——劉廣福は構内の空地の片隅に簡単な板囲いをし、そこに落し穴と板片二枚の踏板をつくることによって一挙にこの難問をも解決してしまった。しかもいつのまにかその傍には縄柵をめぐらした見事な菜園さえ出来上り、トマト、葱、大根、茄子、胡瓜などがふいに社員食堂へ届けられてくるのであった。

工場に用事があり構内をよぎって行く時など、劉は私の姿を見つけると、どこで習い覚えたものか遠くから軍隊式の挙手の礼を送ってよこす。私もまたそれに挙手で答える。しかしそんな雑役に従っているときの彼の姿は、私の眼には、あたかも有りあまった力をもち扱いかねてひどく困惑している檻の中の獣のように映るのであった。

いろいろな場合の劉が私の眼に入った。ある時は構内の空地の片隅で十五、六の少年工にとっちめられ、例の二六時中頭から離したことのないお椀形のフェルト帽を脱いで、しきりにペコペコ頭をさげている彼。ある時は工人宿舎で皆の食い残したあとの大鍋の底の豆腐を匙でかきすくいながらひとり最後の食事をしている彼。ある時は菜園の傍にうずくまって、ようやく芽の出はじめた作物の育ちぐあいにじっと眼を細めている彼。工人宿舎では彼は全く孤立していた。昼食後の休憩時間など、他の工人たちは炕《かん》の上に薄いアンペラを敷いた土間の上に長々と寝そべって、煙草を喫したり、飯台を寄せて骨牌《カルタ》や中国将棋や芝居の声色などに打ち興じているのに、劉は宿舎のいちばん奥の片隅で（もっともそこが彼に割り当てられた場所ではあったが）一人つつましく破れた上衣や褌子《くーず》（ずぼん）の繕いをしていた。強烈な吃音者である彼は、何かものをしゃべる時には甚だしい苦痛を感ずるのと、またしゃべられた相手の方では、そのために自分の面上に多量の唾液を飛ばされる危険があるのとで、劉自身から口を切ることも、また誰かから言葉をかけられることも——面罵か嘲笑か怒声以外には——ほとんどないのであった。しかし劉自身は別にそのような自分を、孤独だとも他から除け者にされているとも感じてはおらぬ風であった。

「怎麼様《ザンマヤン》？」（どうだい）

最初からこの男にはある不思議な牽引を感じていたのと、それにこの工場へ入れるについてのやむをえざる保証人となった手前もあって、私は劉廣福には他の工人たちに対するのとは自ずから異った感情の動くのをどうすることも出来なかった。このようにして私が近づいて行くと、劉は例の漫画じみた巨大な童顔をニヤニヤと崩して、それが日本人に対する最高の敬礼でもあるかのようにパッと軍隊式の挙手の礼をし、そして私に答えるのであった。

「不太離《ブダリ》！」（たいしたことはない）

満語の自由でない私には、自分の彼に対する複雑な感情を表現するのに「怎麼様」以外の言葉を知らなかったし、また彼の私に対する答えも、いつでも必らず「不太離」のただ一言であった。

——ところで私は、この劉廣福に対しては、別にある興味と疑いとを密かに持っていた。それは、彼がいつこの工場を逃げ出すか、という興味と疑問とであった。私のいままでの経験からいって、工場内に一人も知己や朋友や縁戚関係の者がなく、風来坊的に飄然と入ってきた者で一月と続いたものは一人もいない。想像以上の血縁感と郷土意識の強い彼らは、そのブロックだけでがっちりと党派を組み、「他郷者」は絶対にそこへ寄せつけないという意外に厳しいところがある。(現に私の工場では、奉天省派と関東州派とが各々固い派閥を形成して互いに対立していた。工人同士の紛争もこの二つの派閥の間に多く、自派内部での争いというものはほとんどなかった)従って「他郷者」はこれらの派閥の間から自然に弾《はじ》き出されてしまって、心理的に拠り所を失ってしまうのだ。

まして劉廣福の場合、錦州省出身は彼ただ一人ということのほかに、彼の賃銀は工員中で最も低いのである。工場には十五、六の少年工もかなりいるが、劉の賃銀は彼ら少年工よりもなお遥かに低いのであった。工場の作業に直接従事している者ならば、本俸のほかに残業手当、夜勤手当、危険手当等種々の加俸がつき、結局の取高《とりだか》は彼ら少年工でもかなりの額に上るのであるが、劉のごとく工場外の雑役に従う雑工ではこれらの加俸というものは何もない。本俸のただ一本きりである。しかもこの本俸たるや、三十歳の男がこれでいかにして生活していけるかと思われるほどの額であった。劉廣福ほどの体軀の所有者であるならば、こんな工場で雑役に駆使されているよりは、むしろ駅か埠頭などの自由労働者にでもなった方が今よりも何倍かの収入になるであろうに、なぜ彼は唯々《いい》としてこんな工場のつまらぬ雑役に甘んじているのだろうか。一銭でも賃銀が多く、そしてすこしでも仕事がラクな工場とみれば、何の未練も残さずそこへ移って行く渡り鳥のような彼らを余りにも多く眼にしてきた私には、劉の心事は不可解であった。

しかし、おそらく彼とて例外ではあるまい。いずれにせよ近い将来には、彼もたぶんこの工場から逃げ出すであろう。(彼自身のためにはむしろその方を私は密かに期待せぬではなかった)

だが劉廣福はなかなか逃げ出さなかった。毎月二十日の給料日になると、私の事務机の周辺は先を争って手を出す工人たちのために時ならぬ喧噪をきわめるのが常であるが、わずか一時間の残業でさえひょっと誤ったつけ落しがあると、口角泡を飛ばして抗議を申しこんでくる彼らに混じって、劉廣福はいちばん最後にいちばん軽い給料袋を受け取ると、「多謝《ターシエ》、多謝《ターシエ》」と恭々《うやうや》しい敬礼さえ残して中身もあらためずニコニコと引き揚げて行くのであった。

そして翌日は相変らず構内の片隅で、有りあまる力をもち扱いかねてひどく困惑している檻の中の獣のような姿をゴソゴソと動かしていた。

しかし、劉廣福のその力を試す時がついに来た。

ある時、会社のトラックが衝突事故を起し、上に乗っていた運搬工四人とも貨物の下敷となって足や腰を挫き、全部休まねばならぬことになった。補充は早急にはつく見込がなかった。やむをえず各職場から工人を一人ずつ選抜してこれに当らせてみたが、仕事の辛さに堪えかねて二日目からはだれも出てくる者がなくなった。仕方なくかなりの臨時手当を出すということにしたが、なにしろ一本八〇キロもある重い円筒型の鉄の容器をかつぐ仕事なので、しかもその容器の中に詰まっているものは危険な爆発性のガスなので、さすがに勘定高い彼らも敢えて志願する者がない。会社は非常に困ったことになった。

この時、劉廣福が名乗り出てきた。

「我《ウオ》的《デ》乾《カン》活《ホイ》計《ジー》」(わしがやる)

そうして彼はその補充のつくまでの三日間、ただ一人で運搬工を勤め上げたのである。一日平均二〇〇本、一本八〇キロの重量のある鉄筒を、一人でトラックに積み上げ、一人で積み下し、一人で各得意先に運びとどけたのであった。

思えば、この辺りから徐々に劉廣福は彼の勢力を仲間たちの間に扶植しはじめてきたようであった。彼の食事は今はもういちばん最後ではなかった。風呂の順番も、いつのまにか半分よりずっと前の方に進んでいた。彼のこれまでの仕事は高徳盛という躰を傷めた老工人が代って勤めていた。そして劉自身の職場はいつのまにか発生室勤務ということになっていた。

何かことがあって工人が罷めて出て行くたびに、その補充として新しく入ってくるのは、どれもこれもきまって錦州省北鎮県窟窿台出身のものばかりである。どうやら劉廣福を中心とする「錦州閥」がしだいに出来上りつつあった。

工人たちは待遇に対する不満や、また会社に対してなんらかの要求のある場合には、古参工人を先頭に立て、老工人や少年工なども混じり、ほとんど全員大挙して事務所に押しよせ、口々に何かわめき騒ぐのが通例であったが、このような場合、劉廣福はそれらの群れの最後列にいて、始めから終りまでただニヤニヤと仲間たちの罵り騒ぐありさまを眺めている。会社としても彼らのこの脅しの術にはいつもそう乗ってばかりはいられぬので、こちらからも逆に脅しの術を使って彼らを撃退にかかるのだが、こちらの高飛車な一言で、口ほどにもなく彼らはぶつぶつこぼしながらも一人去り二人去りしてたいていは皆おとなしく引き退ってしまう。ところで、劉廣福が必らず最後に残るのであった。

彼は仲間たちが全部退去して彼一人となるのを見すますや、それまでのニヤニヤ笑いをぴたりと消して、その巨大な体をずいとカウンターの前に押し出してくるのである。そうして置いてから彼一流の必死懸命な哀訴嘆願が始まるのであった。一言一言の発音の間にはほとんど二十秒以上もの絶句があり、しかもその一つ一つの発音のために、彼は見ていられぬほどのひどい苦しみ方をするのだが、彼はどこまでもその吃々たる哀訴嘆願をやめないのだ。それは見ていると、逆にこちらの方までも呼吸苦しくなってくるのだった。反射神経で、彼の顔面筋肉の痙攣につれてこちらの顔の皮膚までが妙なふうにもつれ硬張って、そのあげく、じりじりと腹が立ってくるのである。結局、敗けるのはこちらであった。三つの中一つくらいは「好《ハオ》！」とでも言ってやらなければ、永遠にこの苦しみから解放される術はないわけであった。

劉廣福は目的を達してしまうと、例の二六時中頭から離したことのない浅いお椀型のフェルト帽を脱いで、「謝々」と馬鹿丁寧な一礼を残して悠々と引き揚げて行く。それはいかにも「してやられた」という感じであった。

しかもこのような成功が二度三度と重なるにつれ、工人たちの会社側に対する要求は、いつからともなく劉廣福ただ一人が「代表」という形で申し出てくるということになったのである。彼の勢力はいよいよ隠然たるものになってきた。もう彼を一介の愚直な雑工とのみ見ることは許されなくなった。と同時に、彼に対する周囲の風当りもしだいに強いものになってきた。「劉は食えないぞ」「劉は曲者だ」「あいつに用心しろ」というような声が日本人社員たちの間からもぼつぼつ起りはじめた。

ところが、そうした折も折、彼に対するこの一般的な風評を裏書きするような事件が起ったのである。

それは私が社用で新京へ二、三日出張している留守の間のことであった。ある朝、工場長がふいに早出をして工場の内外を巡察して廻ったのである。すると、第二号倉庫と称んでいるカーバイド倉庫の明り取りの小さな窓が壊れているのを発見した。そこに嵌《は》めこんである鉄棒の桟がはずれ、硝子が二枚壊れていた。カーバイドに水気は大禁物である。もしそこから粉雪でも舞いこんだら（ちょうどその朝は大雪の降ったばかりのところであった）と工場長は大急ぎで倉庫を開けさせ、中から梯子《はしご》をかけてその現場を検視した。その窓は壊されたものであることが歴然とした。試しにその小窓附近に積み上げてあるカーバイド罐の一山の数を当らせてみると、果してかなりの数が不足していた。あきらかにこの小窓から盗み去られたものに違いなかった。工場長は倉庫の屋根に上ってみた。予想通り、雪の白く積った屋根の上に明瞭な足形がついていた。その足形は第二号倉庫からわずかの間隔をおいて並んでいる第三号倉庫へ、そこから沈澱室の屋根へ、そこから地上に下りて煉瓦塀の下へ、しかもその塀の下一ヵ所だけが乱暴に掘り起され、雪の上に新しい土がかぶさっていた。塀の外は緑地帯といわれるかなりな面積の広場であったが、そこから先は荷台付きの自転車の轍《わだち》の跡となって鮮やかな対角線を曳きながら広場の外へ逃亡していた。

当時、満人経営の町工場ではカーバイドの極度の払底にどこもひどく困っていることは私も承知していた。公価一罐八円五十銭のものが、彼らの間では四十円以上もの闇値をよんで取引されていることも、私の会社に出入りする満人商人の口から直《じ》かにきかされて知っていた。そしてそれらの商人たちからうちの工員たちへの内々の誘惑に相当烈しいもののあることをも、警戒を以て予想していたところであった。

これまでにも工場内のさまざまな工具類の紛失はかなり多かった。鉄筒《ボンベ》の帽蓋《キャップ》がなくなる、ガス充填開閉用のハンドドルスパナーがなくなる、パイプレンチがなくなる、仮倉庫内の棒鋼が引き抜かれる――しかもこれらの、あきらかにうちの工場のものと思われる工具類が、城内の泥棒市場に行ってみると、そこここの店頭に一山をなして堂々と出ているのであった。しかしこれは一概に彼ら満人工員たちのみを責めることはできなかった。むしろ責任は彼らを監督指導すべき日本人工長たちの怠慢にあると見ねばならなかった。(すくなくとも私の工場ではこのような見方から、盗難や紛失物のあるたびに、その班の日本人工長を罰するという方針を以て臨んできたのである)

しかし問題は「盗み」ということに対する彼らとわれわれとの観念の相違にあるようであった。彼らにとって、盗むということそれ自身は必らずしも悪ではなかった。むしろ悪は、盗んだことが見つかるというそのところにあるようであった。私自身いつかうちの少年工がハンドルスパナーを工具棚から盗み出そうとする現場を見つけて烈しく叱責したところ、その少年工は一言もいわずそのスパナーをもとの工具棚に納め返すと、「これでいいだろう」と言わぬばかりに顔を赧らめもせず、むしろ挑みかかるような不逞な表情で私を見返してよこしたものだ。そのあまりの明確な態度に、私は少年工を殴ることさえ出来なかった。しかもその直後に少年工は何事もなかったかのごとくニコニコと笑いながら作業に従っているのである。盗む、見つかる、返す、それでその行為の一切は帳消しにされてしまうもののようであった。しかしだいに厳しくなってきた工長達の監視のために、これらの盗難は最近ほとんど影をひそめてきていたところであった。しかもカーバイドは工場の主要原料である。この事件をこのまま放置することはできなかった。犯行は内部からと見て直ちに全工人の厳重な検索が行われた。そうして劉廣福がその犯人ということになったのである。

新京の出張から帰ってきて、私は事務所から工場へ用事があって入って行くたびに、劉の姿がどこにも見当らないのに気がついた。彼から例の愛嬌のある軍隊式の敬礼を受けないのはいささか心寂しいところもあったので、私はちょうど発生室の貯槽《タンク》のそばにいた少年工に質ねてみた。するとその少年工はくるりと私の前で後向きになると、両手を尻のところで組み合わせ、首をがくりと前に垂れてみせ、「他叫捕衛門了《ターチヤオプーインメンリヤオ》」(彼は警察へつれて行かれた) と言って、相棒の工人と顔見合わせてゲラゲラと笑った。そうしてまたくるりと前へ向き直ると、こんどは自分の胸のあたりを指で二三度つついてみせながら、「他的心壊了《ターデシンホワイラ》」(彼は心が悪い) と言ってまたゲラゲラと笑った。いかにも劉廣福の失脚をよろこぶかのような嘲笑であった。(もっともこの少年工は劉の錦州派と対立している関東州派のものであったが)

私はさっそく工場長のところへ飛んで行った。そこで一切のことを知らされたのである。

犯人が劉廣福であることについては証拠があった。倉庫の屋根の雪の上に印された足形は地下足袋であった。しかも並はずれて大きな地下足袋であった。それがアサヒ地下足袋であることさえ、降ったばかりの新雪の上では活字のように明瞭に浮き出ていた。そしてアサヒ地下足袋を持っているのは、工人の中では劉廣福ただ一人であった。他の工人たちはほとんどみな布でつくった布鞋《ぬのぐつ》か、でなければ厚い木底のついた深靴かを穿いていた。劉はその証拠を眼の前に突きつけられつつ烈しく訊問された。しかし彼は頑強に犯行を否定してきかなかった。

彼の所有物の蔵《しま》ってある宿舎の中の木箱が検査されたが、そこから真新しい冬の衣類が上下一揃いそろって発見された。と同時に、彼らにとっては相当高価と思われる毛布さえ買ったばかりと覚しいのが一枚いっしょに出てきた。体につけた胴巻の中の財布にはこれまた不相応に多額な現金が入っていた。これらの金とこれらの物は如何にして手に入れたかという訊問に対しては、彼は自分で働いて貯めた金であり、かつ自分のその金で買ったものだと飽くまでも主張してきかなかった。その申し立てのために、彼は一言一言例の絶句で呼吸を詰まらせ、口からは泡を吹き、眼尻からは涙を垂らし、ほとんど悶絶せんばかりの苦痛に顔を歪めながら、必死懸命の抗弁をしたのであったが、しかしこのような明瞭な証拠が上った以上、彼を真犯人と断定せざるを得なかった。けれどもなお最後の断定は警察に任すということにして彼の身柄は一応そこへ送られたのであった。

私は意外であった。意外というより愕然とした。信じられなかった。あの劉と犯罪の結びつき——いかにも不調和であった。(私は思い出した。彼が入社した最初の日、彼に代って書いてやった誓約書に拇印を捺す時、彼の巨大な体がおかしいほどぶるぶると震えたことを)しかし私はかれの保証人であった。会社に対して責任があった。捨てて置くことはできなかった。

私はさっそくその工場地帯にある警察署に行き、司法主任に劉廣福との面会を願ってみた。口鬚の剛い顎の頑丈そうな司法主任は私を見て笑いながら「自分もこれまでしぶとい罪人も相当手掛けてきたつもりだが、あいつほど頑強な奴にはまだ出会ったことがない」と言った。どのように責めてみても、劉廣福は絶対に自分ではないと言いつづけるのみで犯行を自白せぬという。ともかくも許されて私は劉に面会することになった。監房は地下にあった。十二月の厳寒で、薄暗い階段をおりて行く私の足下から切れるような鋭い寒気が吹き上ってきた。

檻の中の獣のように劉は立っていた。その地下室へ入ってきたのが私だと分ると、彼は大きく両手を挙げ、何か獣のような咆哮を一声咆《ほ》えた。

「劉!」

私は檻の前に立って、彼の名を呼んだ。

「掌櫃《ジャングイ》!」(親方!)

劉は鉄柵の間から多量の唾液を私の顔に飛ばした。

「怎麼《ザンマ》……」(どうして……)

私の不自由な満語ではもうこれ以上のことは言えなかった。私は突っ立ったまま劉の顔を見つめているより外はなかった。劉の顔がみるみる歪んできた。そして何かを言おうとして唇のへりが思い切って醜くひん曲ると、そこからハッハッと熱い湯気のような白い息を吹きはじめた。

「怎麼?」

私はもう一度言った。劉の顔は一層醜く歪んできた。それが極点にまで達したと思われた瞬間、彼はどっと吐血のように一声を吐き出した。

「我《ウォ》的《デ》心《シン》壊《ホワイ》了《ラ》没《メイ》有《ユウ》！」（自分の心は悪くない）

そうしてまた一言、

「お前は自分の心をよく知っている！」

劉は獣のような大きな掌をいっぱいに開くと、パンパンと烈しく音を立てて自分の厚い胸を打ち叩いてみせた。私は咄嗟に信じた、劉は断じて犯人ではないと。

「自分はお前の心をよく知っている」

「お前の心は悪くない」

「盗んだのはお前ではない」

私は続けざまに言った。しかしあの証拠は——あの屋根の上のアサヒ地下足袋の足形は？そして木箱の中の真新しい衣類と毛布は？　そしてまた財布の中のあの多額の金は？　私はやむをえずそばに付き添って立っている満人の巡査に通訳を頼んでみた。

「あの地下足袋は誰のものか」

「自分のものだ」

「あの地下足袋の足形が屋根の上に残っていたのだぞ」

「知っている。しかしあの屋根に上ったのは自分ではない」

「では誰だ、誰が上ったのだ」

「それは知らない」

「ではあの冬の着物と毛布は誰のものか」

「自分のものだ」

「どうして買ったのだ。いくらで買ったのか」

「自分の金で買った。北市場《ペースーチャン》で四十円で買った」

「財布の中の金はどうした」

「自分が働いて取った金だ」

「どうしてあんなに沢山ある？　お前が会社からもらう賃銀ではあんなに沢山ある道理がないではないか」

「貯めたのだ、一所懸命貯めたのだ、自分は金が欲しいのだ」

すると満人の巡査は突然何か大声で叫ぶと、いきなり劉の顔に手が行った。そして私の方を見返ると、

「こいつはいつでも同じことを言う」

といってニヤリと笑った。私ももうそれ以上訊くことはなかった。その日私は不満な心を抱いて会社へ戻ってきた。常務や工場長と顔を合わせるのが辛かった。

翌日私はもう一度警察へ行ってみようと思った。出かけようとして玄関で外套を着ていると、そこへ若い満人の女が一人入ってきた。ひどくおずおずしていた。カウンターの前に立って、

なかで事務を執っている日本人社員たちをひと渡りきょろきょろと見廻しながら、何かしきりにものを問いたげな表情をしてみせる。若い女などの用のない工場であった。何かのまちがいで飛びこんで来たのだろうと、社員たちはちょっと好奇的な顔をあげたきりで誰も相手にしなかった。女は口のなかで小さく何か言った。それが私の耳にはふと「りゅうかんふう」と言ったように聞えた。

「甚麼《シエンマ》?」(なに?)

私は女に向って言った。可愛い顔立ちをしていた。頭も顔も手足も小づくりで子供のような体つきをしていた。しかし唇を紅く染め、白粉をつけていた。耳朶《みみたぶ》に小さな銀の環が垂れていた。

「甚麼?」

女はようやく話すべき相手を見つけたよろこびを紅い唇にあらわして、

「劉廣福」

とはっきり言った。

「お前は」

「那娜《ナーナ》」

「劉廣福に何か用か」

「昨日の休みにくるという約束をしていたのに劉はこなかった」

「お前はどこにいる」

「スミダ町、よねや」

隅田町の米家というのは会社の宴会や招客などで私もちょくちょく行って、よく知っている日本人経営の大きな料亭であった。そういえば、この女はたしかに見かけたことがあるような気もする。おそらくそこの台所の下働きか何かをしているのだろう。

「お前は劉廣福の何だい？」

妹とは思われなかった。劉廣福は文字通り天涯の孤独者のはずだった。那娜はちょっと赧い顔をした。すこし躊躇していたが思い切ったふうに顔をあげると、早口に何か言った。しかしその満語は私には通じなかった。

「なに？」

と訊き返そうとして、途端にあっと私は思い当ることがあった。（この女は劉廣福の許婚者なのだ）

「あッ、そうか」

私は思わず大きな声を出した。二人の会話に聞耳《ききみみ》を立てていた事務所の連中が一度に声をあげて笑い出した。

「劉廣福は今ここにはいない、しかしいるところは知っている。自分といっしょに行ってみるか」

那娜はちょっとけげんな顔をして私を見上げたが、私がからかっているのではないことを知ると、額髪の小さな頭をがくんと一つ折ってみせた。

私は警察署への途上、那娜に正直のところをすっかり話してきかせた。那娜は「曖呀《アイヤ》！」と可愛い声で叫んで、私から一歩飛び退いたほど驚いた。しかし私にはある目算があった。この女と劉廣福とを対決させてみることで何かいい結果が引き出せそうな気がした。許婚者をいきなり警察というようなところへ伴《つ》れて行くのはすこし軽率とも乱暴とも考えられたが、しかし私には自信があった。

劉のあの衣服も毛布も金もみなこの女との結婚の仕度のためではなかったか。彼らの風習として、嫁はみないわば金で買うのである。彼が昨日いった言葉、「自分は金が欲しい」というのは真実だったのだ。

彼が工場に入ってきて以来どれほど極端に切り詰めた生活をしてきたかは、私自身が折に触れこの眼で見てきたことではなかったか。彼はこの女との結婚を一日も早く実現したいがために、文字通り血のにじむようなつましい生活を自身に課してきたのだ。(そしてまた、今こそ私は思い当るのであった。劉廣福がなぜあのような薄給にもかかわらず、この工場から逃げ出さないでいたかを。そしてまたなぜ劉廣福が私の工場を特に選んだかを。おそらく米家でたびたび宴会なり招客なりをするうちに、那娜は私の会社の名前を誰からとなく聞き知って頭に納めていたにちがいない。郷里から蒲団を背負って飛び出してきた劉は、まずこの那娜からうちの会社の名前を教えられたに相違ないのだ。そして単純な頭はほかに幾つもの方法があるなどということは決して考えないものだ）私には一切が明瞭になったような気がした。それにしてもあの屋根の上の地下足袋は？――しかし私たちの足はすでに警察署の前に来ていた。

私は昨日の司法主任に会って、もう一度面会の許可を頼んでみた。そしてそばの那娜を劉廣福の許婚者であるとはっきり言った。例の地下室への薄暗い寒い階段を下りて行くとき、那娜はついと手をのばして私の外套の袖を握った。日本人の男に対しては極端なほど臆病な態度をみせる満人の女としては意外なほどの狎れ方だった。しかし事実は、那娜はガクガクと震える膝頭のために一人ではその階段を下りることができなかったのだ。

劉は昨日と同じく檻の中の獣のように立っていた。地下室の房内にたった一箇ともった五燭の電燈の下にまず私の姿を認め、そうして次に私の背後からわずかに恐《こ》わごわと覗かせた那娜の顔を見出したとたん、彼はまたしても獣の咆哮を一声咆えた。那娜は飛んで行った。房の鉄柵に飛び上るようにして摑まると、鋭い甲高い声で烈しく何事かを叫びつづけながら声をあげて哭《な》き出した。

この時の劉の表情の変化こそまことに観物《みもの》だった。二、三歳の赤児がまさに泣き出そうとする時のあの表情の変化、眼、鼻、口とゆっくり段落をつけて彼の顔は歪んできた。彼はその顔のままチッチッチッと例の発音の前の苦しい舌音を打ち鳴らしながらようやく吐血のような一声を吐き終ると、こんどは憚りなく声をあげて哭き出した。劉廣福と那娜……大木にとまった蟬のようであった。そしてその哭き声の二重唱だった。私は思わず微笑に唇がゆるんできた。

暫時の後、私はもう一度劉に質問した。(むろん通訳付きだったが)

「お前のあの地下足袋は誰かに盗まれたのではないか」

「それを盗んだ奴が真の犯人なのだ」

「お前にはその心当りはないか」

劉はやっと私に口を割った。それによると、彼はあの当夜はたしかに夜勤(午後七時から翌朝七時までの勤務)ではあった。けれども発生室に積み上げたカーバイド罐の一山をチェーンブロックで発生タンクの投入口まで吊り上げた時、誤ってその一罐がロープからはずれて彼の爪先に落ちてきた。そのために彼は親指の爪を割ってかなりの出血をみたので、とりあえず宿舎にとって返し、指先に布切れを巻きつけ、血で汚れた地下足袋を布鞋に履きかえ(その地下足袋は彼の居場所の炕の前に脱ぎ捨てたまま)すぐ職場に戻って翌朝まで勤務した。それはもう夜中の二時ころだったので、昼勤のものはみな疲れてぐっすり寝込んでいる時であった。

「しかし劉、その時誰か目を覚ましているような者には気がつかなかったか、ようくその晩のことを思い出してみよ」

私の言葉に、劉は仔細らしく眉をしかめて考えこんでいたが、

「趙玉成が厠《かわや》へでも行ってきたらしく、自分が宿舎を出ると入れ違いに戻ってきた」

この答えに私はにわかに勢いづいた。思い当ることがあるのだ。この趙玉成というのは工人

のなかでは最も古参の者で、いわば「把頭《パートウ》」(組頭)の役をしている者であった。それは古いということよりも、関東州の金州出身であるところから日本語が達者なのと、それに大連である機械工場に勤めていた経験があるだけ、他の農村出の工人たちに比べてはるかに機械のことに明るく、ちょっとした修理くらいは一人でやるので重宝なところから、工人のなかでは第一位を占めている男だった。そして錦州派の頭目である劉廣福とは何かにつけて反りの合わぬ関東州派の頭目でもあった。

私は、実のところをいえば、この趙玉成というのは虫が好かなかった。毎月の給料日にほんの些細なことで何かと文句をつけにくるのは決まってこの男であったし、またその仕事振りもいかにも日本人狎れのした要領のいいもので、監視の眼がある時にはいかにも忙しそうな格好を見せながら、それがなくなると勝手に構内の宿舎に帰って何かごそごそやっている。(そんな時ふいに私などが宿舎に入って行くと、変に気味の悪い薄笑いを残してあわてたふうにそこを出て行く、といったような事が今までかなり度々あった)そして、よく何が失くなった、かにが盗まれたとうるさく事務所へ訴え出てくるのもこの男だった。私は内心「こいつは食えないぞ」と密かに警戒していた人間であった。

しかし、ともかくもその日はそれで私は帰ることにした。帰り途、那娜は私に救いを求めるかのように、「お前は劉廣福の心をよく知っている、彼は決して心の悪い人間ではない」ということを、一つ覚えのように何度も繰り返して話しかけた。

会社に戻った私は、工場長の許可を得てさっそく宿舎内の工人たちの木箱の内容を一斉検査することにした。いろいろな物が出てきた。この工員がと思われる者から、スパナーが出てきたり、鉄の帽蓋《キャップ》が出てきたり、釘の一塊りが出てきたり、金槌や巻尺などまでが木箱の底から顔を現わした。現物が発見されると、その者たちはニヤニヤと頭を掻きながら、黙ってそれらの贓品を私の手に返してよこすのだった。

私は趙玉成の木箱には特に念を入れた。しかし、さすがにここからはすぐに足のつくようなものは何も出てこなかった。その代り衣類の間から驚くほどの沢山の薬袋と、いろいろな病院の書付《かきつけ》が出てきた。これらはいずれも花柳病の薬とその注射代の領収書であった。その金額の総計は彼の毎月の収入を数倍越えていた。この金額の出所は何処か。果して趙玉成の返答は曖昧であった。

趙は警察に送られた。そして即日犯行を自白した。カーバイドのほかにかなり多くの工具類も彼の手で、工場出入りの商人や泥棒市場に売却されていたことが付随的に判明した。

劉廣福は青天白日の身となって工場に帰ってきた。事務所の連中が口々に「劉! 多々辛苦!」と言って迎えると、彼はさすがにニコニコと相好を崩しながら、しかし「没法子《メイファーズ》」(仕方がないさ)とただ一言答えただけであった。

翌日からの劉の勤務ぶりには平常といささかも変るところはなかった。自分を危うく冤罪《えんざい》に陥しかけた会社や同僚に対する怨恨など全く感ぜぬもののようであった。自分にあたえられたすべての苦しい運命を「没法子《メイファーズ》」というただ一言に帰して、事前事後の一切の感情を即座に償却してしまうこの不思議な言葉の恐しさを、私はあらためて感ぜざるを得なかった。

それはともかく、この事件によって一旦危うくも失脚しかけた劉廣福の地位は、かえって旧に倍する確固さを取り戻したことは事実であった。彼はたとえ五日間でも彼ら工人たちの最も怖れる警察の飯を食ってきたということで、いわば体に「貫禄」をつけて帰ったようなものだった。彼に対する軽侮心は全く影を潜め、むしろ畏敬の念にさえ変化してきたようであった。

彼の唱導で工人宿舎内に炊事当番、風呂当番、掃除当番、厠当番、菜園当番の制度が設けられた。またこれまで会社が代行してやってきた彼らの賄費の計算、及びこれが各人への割当額の算出等はすべて会社から工人側の手に返された。月二回の宿舎の大掃除が工人側から自発的に実施されるようになった。宿舎内の盗難が著しく減じてきた。――これまで会社が幾度も試みて結局失敗に終ってきた工人宿舎の自治制が、劉廣福の手によって着々形を整えてきたのである。のみならず彼の例の執拗懸命をきわめた陳述嘆願によって、工人の「冬季作業手当」というのが新設され、彼らの所得に新しく加えられることになった。さらに夜勤手当が拾銭値上された。そしてさらにカーバイド廃泥の処理、および鉄筒容器内にガス溶剤を吸収保存して置く特殊な多孔性物質の充塡作業が彼らの請負になり、彼らの収入増となるばかりでなく会社側にとっても著しい作業の進捗をみることになり、一石二鳥ということになった。

劉廣福の声望はいよいよ鬱然たるものになってきた。

ある事件が、彼のこの位置をさらに決定的なものに仕上げたのである。

ある夜間作業の時、一人の新参の工人が不注意にも機械室へ研磨機《グラインダー》を持ちこみ、そこで何か金物を研いだのである。火花が出た。その火花が機械室内部の空気中に滞溜していたガスの塊りに点火し、轟然たる音とともに爆発した。爆発はガスの塊りから塊りへと次々に伝って行った。近くで作業中の五、六人の工人は急激な爆風を受けて四、五間もはね飛ばされ、煉瓦の壁に頭や背を打ちつけて気絶してしまった。火焔が天井の木材の梁に移り、そこからめらめらと燃えはじめた。

時ならぬ爆音に驚いて構内の独身宿舎から寝巻姿で飛び出してきた若い日本人社員たちも、現場に馳せつけてはみたもののなにぶんにも危険なガスの爆発である。工場内部の空気中には必らず大なり小なりの漏出ガスが瀰漫《びまん》しているのだ。これらの滞溜ガスの塊りは、いつ火を吸い、どこで爆発するかわからない。しかもはやくも機械室の天井に燃えひろがった火焔は、梁を伝って徐々に発生タンクにつながるガス管の方に燃え移りはじめたのである。もし万が一にでもこの発生タンクに引火することがあれば、その時こそ全工場は一大爆音とともに宙にけし飛んでしまうであろう。社員たちも工人たちも目前に迫ったこの恐怖のため皆その場に立ち竦んでしまい（工人のなかにはすでにいちはやく構外へ逃亡した者も多かった）だれ一人としてこの火焔の中へ飛びこんで行こうとする者がない。この間にも火焔は無気味な舌をちろちろと吐きながら、いよいよタンクに近づいて行く。

この時、工人の群れの背後から誰かが獣の咆哮に似た一声を挙げた。人波をかきわけて劉廣福が飛び出して来たのである。見ると彼は右脇に竹梯子を抱え、左脇には水のだらだらと垂れ落ちるボロ布の束を抱えて、ものも言わず機械室の中へ飛び込んで行った。行動は驚くほど敏速であった。梯子を立て、よじのぼり、火焔の伝っているガス輸送管に濡れたボロを巻きつけ、管と管とのジョイントをはずして連絡を断ち、燃えている梁板に手をかけて引き剝《はが》し、そして梯子を下りてくるまで、ほとんどものの五分とはかからぬほどであった。この間にも周囲では間断なく小さな爆発がつづいていた。梯子を下り終ったとき、彼は昏倒した。彼は顔面と両手に大火傷を負っていた。

翌朝、私が病院に彼を見舞ったとき、彼は顔から胸から腹のあたりまで全身真ッ白な繃帯の中に埋まっていた。顔面はふた眼と見られぬひどい崩れ方をしていた。両手は普通の手の三倍くらいに膨れ上っていた。私は咄嗟に、劉廣福はとても助からぬ、と思った。私は医師に質ねてみた。

「だれか身内のものを呼んだ方がよくはないでしょうか」

「その必要はありません」

「助かるものでしょうか」

「助かります」

医師は簡単に答えた。この病院は満人の病院であり、医師は満人の医師であった。

「顔はどうでしょう」

「顔はダメでしょう」

「手はどうでしょう」

「手もダメでしょう」

満人の医師はまた簡単に答えて出て行った。私はもう一度、劉廣福はとても助からぬと思った。

私は彼の寝台の前に立った。そして言った。

「劉！　怎麼様《ザンマヤン》？」（劉、どうだい？）

さすがにこんどばかりは彼も「不太離《ブダリ》」（たいしたことはない）とは答えなかった。それでも彼は私の問いに何か答えようとして、例の苦痛にみちた発声前の準備にとりかかった。が、彼の焼けくずれた唇は彼のいうことをきかなかった。彼は、それだけが奇跡的にも無事であった二つの細い眼（もちろん眉毛も睫毛《まつげ》も焼けて無くなってはいたが）を繃帯の間からわずかにのぞかせて、じっと私の顔を見返した。それは驚くほど柔和な眼であった。苦痛の色はどこにもなかった。そうしてその眼は「没法子《メイファーズ》」と言っているように私には思われた。まもなく細い眼尻に涙が湧いてきた。それはある量が溜まりきると、自身の重さを支えきれずに瞼のへりから細い糸をひいて繃帯の縁へ滲《にじ》んで行った。

「苦しいか」

彼の頭は黙ってうなずいた。私は持ってきた蜜柑の皮をむき、それを吸口にしぼって彼の唇の間へ差し込んでやった。彼は咽喉をこくこくと鳴らして吸い込んだ。幾度もお代りをした。

「美味《おい》しいか」

彼の白い頭はまた黙って大きくうなずいた。私は会社から預ってきた見舞金にわずかばかりの私自身の金をも加えて、彼の寝台の枕の下に挟んだ。

「欲しいものはないか、なんでも言いなさい」

しかし彼の頭は横に振られた。そうして、無惨に膨れ上った両手を高くさし上げると、それを組み合わせるようにして宙に二、三度振った。感謝の印だった。

私は帰りぎわにもう一度さきほどの満人の医師に会った。

「劉廣福は助かるでしょうか」

「助かります」

医師はまた簡単に答えた。しかし私には、助かるものとはどうしても思えなかった。今のうちだれか身内の者に知らせておいた方がよくはないだろうか。しかし文字通り天涯孤独の彼に、知らせるべき者とてあるはずはない。が、ふと私はあの那娜を、彼の許婚者である那娜を思い出した。私は直ちに彼女に知らせてやった。

会社からの帰途、私は毎日病院に寄ってみた。私にはあれほどの驚くべき忍耐力を見せた劉廣福も、那娜に対してだけは憚りなく苦痛を訴え、大きな体をのけ反らせ、小児のように哭き叫ぶのであった。小さな那娜は、全身真ッ白な繃帯に埋まった白熊のような劉廣福の体の周りをくるくるとはしこく廻りながら、甲斐がいしい看護ぶりを見せた。医師と看護婦がきて劉の顔面の繃帯をほどくときなど、するすると巻きほどかれて行くその繃帯のしたからしだいに現われてくる無惨な劉の顔面を、那娜は眉一つ動かさずじっと見守っていた。私は試みに彼女に質ねてみた。

「劉廣福は癒《なお》ると思うか」

「癒ると思う」

那娜は躊躇もなく答えた。しかしたとえ癒ったとしても、劉廣福の顔はおそらくふた眼とは見られぬ醜いものになるであろう。両手もおそらくは用をなさぬものになるであろう。それでもなおかつ彼女は劉廣福を自分の許婚者として、未来の夫として、愛して行けるであろうか。けれども当の那娜自身は、そのようなことをいささかも意に介しておらぬようであった。劉が眠っている間は、その寝台の枕元に椅子を近づけ、顔と顔とを触れんばかりにかがみ込ませてじっと飽かずにその寝顔を見守っている。眼がさめて苦痛を訴えはじめると、椅子から飛びおりて寝台の周囲をくるくるとすばしこく立ち廻りながら、なだめたり、すかしたり、時には叱ったり、いかにも手ぎわよく劉の苦痛を紛らわすのだった。食事の世話、便の始末、汚れ物の洗濯、日用品の走り使い、懸命な那娜の看護ぶりを見ていると、私は先のような凡俗の疑いをめぐらした自分に、羞恥と嫌悪とが烈しく飛び返ってくるのだった。

ところで、劉廣福は癒った。しかも完全に癒って退院したのである。顔も手も薄皮を一枚剝いだようにそこだけ白くなって、ところどころ斑点を残してはいたが、しかし色が白くなって以前よりもかえって男ぶりを上げたようでさえあった。入院から退院までわずか四週間である。この驚くべき治癒力から、私は咄嗟に動物を連想した。どんなに重い傷でも、ただ自分の唾液をなすりつけるだけで癒すというあの動物たちを。

劉廣福のこの冒険は、彼の同僚たちの敬意を蒐《あつ》めるに充分であった。会社では彼の犠牲に対して、かなりの賞与とかなりの増俸とをもって酬いたが、日頃金銭についてはなかなか口やかましい彼らも、さすがに一言の文句もなかった。

＊

劉廣福は今でも私の工場で働いている。

最近、彼は那娜と晴れの結婚式をあげた。

彼の名は現在、私の工人名簿のなかでは第一位を占めている。

〔1944年4月「日本文學者」創刊号　初出〕

P+D BOOKS ラインアップ

大陸の細道 木山捷平 ●世渡り下手な中年作家の満州での苦闘を描く

変容 伊藤 整 ●老年の性に正面から取り組んだ傑作長編

つむじ風（上） 梅崎春生 ●梅崎春生のユーモア小説。後に渥美清で映画化

つむじ風（下） 梅崎春生 ●陣太郎は引き逃げした犯人を突き止めたが…

淡雪 川崎長太郎 ●私小説家の〝いぶし銀〟の魅力に満ちた9編

暗い流れ 和田芳恵 ●性の欲望に衝き動かされた青春の日々を綴る

P+D BOOKS ラインアップ

なぎの葉考・しあわせ　野口冨士男　●一会の女性たちとの再訪の旅に出かけた筆者

金環蝕（上）　石川達三　●野望と欲に取り憑かれた人々を描いた問題作

金環蝕（下）　石川達三　●電力会社総裁交代により汚職構図が完成する

孤絶　芹沢光治良　●結核を患った主人公は生の熱情を文学に託す

サムライの末裔　芹沢光治良　●被爆者の人生を辿り仏訳もされた〝魂の告発〟

貝がらと海の音　庄野潤三　●金婚式間近の老夫婦の穏やかな日々を描く

P+D BOOKS ラインアップ

遠い地平・劉廣福　八木義徳　●悔恨と哀しみに満ちた若き日々を回想する

冬の宿　阿部知二　●映画化もされた戦前のベストセラー作品

天上の花・蕁麻の家　萩原葉子　●萩原朔太郎の娘が描く鮮烈なる代表作2篇

閉ざされた庭　萩原葉子　●自伝的長編で描かれる破局へ向かう結婚生活

奇妙な青春　堀田善衞　●敗戦と米軍の占領下で変貌する日本人を描く

海軍　獅子文六　●「軍神」をモデルに描いた海軍青春群像劇

P+D BOOKS ラインアップ

（お断り）

本書は1983年に新潮社より発刊された『遠い地平』、1990年に福武書店より発刊された『八木義徳全集1』を底本としております。あきらかに間違いと思われるものについては訂正いたしましたが、基本的には底本にしたがっております。また、一部の固有名詞や難読漢字には編集部で振り仮名を振っています。

本文中には乳母、部落、裏日本、外人、女中、小娘、芸妓、半玉、女々しい、酒場女、ギリヤーク、オロッコ族、日本娘、アイヌ娘、ロシヤ娘、混血娘、雑夫、漁夫、白系ロシヤ人、小間使い、百姓、朝鮮人、未亡人、娼婦、私娼窟、娼家、乞食、浮浪者、大工、苦力、満人、匪賊、看護婦、漢人、慰安婦、パングリッシュ、工員、芸者、鮮人、蒙古人、満語、女給、癩者、女郎屋、素人女、吃りなどの言葉や人種・身分・職業・身体等に関する表現で、現在からみれば、不当、不適切と思われる箇所がありますが、著者に差別的意図のないこと、時代背景と作品価値とを鑑み、著者が故人でもあるため、原文のままにしております。差別や侮蔑の助長、温存を意図するものでないことをご理解ください。

八木 義徳（やぎ よしのり）
1911年（明治44年）10月21日—1999年（平成11年）11月９日、享年88。北海道出身。1944年に「劉廣福」で第19回芥川賞を受賞。代表作に『わたしのソーニャ』『風祭』など。

P+D BOOKS とは

P+D BOOKS（ピー プラス ディー ブックス）とは
P+Dとはペーパーバックとデジタルの略称です。
後世に受け継がれるべき名作でありながら、現在入手困難となっている作品を、
B6判ペーパーバック書籍と電子書籍を、同時かつ同価格で発売・発信する、
小学館のまったく新しいスタイルのブックレーベルです。

遠い地平・劉廣福

2021年10月19日　初版第1刷発行

著者　八木義徳
発行人　飯田昌宏
発行所　株式会社　小学館
〒101-8001
東京都千代田区一ツ橋2-3-1
電話　編集　03-3230-9355
販売　03-5281-3555
印刷所　大日本印刷株式会社
製本所　大日本印刷株式会社
装丁　おおうちおさむ（ナノナノグラフィックス）

ISBN978-4-09-352426-1

P+D BOOKS